변변찮은 마술강사와 금기교전
Akashic records of bastard magic instructor
2

"……골치 아픈 인간이 왔네."
그 순간, 학생들의 마음이
완벽하게 일치했다.
시스티나 피벨
고지식한 우등생. 그 성격
때문인지 글렌에게 날리는
태클은 정확하고 엄격하다.
"경기제는 저희끼리 알아서 하라고
말씀하신 건 당신이었잖아요!"

'기분 나빠.'
참으로 비참한 통솔력.
탕! 하고 화려한 소리를 내며
교실 앞문이 열렸다.
"이야기는 전부 들었다!"
"여긴 나에게 맡겨라.
이 글렌 레이더스
대선생님께 말이지—!"
글렌 레이더스
마술을 싫어하는 마술강사.
만사에 대충이고 의욕도
전혀 없지만, 그 진상은—?!
"……."
루미아 틴젤
비밀을 간직한 청초하고
마음씨 고운 소녀.
시스티나의 친구.

"이 순간을 기다렸다! 글렌!"
"아, 진짜! 빌어먹을! 이래서 난 일하기 싫다고 누누이 말했는데에에에!"
리엘 레이포드
글렌의 전 동료. 연금술로 고속 연성한 대검을 다룬다. 근접 전투에서 비교할 자가 없는 이색적인 마도사.
알베르트 프레이저
글렌의 전 동료. 제국 궁정 마도사단 특무 분실 소속. 신기에 가까운 마술 저격이 특기인 굉장한 실력의 마도사.

린 티티스
글렌이 담당하는 반의 여학생.
약간 내성적이고 체격도 작아서
귀여운 동물 같은 소녀.
자신감이 없어서 고민이 많다.
그리고 경기제 당일…….
"좋아! 얘들아,
오늘은 열심히 하자!"
웬디 나블레스
글렌이 담당하는 반의 여학생.
지방 유력 명문 귀족 출신.
자부심이 강하고 권위적인
세상 물정 모르는 아가씨.
기블 위즈덤
글렌이 담당하는 반의 남학생.
시스티나 다음가는 우등생이지만,
결코 주변과 어울리려 하지 않는
냉소주의자.

"그렇게는 못 한다!"

인간의 몸으로는 불가능한
잔상조차 남기지 않는
신속한 동작이었다.

마술사가 마술을 행사하는
심장에 가까운 왼팔.
그것의 움직임을 눈치챈 제로스는
망설임 없이 질풍처럼 달려들었다.

'칫…… 빠르군.
늦지 마라!'

Akashic records of bastard magic
instructor

알리시아 7세
알자노 제국의 여왕. 루미아의 친모. 온화한 숙녀지만, 한편으로는 탁월한 정치 수완으로 제국을 이끌고 있는 카리스마.
엘레노아 샤레트
여왕 직속 시녀장 겸 비서관. 제국 대학 수석 졸업생. 공사 양면으로 알리시아를 보좌하는 엘리트.

CONTENTS

013 — 서장 강사인 내가 마술 경기제에 몰두하게 된 이유
021 — 제1장 가짜 열혈 강사, 그 화려한 탄생
065 — 제2장 마술 경기제, 개최
133 — 제3장 여왕과 왕녀의 해후
187 — 제4장 반가운 전우들
225 — 제5장 달아오르는 표면, 격동하는 이면
273 — 제6장 진상, 암약하는 악의
307 — 종장 3년 전의 그 사람에게
324 — 후기

# 변변찮은 마술강사와 금기교전 2

Akashic records of bastard magic instructor

히츠지 타로 지음
미시마 쿠로네 일러스트
최승원 옮김

교전은 만물의 예지를 관장하고, 창조하며, 장악한다.
그러하기에 그것은
인류를 파멸로 인도하게 되리라—.

『멜갈리우스의 천공성』 저자 : 롤랑 엘트리아

# Akashic records of bastard magic instructor

# 서 장 강사인 내가 마술 경기제에 몰두하게 된 이유

알자노 제국 마술학원의 방과 후 학원장실에서—.

"그런고로 월급 가불, 아니면 용돈 좀 플리즈."

"《웃기지 마라·이·바보 자식아》!"

갑작스럽게 홍련의 불꽃과 충격파가 소용돌이를 그리고 폭음이 울려 퍼졌다.

세리카가 영창한 폭렬 주문이 헛소리를 지껄인 글렌에게 인정사정없이 작렬한 것이다.

그 폭발의 여파로 방의 창유리가 모조리 날아가고 레이스 커튼은 잿더미가 되었다. 벽이 새카맣게 탔으며 융단은 숯덩이. 호사스러운 그림과 고풍스러운 책장, 반짝반짝하게 잘 닦여서 장식된 갑옷, 소파와 갓이 달린 램프 등의 고상한 품위가 느껴지는 가구들이 무참하게 파괴된 결과— 학원장실의 정경은 이제 그 어디서도 옛 모습을 찾아볼 수 없게 되었다.

"커헉?! 쿨럭콜록커흑?! 이, 이게 무슨 짓이야. 너, 날 죽일 셈이야?!"

새까매진 글렌은 바닥에 넙죽 엎드린 채 큰 목소리로 세리카를 비난했다.

"시끄러워! 어떤 생물 종의 보존에 관해 중대한 상담이 있다고 하길래, 무슨 일인가 싶어서 진지하게 들어줬더니 고작 그런 거였냐!"

"고작이 뭐야, 고작이! 만약 내가 굶어 죽는다면, 나라는 종이 멸종되잖아?! 난 이 세계에 단 한 마리뿐이라고! 멸종 위기종이야! 좀 더 소중히 여겨!"

"시끄러워, 그냥 멸종해버려! 그딴 열등종은 차라리 내가 뿌리를 뽑아주마!"

의미 없는 말싸움을 시작한 글렌과 세리카 사이에서, 이런 소란에도 동요치 않고 업무용 책상 앞에 앉아 두 사람의 동향을 지켜보고 있던 방 주인— 릭 학원장이 끼어들었다.

"자, 자. 둘 다 이제 그만하게. 뭔가 굉장히 번거로운 표현이었네만, 요컨대 글렌 군은 생활비…… 주로 식비가 필요하다는 뜻인가?"

"그 말씀대롭니다. 과연 학원장님은 이야기가 통하시네요! 이야~ 세리카 녀석이 말이죠? 요즘 들어서 갑자기 자기 식비 정도는 내라지 뭡니까?"

"당연하지! 백수였을 때라면 모를까 이제는 학원의 마술강사라는 어엿한 직업이 있잖아!"

세리카는 짜증스러운 듯 찡그린 얼굴로 팔짱을 끼고 글렌을 노려보았다.

"아무튼 저는 이번 달 지갑 사정이 위험하다고요, 학원장님! 이대로면 내일부터 반강제 다이어트를 해야 할 지경이라……."

"하지만 월급날은 바로 저번 주였을 텐데? 자네는 대체 무슨 일에 돈을 쓴 겐가."

그 질문에 글렌은 애수가 담긴 표정으로 창가에 다가갔다. 그리고 바깥으로 시선을 돌렸다.

창밖에는 나무와 다채로운 색상의 꽃이 심어진 정원과 철책을 사이에 두고, 그 바깥쪽에 펼쳐진 고풍스러운 페지테의 거리 풍경— 그리고 아득히 높은 하늘 위에 떠 있는 웅장한 환영의 성, 페지테의 상징인 멜갈리우스의 천공성이 위용을 자랑하고 있었다.

"무슨 일에 썼느냐고 물어보셨는데…… 그야 당연히 미래에 투자했죠."

"미래에 투자?"

"예, 내일이라는 무한한 가능성을 위해. 그리고 더욱 많은 희망을 이 손으로 움켜잡기 위해—."

먼 곳을 바라보는 눈으로 이야기하는 글렌의 말에 세리카가 끼어들었다.

"요컨대 도박으로 다 날렸다는 거냐. 정말로 구제할 도리가 없군. 이제 그냥 죽지그래?"

"야, 사람이 모처럼 폼 좀 잡고 있는데 초 치지 마."

노골적인 세리카의 말투에 글렌은 입술을 삐죽대며 항의했다.

"애초에 이렇게 된 건 내 잘못이 아니라고! 거기서 하트 3이 나온 게 잘못이지! 숫자가 4만 넘었어도 지금쯤 난!"

뭐랄까, 이미 글러 먹은 인간의 표본이었다.

"사정이 그렇게 됐으니…… 저 좀 살려주세요, 두 분."

"하지만…… 규칙은 규칙이라 월급을 가불해주는 건 불가능하네만."

"윽, 그런가요. ……진짜 큰일 났네. 고리대금업자 놈들도 갓 취직한 나한테는 못 빌려주겠다고 쫀쫀한 소리를 하지 않나, 세리카도 마술로 저택의 식량 창고를 잠가 놓지 않나……."

희망이 없어진 글렌은 손바닥으로 얼굴을 가리며 탄식했다.

"이보게, 세리카 군. 다음 월급날까지 식비 정도는 융통해주는 게 어떤가. 글렌 군은 자네의 저택에 방을 빌려서 함께 살고 있을 텐데?"

그런 글렌을 가엾게 여긴 릭이 세리카에게 제안했다.

"그 제안은 거절하지, 학원장. 난 이 녀석의 응석을 받아줘서 좋은 꼴을 본 기억이 없어. 애초에 전부 자업자득. 가끔은 이런 경험을 하는 것도 좋은 약이 되겠지. 뭐, 다음 월급날까지 열심히 살아남아 보도록."

하지만 세리카의 반응은 쌀쌀맞기 그지없었다.

"식비만 내면 옛정을 봐서 식사 정도는 차려주마. 식비만 내준다면 말이지. 그게 최저한의 조건이다. 애초에 난 집세도 안 받고 있건만…….”

“저것 좀 보세요. 학원장님, 들으셨죠? 저 녀석이 저렇다니까요. 옛날부터 진짜 제멋대로라……. 참 나, 정말로 곤란한 녀석이지 뭡니까.”

글렌은 기가 막힌다는 얼굴로 탄식하더니 어깨를 으쓱이며 입가를 끌어올리고 코웃음을 쳤다.

“어, 째, 서, 내가 나쁘다는 식으로 이야기가 흘러가는 거지?! 죄다 네 잘못이잖아?!”

“잠깐?! 항복! 관자놀이가 아파! 머리가 터지겠어! 살려줘요! 마마—?!”

세리카는 손바닥으로 움켜잡은 글렌의 두개골을 바이스처럼 억세게 조였다.

글렌의 한심스러운 비명이 점점 높아지자 릭은 쓴웃음을 지으면서 한 가지 제안을 내걸었다.

“월급을 가불해주는 건 무리지만 특별 상여금이라면 가능성이 있을 걸세, 글렌 군.”

“특별 상여금이라고요?!”

그 말을 듣자마자 글렌은 세리카의 손을 뿌리치고 릭을 향해 잽싸게 달려갔다.

“그게 대체 뭐죠?!”

“다음 주에 학원에서 열리는 『마술 경기제』일세.”

“예?! 마, 마술 경기제……, 그게 대체 뭔가요?”

“음, 우리 알자노 제국 마술학원에서는 1년 동안 세 번에 걸쳐서, 학생들이 마술 능력을 겨룰 수 있는 행사를 열고 있지. 학년별로 각 반의 선수들이 다양한 경기로 실력을 겨뤄서, 종합 성적이 가장 우수한 반의 담당 강사에게는 특별 상여금을 지급하기로 되어 있네만.”

“헐……, 정말인가요?! 이 학원에 그런 멋진 이벤트가 있었다니?!”

“다음 주에 열리는 건, 마침 글렌 군의 반이 참가하는 2학년의 경기제일세. 여기서는 일단 그 특별 상여금을 노리고 노력해보는 게 어떤가.”

“예, 노력하고말고요! 그건 그렇고 마술 경기제라…… 그런 게 있었을 줄이야! 좀 더 일찍 알려주시지 그랬어요!”

글렌의 타산적인 발언을 들은 세리카는 손가락으로 관자놀이를 누르며 기가 막힌 얼굴로 쌀쌀맞게 중얼거렸다.

“아니, 너도 이 학원의 졸업생이잖아. 그런데 왜 모르고 있는 거지? 애초에 2학년들은 어느 반이고 가릴 것 없이 경기제 준비를 하느라 들떠 있을 텐데. 아무튼 이번에는 특별히 여왕 폐하가—.”

“에잇, 이러고 있을 때가 아니지! 어서 무슨 수를 써야겠어! 칫, 그 녀석들 아직 반에 남아 있으려나…… 그럼 전 이만!”

하지만 글렌은 세리카의 지적을 귓등으로도 듣지 않았다. 무슨 생각을 한 건지 주먹을 굳세게 쥐고 등을 돌리더니 황급히 학원장실을 나가버렸다.

세리카는 그런 그의 뒷모습을 한숨을 내쉬며 눈으로 배웅했다.

"……그런데 학원장. 실제로 글렌의 반이 우승할 확률은?"

"……솔직히 말하면 힘들 걸세."

릭은 미묘한 표정으로 세리카의 질문에 대답했다.

"글렌 군의 반에는 학년에서 손꼽히는 우등생인 시스티나 군이 있지만……, 종합적인 능력으로 보면 할리 군이 맡은 1반의 우승이 확실하다는 평가가 지배적이지."

"아, 할리가 맡은 반 말인가. 확실히 제법 쓸 만한 녀석들은 전부 그쪽으로 몰려 있지……."

"그가 맡은 반에는 우등생이 많아서 선수층이 튼튼하니 말일세. 아무리 시스티나 군이라도 전 종목에 출전할 수는 없을 테니까."

"한 학생이 전 종목에 출전이라……."

그 순간, 세리카는 질렸다는 듯 한숨을 내쉬었다.

"괜찮은 건가, 세리카 군? 이대로 있다간 자네의 애제자가 굶어 죽을지도 모르는데, 도와주지 않아도 되겠나?"

"뭐, 그건 걱정할 필요 없어."

세리카는 태평한 말투로 대답했다.

"그 녀석이라면 풀을 뜯거나 나무껍질을 씹어 먹어서라도 살아남을 테니까. 옛날에 그런 교육을 하기도 했고. 그보다는 이대로 내버려 두는 편이 더 재미있을 것 같기도 해."

"……호오?"

세리카의 그 발언에 학원장도 흥미가 동했는지 입가를 끌어올리며 웃었다.

"동기에 좀 문제가 있지만, 글렌 녀석도 이제야 『그럴 마음』이 든 모양이니까. 최근 경기제의 방식에는 넌더리가 나던 참인데……, 과연 그 녀석이라면 어떻게 대처할지 궁금하군."

세리카는 즐겁게 웃었다.

# 제1장 가짜 열혈 강사, 그 화려한 탄생

방과 후, 알자노 제국 마술학원의 동관 2층.

이날의 마술학원 2학년 2반 교실은 깜짝 놀랄 정도로 침울한 분위기에 잠겨 있었다.

"자~ 그럼 『비행 경주』에 나가고 싶은 사람 누구 없나요~?"

단상에 선 시스티나가 반 친구들에게 물어보았지만 아무도 대답하지 않았다.

그들은 모두 고개를 숙이고 있었다. 교실은 마치 장례식장처럼 적막에 잠겨 있었다.

"……그럼 『변신』 종목에 나가고 싶은 사람~?"

역시 반응이 없다. 교실은 변함없이 조용했다.

"하아…… 큰일이네. 경기제가 바로 다음 주인데 선수가 전혀 정해지질 않았으니……."

시스티나는 머리를 긁적거리고 서기를 맡아 칠판 앞에 서 있는 루미아에게 살짝 눈짓을 했다.

루미아는 고개를 한 번 끄덕인 후, 온화하지만 귀에 잘 들리는 선명한 목소리로 반 친구들에게 말을 걸었다.

"얘들아, 모처럼 글렌 선생님께서 이번 경기제는 『우리끼리 알아서 하라』고 말씀하셨으니 한번 우리 힘만으로 노력해보는 건 어떨까? 작년에 참가하지 못한 사람한테는 좋은 기회인데."

그래도 나서는 사람은 아무도 없었다. 다들 거북한 듯 시선을 마주치려 하지 않았다.

"……소용없어."

그러자 이 상황에 질렸는지 안경을 쓴 소년이 자리에서 일어났다.

그의 이름은 기블. 이 반에서는 시스티나 다음가는 우등생이었다.

"다들 주눅이 든 거라고. 그야 그럴 만도 하지. 다른 반은 작년과 변함없이 반의 성적 우수자만 나오기로 정해졌다는 모양이니까. 처음부터 지는 게 당연한 싸움은 누구도 하고 싶지 않은 법이야. ……내 말이 틀렸나?"

"……하지만 모처럼의 기회인데."

기블은 울컥해서 반론하려는 시스티나를 무시하고 말을 계속했다.

"게다가 이번 2학년 마술 경기제에는 여왕 폐하께서 귀빈으로 참석하신다고 하잖아? 다들 폐하의 어전에서 꼴사나운 모습을 보여드리고 싶지 않은 거겠지."

불쾌한 말투지만 그 내용은 2학년 2반 학생들의 심정을 정확하게 지적하고 있었다.

"그것보다 시스티나. 슬슬 진지하게 정하는 게 어때?"

"……난 지금도 진지한데?"

"하하! 농담이 제법인걸. 떨거지들에게 출장 기회를 적선하려는 거 아냐?"

기블은 입가에 빈정거리는 웃음을 짓더니 반 학생들을 한 차례 힐끗 쳐다보았다.

"잘 봐. 네 엉뚱한 제안 때문에 원래 경기제에 나가야 하는 우수한 녀석들까지 위축돼서 나서질 못한다고. ……이제 장난은 그쯤 하면 됐잖아?"

"나, 난 그런 의도가 아니었어! 그리고 다른 애들이 방해된다고 생각한 적도 없거든?!"

시스티나는 눈썹을 날카롭게 세우고 거친 목소리로 반론했다.

기블은 그 말을 가볍게 흘려 넘기고 한층 더 노골적인 말을 내뱉었다.

"착한 척하지 마. 그런 것보다 어서 전 종목을 너나 나처럼 성적이 높은 사람으로 채우자고. 그렇게 하지 않으면 다른 반에…… 특히 할리 선생님이 이끄는 1반을 이길 수 없을 테니까."

"경기제의 목적은 이기는 것만이 아니잖아? 그리고 작년에도 그렇게 했지만…… 왠지 엄청 따분하던데."

"이기는 것만이 목적이 아니라고? 따분하다? 넌 대체 무슨 소릴 하는 거냐. 마술 경기제는 그런 게 아니잖아?"

기블은 시스티나의 주장을 코웃음으로 일축했다.

"어지간해서는 마술 능력을 비교할 기회가 없는 이 학원에서 누가 가장 우수한 능력을 지니고 있는지, 그걸 확실히 할 수 있는 보기 드문 기회가 이 마술 경기제라고!"

"그건…… 그럴지도 모르지만!"

"게다가 이 경기제에는 학원의 졸업생……, 마도청에 근무하는 관료나 제국 궁정 마도사단의 단원분들도 적지 않게 관람하러 오셔. 마술 경기제는 장래에 그쪽 방면을 목표로 삼은 학생들에게 자신을 알릴 수 있는 절호의 기회이기도 해. 우리 같은 성적 우수자에게 그 기회가 더욱 많이 주어지는 건 당연한 일이라고 생각하지 않아?"

"……너, 지금 그거 진심으로 하는 소리니?"

분노를 드러낸 시스티나는 기블을 노려보았다.

하지만 기블은 아랑곳하지 않고 자신의 지론을 말했다.

"게다가 이번 경기제에서 우승한 반은 여왕 폐하께서 손수 훈장을 수여해주시는 영광을 누릴 수 있어. 이게 얼마나 큰 가치가 있는지 너도 잘 알잖아? 시스티나, 그러니 생떼 부리지 말고 출장 선수를 성적 우수자로 채워. 이건 우리 반을 위한 일이기도 해."

"기블…… 너, 적당히—."

이제 곧 이 자리의 분위기는 최악으로 치달으리라. 그 사실을 이해하면서도 결국 인내심이 한계에 달한 시스티나가 큰소리를 내려고 한 그 순간이었다.

두다다다다다!

복도에서 달리는 발소리가 가까워지나 싶더니…… 다음 순간, 타앙! 하고 화려한 소리를 내며 교실 앞문이 열렸다.

"이야기는 다 들었다! 여긴 나에게 맡겨라. 이 글렌 레이더스 대선생님께 말이지!"

소매에 팔을 넣지 않고 어깨에 걸친 로브가 의미 없이 펄럭거렸다.

활짝 열린 문 건너편에는 느끼한 눈초리를 하고 검지를 앞으로 내밀며, 부자연스러울 정도로 가슴을 젖힌 채 온몸을 비튼— 정체불명의 자세로 서 있는 글렌이 있었다.

"……골치 아픈 인간이 왔네."

시스티나는 머리를 감싸 쥐고 한숨을 내쉬었다.

전혀 의미를 알 수 없는 등장 방식에 어안이 벙벙한 학생들을 앞에 둔 글렌은, 시스티나를 밀치듯이 걸어가서 교단 위에 섰다.

"애들아, 싸움은 그만해라. 싸움은 아무것도 낳지 않아. ……그런 것보다."

글렌은 반짝반짝 빛이 나는 듯한 상쾌한 미소를 얼굴에 한가득 담았다.

"우리는 우승이라는 하나의 목표를 위해 함께 싸우는 동료가 아니냐."

'기분 나빠.'

그 순간, 반 전체의 마음이 완전히 일치했다. 참으로 비참한 통솔력이었다.

"음, 뭐랄까. 너희들, 선수를 정하는 데 꽤 고생하고 있나 보군."

그런 미묘한 분위기를 눈곱만큼도 읽지 못한 글렌은 마이 페이스로 자기 할 말만 했다. 정말로 평소와 전혀 다름없는 태도였다.

"참 나, 대체 뭘 하고 있는 건지. 너희들, 이길 의욕은 있는 거냐? 다른 반은 이미 종목을 정해서 다음 주에 열릴 경기제를 위해 특훈에 돌입했다고. 나 원 참, 의식 수준 차이가 느껴지는구만."

"의욕이 없었던 건 선생님이잖아요!"

너무나도 심한 말에 시스티나는 태클을 걸지 않을 수 없었다.

"얼마 전에 제가 경기제를 어떻게 할지 여쭤봤을 때도 『너희들끼리 알아서 해라』라고 말씀하셨으면서! 왜 이제 와서 갑자기 이러시는 거죠?!"

"……뭐?"

글렌은 전혀 예상하지 못했는지 어리둥절한 기색을 보였다.

"……내가 그런 말을 했던가? 아니, 진짜 기억에 없는데."

"아아……, 역시 귀찮아서 제 이야기를 귓등으로 흘려들으셨던 거군요……."

글렌의 평소와 다름없는 무책임한 반응에 시스티나는 힘이 쭉 빠져서 고개를 떨궜다.

"뭐, 그건 아무래도 상관없고. 너희들에게 맡겼는데도 아직 정해지지 않았으니, 이 반을 이끄는 총감독인 이 몸이 슈퍼 카리스마 마술강사다운 결단력으로 너희들이 나갈 경기 종목을 정해주마. 미리 말해 두겠다만."

글렌은 야심과 정열이 현란하게 타오르는 눈동자로 거만하게 선언했다.

"내가 총감독을 맡은 이상 목표는 우승이다. 온 힘을 다해서, 내가 너희들에게 우승의 영광을 안겨주마. 그러니 그렇게 되도록 편성을 짤 거다. 이건 농담이 아니야. 명심해."

평소의 저온 동물 같은 꼬락서니에서는 상상도 할 수 없었던 뜨거운 모습에 학생들은 저마다 술렁거리면서 얼굴을 마주 보았다.

"야, 하얀 고양이. 경기 종목 리스트 좀 내놔 봐. 루미아, 미안하지만 지금부터 내가 부르는 이름과 경기를 순서대로 칠판에 적어주겠니?"

"사람을 고양이 취급하지 말라고 그렇게 말했는데…… 정말이지!"

"예, 알겠어요. 선생님."

시스티나는 불만스러운 얼굴로 리스트를 건넸고 루미아는 분필을 들고 받아 적을 준비를 했다.

"흠……."

글렌은 진지한 눈으로 경기 종목과 그 룰이 적힌 리스트를 훑어보기 시작했다.

"야, 하얀 고양이. 이건 매년 같은 경기인 거냐?"

"아뇨. 『결투전』 같은 몇 개의 예외를 제외하면 같은 경기는 거의 없어요. 지금까지 없었던 새로운 경기가 갑자기 만들어지거나 언뜻 보기엔 같은 경기라도 규칙이 바뀐다든가……."

"그렇군. 학생들의 응용 능력을 시험하는 의미도 포함된 건가. 그렇다면…… 흠……."

시스티나는 그런 글렌의 얼굴을 힐끔 흘겨보면서 작게 한숨을 내쉬었다.

'정말이지, 왜 갑자기 의욕이 생기신 거람?'

글렌은 우여곡절 끝에 이 반을 맡게 된 마술강사였다. 수업 내용은 뛰어나지만 자신의 마술 연구에는 전혀 의욕이 없는 데다가, 심심하면 숭고한 마술을 바보 취급하는 문제 발언을 내뱉었다. 그런 마술사로서 실격인 글러 먹은 인간……이라는 것이 이 학원의 공통 인식이었다.

하지만 시스티나는 알고 있었다. 평소의 글렌은 누가 봐도 부정할 수 없는 글러 먹은 인간이지만, 비상시에는 타인을 위해 자신의 목숨을 걸고서라도 싸우는 뜨거운 인간이라는 사실을…….

시스티나는 글렌의 다른 일면을 잘 알고 있기에, 평소엔 늘 설교만 해도 완전히 정나미가 떨어지는 일은 없었다.

이번에도 마찬가지다. 오히려 의욕이 생긴 것 같아 기뻤다.

'그런데 뭐랄까…… 타이밍이 참 안 좋네…….'

시스티나는 아주 약간이지만 기분이 씁쓸했다.

글렌은 분명 이렇게 말했다. 온 힘을 다해서 우승을 노리겠다고…….

이 마술 경기제에서 우승을 노리겠다는 건 다시 말해, 평범한 성적의 학생들은 제외하고 성적이 높은 몇 명의 우등생만 가려서 모든 종목에 돌려쓰겠다는 뜻이었다.

'하아…… 하필이면 이런 타이밍에 의욕을 내시다니…….'

사실 시스티나는 같은 학년에서 다섯 손가락 안에 들어가는 우등생이다. 당연히 1학년이었던 작년에도 그런 식으로 거의 모든 경기에 나갔지만 재미가 없었다. 아버지에게 들었던 이야기와는 전혀 달랐다. 옛날에는 반 전원이 참가해서 즐기는 행사였다는 모양이지만, 막상 참가하니 어느새 그런 모습은 완전히 사라져 있었다.

그래서 글렌이 알아서 하라고 했을 때는 그건 그것대로 나쁘지 않았다.

반 전원이 참가하면 분명 즐거워지리라.

올해는 아버지가 학원에 다녔을 무렵과 같은 즐거운 마술 경기제가 될 거라고 예상했었다.

하지만 종이에 구멍이 뚫리도록 리스트를 쳐다보고 있는 글렌의 진지한 표정을 보아하니, 올해도 작년과 다름없는 시시한 경기제가 될 것 같았다.

"하아."

시스티나는 포기한 표정으로 쓸쓸한 한숨을 내뱉었다.

"……좋아, 대충 알았다."

글렌이 고개를 들었다. 마침내 참가할 멤버를 발표하려는 모양이다.

"집중해서 잘 들어, 짜식들아. 우선 가장 배점이 높은 『결투전』. 이건 하얀 고양이, 기블. 그리고…… 카슈, 너희 셋이서 나가라."

어라? 그 말을 들은 순간, 학생 전원이 고개를 갸웃했다.

경기제의 『결투전』은 삼대삼의 단체전으로, 마술 전투를 벌이는 가장 주목받는 경기라서 각 반의 최강 세 명을 선출하는 것이 당연했다.

하지만 성적순으로 따지자면 시스티나와 기블 뒤에 와야 하는 건 웬디였을 터. 어째서 글렌은 그녀보다 성적이 뒤떨어지는 카슈를 선택한 것일까.

지명된 카슈도 왜 자신을 고른 건지 영문을 알 수 없어서 당황하는 기색이었다.

하지만 글렌은 학생들의 의아해하는 시선을 완전히 무시하고 말을 계속했다.

"그리고 다음은…… 『암호 빨리 풀기』. 이건 당연히 웬디겠지. 『비행 경주』…… 이건 로드와 카이가 적임이겠고. 『정신 방어』…… 아, 이건 루미아밖에 없겠네. 음~ 그리고 『탐사&열쇠 해제 경주』는—『그란티아』는—."

잇따라 발표되는 멤버를 듣고 학생들은 어떤 사실을 눈치챘다. 여러 종목에 중복으로 나가는 학생은 한 명도 없었다. 성적이 높은 학생을 내보내야 할 배점이 높은 경기에도 아무렇지 않게 성적이 낮은 학생을 배치하고 있었다. 요컨대, 글렌은 2학년 2반 학생 마흔 명 전원을 모든 경기에 한 번씩은 내보낼 셈인 듯했다.

우승을 노리는 게 아니었던 건가? 정말 진심으로 하는 소리인가?

그의 의도를 파악하지 못한 학생들은 모두 어리둥절해했다.

"그리고 마지막으로 『변신』은 린에게 맡기마. 좋아, 이걸로 종목은 다 채워졌군."

마침내 글렌의 발표가 끝났다. 결국 경기제에 참가하지 않는 학생은 단 한 명도 없었다. 마흔 명 전원이 최소한 한 번은 경기에 나가도록 정해졌다.

"질문은?"

"전 납득 못하겠어요!"

학생들이 술렁이는 가운데, 딱 봐도 귀한 집 아가씨 같은 트윈 테일 소녀 웬디가 자리에서 벌떡 일어나며 거친 목소리로 항의했다.

"왜 제가 『결투전』 멤버에서 빠진 거죠?! 제 성적이 카슈보다 더 좋을 텐데요!"

"아~ 그건 말이지……."

글렌은 말하기 난처하다는 듯 관자놀이를 긁었다.

"확실히 넌 습득한 주문의 숫자도, 마술 지식도, 마력 용량(캐퍼시티)도 굉장하다만 좀 둔한 구석이 있어서 말야……. 돌발 상황에 약한 데다가 가끔은 주문 영창에 실패할 때도 있고."

"뭐라구요?!"

"그러니 습득한 주문의 양은 적어도 운동 능력과 상황 판단 능력이 높은 카슈가 『결투전』에는 더 적합할 거라는 판단을 내린 거다. 기분 상했다면 사과하마. 그 대신 『암호 빨리 풀기』. 이건 완전히 네 독무대잖아? 네 【리드 랭귀지】 실력이 이 반에서 최고인 건 두말할 여지가 없으니까. 이 경기는 너에게 맡기마. 아무쪼록 점수 좀 벌어다오."

"으, 으음…… 그런 이유라면 뭐…… 말투는 좀 석연치 않지만……."

화를 낼 수도 없고 반론할 수도 없게 된 웬디는 맥없이 물러났다.

그 밖에도 왜 자신이 그 종목에 나가야 하는지 의문을 느낀 학생들이 잇따라 손을 들어서 글렌에게 질문했다.

"그야 【레비테이트 플라이】도 【그래비티 컨트롤】도 따지고 보면 같은 중력 조작 계열 흑마술이고, 흑마술은 운동과 에너지를 다루는 술식이라는 측면에서 보면 밑바탕은 같아. 카이, 너라면 충분히 할 수 있어."

"테레사, 너 지난번 연금술 실험 시간에 누가 플라스크를 떨어트렸을 때 무의식적으로 【사이 텔레키네시스】를 써서 캐치했지? 넌 스스로 깨닫지 못했을 뿐이지 염동 계열의 백마술, 특히 원격 조작 계열의 술식과 상성이 좋아."

"『그란티아』는 개개인의 능력보다는 팀워크가 중요해. 우리 반에서는 늘 사이좋은 삼인조인 너희들이 나가는 게 가장 나을 거다. 동조(싱크로) 영창도 제법 능숙하고."

하지만 그런 학생들의 의문에 글렌은 합당한 답을 내주었다.

요컨대 그는 평소 눈에 띄지 않는 학생들의 장점을 일일이 파악해서, 그 개성을 최대한 살릴 수 있는 편성을 한 모양이었다.

글렌이 어째서 의욕이 생긴 건지는 알 수 없고 온 힘을 다해서 우승하겠다고 선언한 것치고는 왜 이런 비효율적인 방법을 채택한 건지도 모르겠지만, 그는 나름대로 자신이 짜낼 수 있는 최강의 편성을 고려한 모양이었다.

'게다가 이건…….'

시스티나는 칠판에 빼곡하게 적힌 이름으로 시선을 돌렸다. 기본적으로는 각 학생이 자신 있어 하는 분야를 살렸고, 그렇지 않더라도 그 분야를 충분히 응용할 수 있는 훌륭한 편성이었다. 이건 일상적으로 학생들의 모습을 잘 관찰해서 그들의 개성을 꼼꼼히 파악하지 않고서는 불가능한 일이었다. 평소에는 자신의 제자들에게 전혀 관심이 없어 보이는 그의 예상치 못한 일면이었다.

'선생님은 정말로 글러 먹은 인간이지만…… 가끔 이럴 때가 있어서 미워할 수 없다니까…….'

학생들의 의문에 일일이 대답해주는 글렌의 모습을 시스티나는 흐뭇하게 지켜보았다.

"자, 또 질문 있는 사람?"

글렌은 반을 한차례 둘러보았다.

이제 그의 편성에 이의를 제기하는 학생은 아무도 없었다.

"그럼 이대로 정해도 되겠지?"

글렌은 의기양양한 미소를 지으면서 학생들에게 물었다.

'후우~ 어찌어찌 잘 넘어갔네…….'

글렌의 목적은 두말할 것 없이 우승이었다. 무슨 일이 있어도 이겨야만 한다. 우승해서 반드시 특별 상여금을 받아야만 한다. 살아남기 위해서. 굶어 죽는 건 싫다. 세리카는 한 번 내뱉은 말은 주워 담지 않는 비정하고 냉혹한 녀석이다.

그래서 우승하려면 다소 강압적으로라도 승률을 최대한 올릴 수 있는 편성을 통과시켜야만 했다. 아무리 **축제**라고는 해도 학생들이 노는 기분으로 적당히 나가고 싶은 경기에 나가는 건 곤란했다. 이기기 위해서 비열한 편성을 짜야만 했다.

이러니저러니 해도 상황은 글렌이 생각한 대로 잘 풀렸다. 이 반의 학생으로 우승을 노리려면 그가 제안한 편성이 가장 나을 터다.

'훗…… 비열하다고 원망하지 마라. 우승 외에는 가치가 없어. 이기면 장땡이라는 거지. 뭐, 가능하다면 시스티나 같은 우등생을 전 종목에 내보내고 싶었지만…….'

확실히 학생들의 장점을 최대한 살리는 방향으로 편성했지만, 그렇다고 해서 성적 우수자와의 근본적인 실력 차이를 뒤집을 수 없다는 사실은 잘 알고 있었다. 어디까지나 그럭저럭 나쁘지 않은 수준으로 승부를 겨룰 수 있는 정도였다. 더 확실하게 우승을 노리려면 성적 우수자만 가려서 전 종목에 내보내는 편이 훨씬 나았다.

'하지만 그건 반칙이겠지…… 뭐, 어쩔 수 없지. 이 마흔 명을 잘 써 먹어서 승률을 최대한 올리는 수밖에…….'

"이것 참…… 선생님, 농담은 적당히 하시죠."

글렌이 그런 생각을 하고 있을 때, 학생 한 명이 천천히 자리에서 일어났다. 기블이었다.

"뭐가 온 힘을 다해서 우승을 노리겠다는 건가요. 이런 편성으로 대체 어떻게 우승하겠다는 겁니까?"

"음?"

설마 자신이 고려한 것보다 승률이 높은 편성이 존재하는 걸까.

만약 그런 게 존재한다면 바로 채용하자. 이미 강사로서의 존엄과 자존심은 중요하지 않았다. 이대로 가면 굶어 죽기 십

상이니까.

"호오? 기블, 너라면 내가 생각한 것보다 나은 편성이 가능하다는 거냐? 좋아, 어디 한번 말해봐라."

"……저기, 선생님. 지금 진심으로 하시는 말씀입니까?"

기블은 짜증이 나는 걸 숨기려 하지도 않고 내뱉듯이 말했다.

"당연히 성적 우수자만 골라내서 전 종목에 내보내면 되지 않습니까! 매년 그렇게 하고 있고, 올해 역시 다른 반들도 그렇게 할 텐데요!"

"……어?"

글렌의 몸이 뻣뻣하게 굳었다.

어? 뭐야 그게. 진짜 그래도 되는 거야?

몸은 굳었지만 생각은 머릿속에서 쉴 새 없이 맴돌았다. 아무래도 자신은 심한 착각을 한 모양이다.

'아~ 뭐야. 한 학생을 여러 종목에 내보내도 되는 거였어? 매년 다들 그렇게 한다고? 헤에~ 그렇구나~ 오호~ 흐응~.'

그 말을 듣자마자 글렌은 속으로 승리의 포즈를 취했다.

'좋았어! ……으헤헤. 이 편성도 충분히 비열하니까 다들 기겁할 줄 알았는데 그런 게 가능하다면 이제 봐줄 필요는 없겠군. 이것보다 한층 더 비열한 멤버로 꾸려주마!'

특히 시스티나는 인정사정없이 부려 먹어 줄 테다. 저 하얀 고양이 계집애는 건방지지만 뭐, 아무튼 우수한 건 틀림없는 사실이다. 진짜 건방지지만. 그녀를 많은 종목에 내보낼 수 있다면 그것만으로도 우승할 확률은 확 뛰어오르리라.

"음…… 그렇군. 그런 거라면……."

글렌이 기블의 의견을 받아들이려 한 순간이었다.

"그게 무슨 소리야, 기블! 모처럼 선생님께서 고안해주신 편성에 트집 잡을 생각이야?!"

어떤 소녀가 기블의 의견을 정면으로 반박했다. 시스티나였다.

'잠깐만! 야, 넌 왜 또 기블 군의 의견에 반대하는 건데?!'

초조함으로 가득한 글렌의 생각을 눈곱만큼도 눈치채지 못한 시스티나는 반 아이들을 마주 보고 진지한 표정으로 호소했다.

"애들아, 잘 봐! 선생님께서 고려해주신 이 편성을! 우리의 장단점을 확실히 파악해서 활약할 수 있도록 짜주신 거잖아?"

시스티나의 필사적인 호소에 학생들이 술렁거리기 시작했다.

"그러고 보니……."

"그건 그래……."

여기저기서 긍정하는 목소리가 새어 나왔다.

'잠깐, 이 짜식들아…… 설득당하지 말라고. 부탁이니까 제발……'

"선생님이 이렇게까지 해주셨는데 아직도 주저하는 거야?! 여왕 폐하의 어전에서 꼴사나운 모습을 보이고 싶지 않다는 그런 한심스러운 이유로 참가를 포기하겠다고?! 그거야말로 진짜 꼴사나운 짓이잖아! 그러고도 너희가 폐하를 뵐 낯이 있어?!"

'꼴사나워도 상관없으니까 쓸데없는 소리 좀 하지 마, 제발…….'

"애초에 성적 우수자들만 겨뤄서 얻는 승리에 무슨 의미가 있다는 거니? 선생님이 온 힘을 다해서 우리 반을 우승으로 이끌어주겠다고 말씀하시잖아! 이건 모두 다 같이 참여해야 의미가 있는 거라구!"

그리고 시스티나는 글렌을 돌아보면서 말했다.

"제 말이 맞죠? 선생님!"

그 표정은 글렌에게 보내는 것치곤 드물게도 모난 데가 없는 명랑한 미소였다.

"으, 응……."

글렌은 그렇게 대답할 수밖에 없었다. 여기서 아니라고 말했다간 나쁜 놈 확정이다.

"화, 확실히 시스티나 말이 맞아……."

"응, 맞아……. 우리도 역시……."

그리고 반 전체의 분위기도 명백히 시스티나의 의견을 따르는 방향으로 흘러갔다.

'이, 이러면 취소할 수 없잖아?! 야, 이 자식들아! 잠깐 기다려 봐! 나한테 이건 목숨이 걸린 문제라고! 굶어 죽느냐 마느냐의 문제란 말이다! 그걸 알고는 있는 거냐?! 젠장!'

이렇게 된 이상 믿을 건 기블뿐이다.

'힘내라! 지지 마, 기블 군! 하얀 고양이의 억지 따윈 멋지게

무너트려 버려!'

글렌이 바짓가랑이를 잡고 매달리는 듯한 시선으로 기블을 쳐다보았지만.

"흥, 어쩔 수 없군. 넌 변함없구나, 시스티나. ……뭐, 그게 우리 반 전체의 뜻이라면 그렇게 하던지."

기블은 비아냥대는 냉소를 짓더니 그대로 자리에 앉아버렸다.

'야, 너 인마! 근성이 없는 것도 정도가 있지! 이 초식남 자식!'

"어디 한번 솜씨를 보도록 하죠, 선생님."

'시끄러! 자랑할 솜씨 같은 건 어디에도 없다고!'

도발하는 기블의 말투에 글렌은 소리 없는 비명을 질렀다.

"아하하, 잘됐네요. 선생님이 의도하신 대로 됐잖아요?"

그런 글렌에게 시스티나는 쿡쿡 웃으면서 말했다.

'이, 이 녀석…… 비웃은 거지?! 이 몸을! 완전히 얕잡아 보는 얼굴로 비웃었겠다?! 게다가 여봐란 듯이 빈정거리기까지……?!'

이제 글렌에게는 그 웃는 얼굴이 악마의 미소로밖에 보이지 않았다.

'서, 설마 이 녀석…… 내 속셈을 간파하고 일부러 이러는 건가?! 만약 내 예상이 맞다면…… 뭐 이리 음흉한 녀석이 다 있지? 이 망할 하얀 고양이……!'

"뭐, 모처럼 의욕이 생겨서 열심히 생각해주셨으니 저희도 열심히 노력해볼게요. 기대해주세요, 선생님."

"그, 그래…… 기대하마……."

웬일로 기분이 좋아 보이는 시스티나와 찡그린 미소를 짓는 글렌.

"왠지…… 대화가 엇나가는 기분이 드는데…… 어째서일까?"

그런 두 사람의 모습을, 루미아는 쓴웃음을 지으며 바라보았다.

알자노 제국 마술학원에서 마술 경기제가 열리기 전 일주일간은 연습 주간이다.

더 구체적으로 말하자면 이 기간에는 모든 수업이 — 오전에 두 수업, 오후에 한 수업 — 평소보다 일찍 끝나고, 방과 후에는 담당 강사의 감독하에 마술 연습을 하게 되어 있었다.

"하아……."

방과 후. 침엽수로 둘러싸이고 바닥에는 잔디가 깔린 학원 안뜰에서 글렌은 적당한 나무에 등을 기대어 앉은 채, 자기 반의 학생들이 연습하는 모습을 피곤한 눈으로 멀리서 지켜보고 있었다.

주문을 영창해서 하늘을 나는 연습 중인 학생이 있었다.

염동 계열의 원격 조작 마술로 캐치볼을 하는 학생들이 있었다.

공격 주문(어설트 스펠)을 영창해서 나무에 전격을 날리는 학생이 있었다.

맞은편에 있는 벤치에서는 진지한 얼굴의 시스티나와 루미아가, 주문서를 펼치고 양피지에 뭔가를 적으면서 주위에 있는 학생 몇 명과 이런저런 상담을 하는 중이었다. 그녀들은 아무래도 경기용 마술식을 조정하고 있는 모양이었다.

글렌이 맡은 반의 학생들은 일주일 후에 열릴 경기제를 위해 조용한 분위기로 연습에 매진하고 있었다.

"아주 뜨겁구나…… 내 심정은 어떤지도 모르고……."

어제의 열혈 강사는 어디로 갔는지 오늘의 글렌은 완전히 축 늘어져 있었다.

보고 말았기 때문이다. 다른 반의 쟁쟁한 참가 멤버를…….

소환(召喚) 【콜 패밀리어】 주문으로 쥐를 불러내서 정찰을 보냈지만, 다른 반은 역시 2학년에서 우수하다고 소문난 학생들을 여러 경기에 중복 출전시키기로 결정한 모양이었다. 각각 돌출된 장점을 활용할 수 있도록 배치했으니 글렌의 학생들이 일방적으로 지는 일은 없겠지만…… 애초에 기본 능력에서 차이가 난다. 아무리 좋게 봐줘도 승률은 무척 낮았다.

농담으로 하는 말이 아니라, 글렌이 굶어 죽는 운명은 거의 확정된 미래에 가까웠다.

"젠장, 치사하잖아……. 우수한 녀석들만 돌려쓰다니, 이놈이고 저놈이고 이기면 그걸로 장땡이라는 거냐! 학생에게는 이기는 것보다 더 중요한 게 있잖아?! 빌어먹을!"

자신도 참가 멤버를 성적 우수자로만 편성하려 했던 사실은 오래 전에 잊었다.

"칫, 지금부터라도 억지로 편성을 바꿔볼까? 담당 강사의 권한으로……."

지금도 악마의 속삭임이 가슴속에서 스멀스멀 기어 나오고 있었다.

하지만 글렌은 문득 학생들에게 다시 한번 시선을 돌렸다.

모두가 즐거워 보였다. 어제까지는 다들 주눅이 들어서 참가를 망설였던 모양인데, 이러니저러니 해도 내심 경기제에 나가고 싶었던 것이리라. 학생들은 하나같이 활기찬 표정으로 자신이 나갈 경기 종목을 연습하는 중이었다.

그런 광경이 글렌의 옛 기억을 희미하게 자극한 덕분에 조금이나마 떠올랐다.

"마술 경기제…… 아, 그러고 보니…… 내가 이 학원의 학생이었을 때도…… 그런 게 있었던가……."

학생들이 즐겁게 연습하는 광경을 본 글렌은 마침내 기억해 냈다. 이 학원에 마술 경기제라는 전통 행사가 있었다는 사실을 지금까지 정말로 잊고 있었던 것이다.

"뭐, 무리도 아니지. 난 이 학원을 졸업한 뒤엔 터무니없이 인상적인 3년을 보냈으니까……, 그리고 애초에 경기제에 참가했던 적은 한 번도 없었으니……."

지금으로부터 몇 년 전, 이 학원의 학생이었던 무렵의 자신을 떠올렸다.

그때도 이미 마술 경기제에 참가하는 것은 성적 우수자라는 악습이 정착하고 있었다. 당시에는 평균 이하의 학생을 잘라 내는 정도였지만, 그 평균 이하의 학생에 해당했던 글렌은 당연히 선발에서 떨어졌다. 지금 돌이켜 보면 동급생들보다 서너 살이나 어렸던 그를 은연중에 따돌리는 의미도 포함됐으리라.

그래서 늘 경기제를 맞이해 즐겁게 들떠 있는 동급생들을 멀리 떨어져서 지켜보기만 했다. 무척 시시하고 씁쓸한 기억. 그런 일이 매년 반복되다 보니 3학년 때는 이미 경기제에 관심도 안 가지게 됐다.

그런 어두운 기억은 잊어버리는 게 당연하다면 당연했다. 이번에 한 반을 맡은 강사로서 감독하는 입장이 되지 않았다면 평생 다시 떠올리는 일은 없었으리라.

"칫…… 싫은 기억이 떠올랐잖아……."

투덜대면서 다시 자기 반 학생들이 열심히 연습하는 광경으로 시선을 돌렸다.

"하하…… 진짜 형편없네. 아~ 이건 무리겠어. 무리야, 무리……."

아마 우승하는 건 무리일 것이다. 도저히 일주일 만에 어떻게 할 수 있는 상태가 아니었다.

하지만 연습 중인 학생들을 구석에서 쓸쓸한 눈으로 쳐다보는 학생은— 단 한 명도 없었다.

"하아…… 나 원 참."

글렌은 머리를 벅벅 긁으며 자리에서 일어났다.

“……뭐, 아무렴 어때.”

혼잣말을 중얼거리는 그의 얼굴은 어딘지 모르게 상쾌해 보였다.

“아무튼 당분간 먹을 걸 구해 둬야겠군. 이제 특별 상여금 따윈 기대도 안 하지만, 굶어 죽는 건 사양이니까. 이 학원에 시로테 나무가 있었던가? 그 나뭇가지만 있으면 다음 월급날까지는 어떻게든 버틸 수 있을 텐데…….”

어제부터 물 말고는 아무것도 입에 넣은 게 없었다. 어쩔 수 없이 학원 내부의 숲에서 먹을 수 있는 들풀이나 나뭇가지를 찾으러 가려 한 순간이었다.

“아까부터 자기 할 말만…… 너희들, 적당히 좀 해!”

갑자기 거친 노성이 귀에 들어왔다.

“……뭐지?”

글렌이 귀찮은 얼굴로 목소리가 들린 쪽을 향해 시선을 돌리자, 아무래도 글렌의 반 학생과 다른 반 학생 몇 명이 안뜰 구석에서 말다툼을 하고 있는 모양이었다.

“……어~이, 대체 무슨 일이냐?”

내버려 둘 수도 없는 노릇이라 글렌은 한숨을 내쉬면서 그곳으로 향했다. 학생들은 당장에라도 서로 멱살을 잡을 듯한 심각한 분위기를 풍기고 있었다.

“아, 선생님?! 이 녀석들, 나중에 온 주제에 건방지게—.”

글렌의 학생인 카슈가 흥분한 기색으로 소리쳤다.

"시끄러워! 우린 너희들 2반이 잔뜩 몰려와서 자리를 차지하고 있는 게 눈에 거슬린다고! 이제부터는 우리가 연습할 거니까 다른 데로 꺼져!"

카슈의 맞은편에 있는 다른 반 남학생도 흥분하여 말을 내뱉었다.

"뭐라고?!"

"자, 자, 이제 그만~."

글렌은 싸우기 시작한 카슈와 다른 반 남학생의 목덜미를 붙잡더니 강제로 떼어 냈다.

"아으으…… 모, 목이…… 아야야……."

"우으으…… 수, 숨이…… 수, 숨 막혀……."

"참 나, 쓸데없는 일로 싸우지 마라. ……너희들 너무 혈기왕성한 거 아니냐?"

학생들이 얌전해진 것을 확인한 글렌은 그대로 손을 뗐다.

목이 해방된 두 사람은 성대하게 기침을 해대며 바닥에 넙죽 엎드렸다.

"그러니까…… 거기 있는 너희들은 배지를 보아하니 1반 애들이군. 너희들도 지금부터 연습하려고?"

"아…… 예, 맞아요. 그게…… 할리 선생님의 지시로 연습할 장소를 확보하려고……."

비교적 덩치가 큰 두 남학생을 완력만으로 간단히 제압한 글렌의 모습에 기가 죽은 모양이다. 1반 학생들은 조금 전까지의 위세는 어디로 갔는지 고분고분한 태도로 대답했다.

"흥~ 그래?"

글렌은 머리를 벅벅 긁으면서 주위를 둘러보았다.

"음…… 뭐, 확실히 우리가 자리를 많이 차지하기는 했네. 미안하다. 약간 자리를 비켜줄 테니까 그걸로 타협하지 않을래?"

"자, 자리만 비워주신다면 저희야 뭐……."

겨우 원만하게 수습되는 분위기에 상황을 지켜보던 학생들이 안도의 한숨을 내쉬었지만—.

"대체 뭘 하고 있는 거냐, 크라이스! 어서 연습 장소를 확보하라고 했을 텐데! 아직도 자리가 안 비는 거냐?!"

고함 소리와 함께 20대 중반으로 보이는 남자가 이쪽으로 다가왔다. 학원의 강사라는 증거인 올빼미 문장이 들어간 로브를 걸치고 안경을 쓴 신경질적인 인상의 남자였다. 저 남자의 이름은 분명—.

"아, 메리 선배. 안녕하심까."

"할리다! 할리! 메리도 하렘도 아닌! 할리 아스트레이다! 글렌 레이더스, 네놈은 대체 몇 번이나 내 이름을 틀려야 성이 차는 거냐! 아니, 애초에 내 이름을 외울 생각이 전, 혀, 없는 거지?!"

두 사람의 이런 대화는 어느새 일상으로 정착된 모양이었다.

학원의 강사인 할리는 태평하게 인사한 글렌에게 무시무시한 표정으로 접근했다.

"……흠? 그러니까 할…… 아무개 선배네 반도 지금부터 경기제 연습하시려고요?"

"……네놈, 내 이름을 그렇게까지 기억하기 싫은 거냐?"

할리는 주먹을 부들부들 떨면서 상종 못하겠다는 듯이 말을 이었다.

"흥, 됐다. 경기제 연습이라고 했지? 당연한 소릴. 올해 우승도 내 반의 차지다. 내가 지도하는 이상 우승 외에는 용납하지 않아! 게다가 올해는 여왕 폐하께서 왕래하시고 우승한 반에 직접 훈장을 수여하실 예정이라더군. 그 영광을 누리기에 마땅한 건 바로 이 나다!"

"아하하! 우와~ 엄청 의욕이 넘치시네요~. 열심히 해보세요, 선배!"

호들갑스러운 글렌의 태도에 할리는 밉살맞다는 표정으로 혀를 찼다.

"그보다 글렌 레이더스, 소문은 들었다. 네놈은 이번 경기제에 반 학생 전원을 참가시킬 예정인가 보더군?"

"예? 아, 뭐 그렇죠. 어쩌다 보니 그렇게 됐더라고요. ……바라던 바는 아니지만."

"하하! 싸우기 전부터 승부를 포기한 건가? 변명거리부터 만들려고? 아니면 내가 지도하는 1반이 무서운 거냐?"

글렌은 난처한 듯이 머리를 긁었다.

아무래도 이 할 아무개라는 남자는 자신을 미워하는 듯했다. 무슨 일이 있을 때마다 이렇게 일방적으로 시비를 걸어왔다. 처음부터 자신을 좋게 보지 않았던 모양이지만, 돌이켜 보면 계약직 강사였을 때 마음을 고쳐먹고 성실하게 수업을 한 무렵부터 한층 더 심해진 것 같았다. 대체 거기에 무슨 인과 관계가 있는지 전혀 모르겠지만…….

뭐, 아무튼 이번에도 적당히 흘려 넘기는 게 좋으리라.

"이야~ 확실히 그럴지도 모르겠네요. 할…… 아무개 선배네 반에는 특히 우수한 학생들만 모여 있는 모양이니까요. 이야~ 이미 우승은 선배네 반으로 정해진 걸지도 모르겠네요. 아~ 여왕 폐하께 직접 훈장을 받다니 부러워라~."

변함없이 호들갑스러운 글렌의 태도에 할리는 화가 났는지 이를 갈았다.

"칫…… 겁쟁이 자식. 뭐, 됐다. 그럼 냉큼 자리를 비워."

"아~ 예, 지금 당장……. 그럼 저기 있는 나무 근처까지 비우면 충분하겠죠?"

"그게 무슨 소리지? 난 지금 2반 전원이 여기서 당장 사라지라고 말한 거다만."

글렌은 할리의 반 학생들이 연습하기에 충분하다고 예상되는 면적을 고려해서 제안했지만, 할리의 일방적인 말을 들은 2반 학생 전원은 그 자리에서 얼어붙었다.

제아무리 글렌이라도 이 말에는 떨떠름한 얼굴로 관자놀이를 누르며 항의할 수밖에 없었다.

"선배…… 아무리 그래도 그건 너무 심한 거 아닙니까? 완전히 횡포라고요."

"뭐가 횡포라는 거지?"

할리는 침을 내뱉듯이 지껄였다.

"만약 네놈에게 정말로 의욕이 있다면 연습 장소를 공평하게 나눠줘도 상관없겠지만, 네놈은 전혀 그럴 생각이 없을 텐데! 아무튼 저런 낙제생…… 떨거지들에게까지 출전 기회를 적선했을 정도니까!"

"……읏?!"

"이길 생각도 없는 반이 쓸모없는 떨거지들을 모아서 장소를 차지하고 있는 건 민폐다! 알았으면 당장 여기서 꺼져!"

그 지독한 발언에 글렌의 학생들은 어두운 표정으로 어깨를 늘어트렸다.

—너 같은 낙제생이 영광스러운 경기제에 나갈 수 있을 리가 없잖아, 글렌?

—알았으면 당장 눈앞에서 사라져. 넌 방해만 된다고!

그런 학생들의 모습이 예전 누군가의 모습과 겹쳐 보였다.

"하아…… 나 원 참, 오늘은 잊어버리고 싶은 기억을 계속 떠올리게 하는구만……. 아~ 싫다, 싫어."

느닷없이 영문 모를 말을 중얼거린 글렌은 당혹스러움을 감추지 못하는 주위의 학생들을 무시하고 할리의 코에 검지를 척 들이댔다. 어깨에 걸치기만 한 로브가 그 기세를 타고 펄럭거렸다.

"저도 할 말이 있습니다만. 선배, 우리 반은 이게 최강의 편성이거든요? 의욕이 없다? 승부를 포기했다고요? 흣, 바보 같은 소리 하지 마시죠. 물론 우리도 노리고 있거든요? 우승을 말입니다. 뭐, 그렇게 실컷 방심하다가 꼴사납게 지지나 마시라고요."

글렌은 입가를 끌어올리며 자신 있게 웃었다.

그런 그의 이해할 수 없는 위압감에 위축된 할리는 식은땀을 흘렸다.

"……큭. 말로는 누가 못해, 말로는. 실제로 네 반은 시스티나나 기블 같은 우등생을 의미 없이 놀게 하고 있으면서!"

"호오? 흠…… 요컨대 할 아무개 선배는 제가 장난으로 이런 편성을 했다고 말씀하시는 겁니까?"

"그, 그래……. 그것 말고 또 뭐가 있다는 거냐! 우등생을 다수의 종목에 내보내는 것이야말로 경기제의 정석이다! 내 반뿐만 아니라, 다른 반도 매년 그렇게 하고 있잖아?!"

"큭큭큭……. 아무래도 선배뿐만 아니라 이 학원의 강사들은 하나같이 죄다 무능한 멍청이들만 모아 놨나 보네요. 설마 하니 우등생만 가려서 내보내면 그걸로 쉽게 이길 수 있을 거라고 생각했을 줄이야…… 푸하하하하하~! 아~ 우스워라."

악당처럼 한차례 웃어 젖힌 글렌은 할리에게 당당히 선언했다.

"똑똑히 들으시죠, 선배. 우리 반은 모두 다 같이 우승을 노릴 겁니다. 모두 다 같이요. 같은 목표를 앞에 두고 누가 주력이니 누가 떨거지니 하는 게 다 무슨 소용입니까? 모두는 하나를 위해, 하나는 모두를 위해. 그 일체감이야말로 최강의 전술인 셈이죠. 이렇게 말해도 이해 못하시겠나요?"

"큭…… 그런 비합리적인 정신론이 통할 리가……!"

하지만 그런 할리의 반론을 글렌은 가슴을 펴며 중간에서 끊어버렸다.

"월급 석 달분."

"뭐, 뭐라고?!"

"우리 반이 우승하는 것에 제 월급 석 달분을 걸죠."

글렌의 선언에 할리는 물론이고 주위의 학생들도 크게 당황했다.

특히 글렌의 반 학생들은 어안이 벙벙한 표정으로 그를 쳐다보았다.

"네, 네놈…… 지금 제정신이냐?!"

"글쎄 그건 과연 어떨까요? 선배, 이 내기를 받아들이시겠습니까? 이야~ 석 달분은 좀 세죠? 만약 졌다간 아무리 선배라도 마술 연구를 당분간 멈출 수밖에 없을 테니까요."

"으그극……!"

강사에게 월급은 중요한 의미를 지니고 있었다. 교수에게는 학원에서 대량의 연구비를 지원하지만, 강사에게 내려오는 연구비는 그야말로 새 발의 피였다. 따라서 강사가 자신의 공적을 올리기 위한 마술 연구를 진행하기 위해서는 그 연구비를 자신의 월급에서 충당해야만 했다. 대외적으로 마술강사는 고액 연봉자로 통하지만 실상은 늘 빈털터리였다.

당연히 할리도 석 달분의 월급을 잃는 위험은 피하고 싶었다. 만약 정말로 지기라도 했다간 그 기간만큼 연구는 확실히 늦춰지리라.

질 거라는 생각은 들지 않았지만 승부라는 건 결국 운이었다. 어떻게 흘러갈지 알 수 없었다.

게다가 글렌의 묘하게 자신감 있는 표정과 여유 있는 태도.

뭔가 대책이 있을지도 몰랐다.

"큭…… 좋다."

하지만 학생들 앞이라서 할리도 물러날 수 없었다.

"나도 내 반이 우승하는 데 월급 석 달분을 걸겠다!"

할리는 식은땀을 흘리면서 못마땅하다는 듯 선언했다.

"훗…… 과연 선배군요. 훌륭한 배짱입니다. 그런 자세는 꽤 좋아해요. 역시 그렇게 나오셔야죠. ……큭큭큭. 이야~ 정말 고마워요, 서~언~배."

글렌은 어디까지나 여유로운 태도로 의기양양하게 웃었다.

"칫! 이, 이 몸에게 대든 걸 반드시 후회하게 해주마……!"

할리는 원한이 골수에 사무친 불타는 눈으로 글렌을 노려보았다.

학생들은 그런 두 사람의 모습을 조마조마한 심정으로 지켜보고 있었다.

'……사고 쳤다!'

그리고 겉으로 의기양양한 표정을 유지한 글렌은 마음속으로 머리를 부둥켜안았다.

'우리 반 학생들이 바보 취급당하는 게 열 받아서 확 저질러 버렸는데……. 야, 글렌. 너 대체 어쩔 거야? 웃기지 말라 그래! 아무리 나라도 석 달이나 단식했다간 못 견뎌. 확실히 굶어 죽을 거라고! 내가 무슨 동방의 선인도 아니고……!'

요컨대, 겉으로는 위풍당당했지만 속으로는 전전긍긍하고 있었다.

대책? 당연히 그런 건 없다.

"네 이놈…… 글렌 레이더스! 너란 놈은……! 마술사가 지녀야 할 긍지도 자존심도 없는 제3계제(트레데)의 삼류 마술사 주제에 이 나를 우롱하다니……!"

'우와~ 화나셨네. 아주 제대로 화나셨어. ……아하하, 이걸 어쩌지?!'

글렌은 말을 주고받다가 자기도 모르게 싸움을 건 사실을 격렬하게 후회하는 중이었다.

'좋아…… 무릎 꿇고 빌자. 이젠 그것밖에 없어. 지금부터 열심히 마음을 담아서 사과하면 분명 용서해줄 거야. 자, 눈 뜨고 똑똑히 봐라! 나의 필살 고유(오리지널) 마술【문설트 점핑 오체투지】를!'

글렌이 자존심이고 뭐고 전부 내던지려는 바로 그 순간이었다.

"그만하세요, 할리 선생님."

늠름하고 시원스러운 목소리가 글렌의 기선을 제압한 할리의 말을 막았다.

"글렌 선생님을 계속 그렇게 우롱하시면 저도 가만히 있지 않겠어요."

그 목소리의 주인은 어느 틈에 이쪽으로 달려온 시스티나였다.

'야, 하얀 고양이—! 넌 하필이면 왜 이런 타이밍에 등장하는 거냐?!'

글렌은 그냥 이 자리에서 울고 싶어졌다.

"넌 시스티나 피벨?! 그 명문 피벨 가의…… 큭!"

할리는 시스티나가 개입하자 명백히 당황했다.

"애초에 연습 장소에 관한 당신의 주장에는 정당성이 전혀 없어요. 그리고 글렌 선생님께 하신 모욕 행위도 부당하구요! 더 계속하신다면 강사 중에 인격에 문제가 있는 인물이 있다고 학원 상층부에 문제를 제기할 생각인데, 그래도 괜찮으시겠어요?"

"크……?! 이 부모 잘 만난 애송이가……!"

명백하게 여유를 잃은 할리에게 시스티나는 여유 있는 미소를 던졌다.

"지금 여기서 저속한 언쟁을 벌이지 않아도 글렌 선생님은 숨지도 도망치지도 않으실 거예요. 일주일 뒤의 마술 경기제에서 정정당당하게 할리 선생님의 1반과 싸우실 테니까요."

그리고 왠지 기쁜 듯한, 기대가 가득한 표정으로 글렌을 돌아보았다.

"제 말이 맞죠? 선생님!"

"으, 응……."

글렌은 그렇게 대답할 수밖에 없었다. 여기서 아니라고 말했다간 나쁜 놈 확정이다.

"제길, 두고 봐라, 글렌 레이더스! 집단 경기에서는 가장 먼저 네 반부터 뭉개버릴 테니까! 그 목을 쳐줄 테니 깨끗이 닦고 기다려라!"

'왜 이렇게 계속 앞길이 험해지는 거지? 누가 나 좀 살려주라…….'

"당신이야말로."

속으로는 눈물을 질질 짜면서도 엄지를 세워서 목을 긋는 시늉을 했다. 이 세상에는 거스를 수 없는 흐름이 존재하기에…….

할리는 콧김을 내뿜고 어깨를 들썩이면서 떠나갔다.

한차례 소동은 지나갔지만, 남겨진 초특급 폭탄의 존재에 글렌은 고개를 푹 숙일 수밖에 없었다.

"……조금 다시 봤어요."

그런 글렌에게 시스티나가 말을 걸어왔다. 머리를 쓸어 올리는 은발의 소녀는 고개를 다른 방향으로 돌리고 있었다. 기분 탓인지 모르겠지만 뺨이 빨간 것 같다. 감기라도 걸렸나?

"설마 이렇게까지 해서 저희의 연습 장소를 지켜주시다니……. 여차할 땐 망설임 없이 타인을 위해 몸을 던지는 사람이라는 건 알고 있었지만……. 그야 선생님은 평소 행실이 그 모양이다 보니……. 새삼스럽게 이런 모습을 다시 보면……. 그게, 뭐랄까……."

"딱히 너희들을 위해서 이러는 건 아니다만……."

"후훗, 겸손인가요?"

물론 겸손이 아니라 거짓 없는 진심이었다.

"대가를 걸고 자신의 능력을 겨루는 것이야말로 마술사의 본모습……. 응, 역시 선생님도 천생 마술사셨네요!"

'이 녀석……, 왜 이리 기뻐하는 거지?'

"알겠어요! 맡겨만 주세요, 선생님! 선생님께서 이토록 저희를 믿어주셨는걸요. 저희는 절대로 지지 않을 거예요! 안 그래? 얘들아!"

시스티나의 말에 모든 학생이 힘차게 고개를 끄덕였다.

'너희들은 대체 어디서 그런 근거 없는 자신감이 생기는 거

냐……. 잃을 게 없는 놈들은 속 편해서 좋겠구만, 제기랄.'

애초에 전부 자업자득이었지만 그 사실은 완전히 무시했다.

웬일로 글렌에게 기분 좋은 미소를 보내는 시스티나.

그런 시스티나를 원망하는 듯한 찡그린 미소로 마주 보는 글렌.

"왠지…… 대화가 엇나가는 기분이 드는데…… 어째서일까?"

그런 두 사람의 모습을, 루미아는 쓴웃음을 지으며 바라보았다.

마술 경기제의 연습 주간.

이러니저러니 해도 다들 참가하고 싶었던 경기제에 (어쩌다 보니) 솔선해서 나가게 해준 데다가, (표면상으로는) 학생들을 지극히 생각하는 (것처럼 보이는) 글렌을 중심으로 한 2반의 단결력은 예상했던 것보다 훨씬 훌륭했다.

학생들은 높은 사기를 유지하며 이기기 위해 열심히 마술 연습과 공부에 매진했다. 이제 그들에게는 다른 반의 성적 우수자들에 대한 열등감도, 여왕의 어전에서 꼴사납게 패배할 수도 있다는 사실에 대한 거부감도 존재하지 않았다.

다들 평생에 단 한 번뿐인 2학년 마술 경기제를 맞이해 필사적인 모습이었다.

한편으로 글렌도 학생들의 그런 열의에 열심히 응해주었다

(가만히 앉아서 굶어 죽을 수는 없으니까). 어딘지 모르게 무시무시한 열의로 학생들의 연습과 공부를 도와주었다.

"그러니까 이번 『그란티아』는…… 삼인 일조인가. 반 숫자만큼 팀이 있으니까 다 합치면 열 팀. 하지만 경기제 진행 사정상 총력전이나 토너먼트를 일일이 할 여유는 없으니 당일에 제비뽑기로 정해진 팀과 단판 승부. 그 득실점 차가 전부 그 반의 점수가 되는 건가…… 흠."

글렌은 이번 경기제의 규칙이 적힌 책자를 뚫어지게 노려보며 중얼거렸다.

이날 글렌은 교실에서 경기제의 종목 중 하나인 『그란티아』 — 마술사의 전통 놀이로 서로의 결계진을 빼앗는 경기 — 에 참가하는 학생들에게 작전을 지도하는 중이었다.

"이 조건이라면…… 좋아. 너희들, 이번에는 조건 기동식을 써라."

뭔가 좋은 생각이 났는지 글렌은 책자에서 눈을 떼고 경기에 나가는 학생들— 알프, 빅스, 시사에게 시선을 돌렸다.

"『그란티아』에서 가장 중요한 건 결계를 구축하는 속도라는 것쯤은 너희도 알고 있겠지? 그래서 다른 반에 슬쩍 사역마를 보내서 정찰해봤는데…… 너희들보단 구축 속도가 확연히 빠르더군. 죄다 결계 구축 속도를 극한까지 높이는 방향으로 연습 중이었어. 그런 녀석들과 정면으로 붙었다간 눈 깜짝할 사이에 진지를 빼앗기고 질 거다."

세 학생은 그럼 어떻게 해야 하냐는 표정으로 서로의 얼굴을 마주 보았다.

"그 대책이 바로 조건 기동식이다. 조건 기동이라는 건 대상으로 삼은 장소나 물건에 설정한 조건이 달성되었을 때, 자동으로 술식이 발동하는 패시브 마술 발동법이지. 이번에는 이걸 전제로 작전을 짤 거다."

"조건 기동식…… 말인가요."

조건 기동식을 언급하자 학생들은 눈살을 찌푸렸다.

사실 마술사들은 조건 기동 술식에 그다지 좋은 인상을 가지고 있지 않았다.

"뭐, 그런 얼굴 할 줄 알았다. 조건 기동식은 요전에 마도전술론 수업에서 가르친 대로 옛날부터 저주(커스)나 제약(기아스)으로 실컷 써 먹은 악명 높은 술식이니까 말이지. 「무엇무엇을 하지 않으면 넌 죽는다」 같은 식으로. ……뭐, 그런 건 다 잊어라."

글렌은 분위기를 바꾸고 다시 설명을 시작했다.

"일단 조건 기동식의 복습부터 하자. 이 술식의 장점은 일단 짜 놓기만 하면 발동은 자동이라는 점. 어디까지나 마력이 흐르지 않는 발동 전 대기 상태이므로 상대가 알아차리기 매우 곤란하다는 점. 단점은 발동 타이밍이 상대방의 행동과 상황에 의존한다는 점이다."

글렌은 작전을 칠판에 적었다.

"삼인 일조의 『그란티아』라면 두 명을 오펜스, 한 명을 디펜스로 나눠서 오펜스가 결계 구축으로 진을 빼고 디펜스가 상대의 진지를 무너트리는 게 정석이잖아? 하지만 너희들은 셋이서 디펜스를 맡는 거다. 상대가 구축한 진지를 무너트리는 필드 브레이크에만 전념해. 만드는 거에 비하면 무너트리는 게 더 간단하니까."

"하지만 그러면 못 이길 텐데요……."

"맞아요. 그런 식으로는 아무리 애써 봤자 무승부밖에……."

"무승부를 노리는 것처럼 보여주는 거다. 이런 방법을 쓰고 싶지는 않았는데 말이지."

글렌은 머리를 벅벅 긁었다.

"나도 이런 말을 하는 건 싫지만, 상대가 보기에 너희들은 자기들보다 수준이 낮아. 적은 자존심 때문에라도 무승부를 받아들일 수 없을 테고, 득실점 차가 반의 점수가 되는 경기 규칙상 큰 점수 차로 이기고 싶어 할 거다. 그러니 고착 상태가 이어지면 상대방은 반드시 앱솔루트 필드 구축에 손을 대겠지."

"구축하는 건 번거롭지만, 일단 구축에 성공하면 손을 댈 수 없는 그거 말인가요?"

"그래. 그것도 고득점을 노리고 아주 거대한 녀석으로 구축할 거야. 그러니 너희들은 『적이 일정 득점 이상의 앱솔루트 필드를 구축』을 발동 조건으로 삼아서, 미리 넓은 범위를 제압하는 조건 기동 결계를 펼쳐 놓는 거다. ……경기 도중에,

무승부를 노리는 줄 알았던 수준 낮은 상대가 단번에 대량 득점으로 역전을 노릴 거라고는 적도 생각하지 못할 테니까. ……아마도.”

글렌은 아주 약간이지만 자신 없는 듯 말꼬리를 흐렸다.

“설마 사일런트 필드 카운터를 말씀하시는 건가요?!”

“그런 고등 전술을 저희가 어떻게…….”

“그래도 해보는 수밖에 없잖아? 정면으로 붙었다간 백 퍼센트 질 테니까.”

엄연한 사실을 들이밀자 학생들은 입을 다물었다.

“그렇지만 이 방법으로는 상대가 냉정한 판단력을 유지하고 있다면 질 수밖에 없어. 상대가 확실한 승리를 거두기 위해 작은 규모의 앱솔루트 필드를 만들기 시작하면 그걸로 끝이야. 기동 조건을 충족시킬 수 없으니까. 그렇다고 해서 그런 작은 필드를 기동 조건으로 삼아 봤자 큰 점수는 안 나와. 조건 기동의 효과 한계는 조건의 달성 난이도에 따라 다르니까. 남은 시간에 따라서는 간단히 역전당할 수도 있겠지.”

글렌은 분필을 소리가 나도록 빠르게 움직여서 칠판에 작전 개요를 적었다.

“요컨대 상대방이 큰 기술에 의존하도록, 최대한 빠르게 적이 구축한 노멀 필드를 무너트리는 것에 이 작전의 성공 여부가 달린 셈이다. 그러니 너희들은 필드 브레이크를 중점적으로 연습해. 아니, 까놓고 말해서 이것 말고는 승산이 없어. 알겠냐?"

"아, 예! 선생님!"

그런 글렌의 모습을 시스티나와 루미아가 멀리서 바라보고 있었다.

"꽤 열심이네……. 저 인간, 정말로 이길 생각이었구나……."

"얘, 시스티. 저렇게 진지한 얼굴로 뭔가에 몰두하는 선생님의 옆모습은 역시 멋지지 않니?"

"……그다지? 애초에 저 인간은 늘 칠칠찮으니까 가끔 성실한 모습도 보여주지 않으면 오히려 곤란해."

"후후, 솔직하지 못하긴."

"……그, 그게 무슨 의미니?"

하지만 단 한 가지 이해할 수 없는 점이 있었다.

"그런데 글렌 선생님은…… 왜 날이 갈수록 핼쑥해지시는 걸까?"

"음~ 혹시 감기인가?"

이번 마술 경기제와 얽힌 일 중 가장 큰 수수께끼였다.

이러니저러니 해서 눈 깜짝할 사이에 일주일이 지났다.

오늘은 알자노 제국 마술학원의 마술 경기제 개최 당일.

또한 알자노 제국의 여왕, 알리시아 7세가 학원을 방문하는 날이기도 했다.

# 제2장 마술 경기제, 개최

산의 능선에서 모습을 드러낸 새벽빛이 어둠의 장막을 걷어 올리기 시작하는 이른 아침.

아침 안개 속에서 제국 북부 이테리아 지방과 남부 요크셔 지방을 잇는 가도 위를 마차가 달리고 있었다. 웅장하고 늠름한 말 네 마리가 끄는 그 마차는 군데군데에 금은 세공이 되어 있어서, 누가 봐도 신분이 높은 사람이 탔다는 걸 알 수 있는 호화스러운 사양이었다.

그 사실을 뒷받침하듯 마차에는 날개를 펼친 매의 문장—제국 왕실의 문장이 그려져 있었다. 로열 호스 카트. 왕실과 인연이 있는 자들에게만 탑승이 허락되는 유서 깊은 마차였다.

그 주위를 군마에 탄 위사들이 호위하고 있었다. 갑옷 위에 입은 방패와 날개 무늬가 어우러진 붉은색 겉옷, 허리에는 레이피어. 제국군 중에서도 왕실의 귀인을 지키는 것이 사명인 왕실 친위대의 의상이었다.

왕실 친위대는 고도의 검술과 일정 수준 이상의 군용 마술을 익힌, 제국군에서도 손꼽히는 정예 부대다. 그런 까닭에 친위대에 속한 자들 모두, 선택받은 자가 지녀야 할 긍지와 숭고한 왕실의 수호자라는 사명감을 가슴에 품고 날카로운 패기를 강렬하게 드러내고 있었다.

그리고 마차의 문에서 가장 가까운 곳에 있는 건 다른 친위대원보다 한층 더 눈빛이 강렬하고 위엄이 느껴지는 무인이었다. 약간 흰머리가 섞인 흑발과 수염, 날카로운 눈빛, 피부 여기저기에 남은 옛 상처가 역전의 전사라는 사실을 여과 없이 드러내고 있는 남자였다.

왕실 친위대 총대장 제로스. 이미 초로의 나이에 접어들었지만, 40년 전의 봉신 전쟁을 경험하며 단련된 그의 정신력에는 털끝만큼도 흔들림이 없었다.

갑자기 주위에서 종을 울리는 듯한 금속음이 울려 퍼졌다. 그 소리를 들은 제로스는 허리에 찬 주머니에 손을 넣더니 반으로 갈라진 보석을 꺼내 귀에 가져다 댔다.

"보고하라."

제로스는 위엄과 위압감이 흘러넘치는 목소리로 말했다.

『예! 5팀, 6팀은 본대에서 약 1킬로스 앞을 선행. 현재 그 주변 지역을 보초 중. 또한 현시점에서 도적, 마수 등의 모습은 보이지 않습니다.』

그러자 보석에서 선발대의 상황 보고가 들려왔다.

"음, 수고했다. 하지만 방심하지 마라. 주요 가도 주변은 군이 정기적으로 정비를 하고 있어서, 요즘은 백성들도 호위 없이 왕래할 수 있는 시대라고 하지만 지금 우리가 모시고 있는 분은 여왕 폐하시다. 그 사실을 명심하고 자신의 의무와 충성을 다하도록."

『예!』

통신을 끊고 보석을 주머니에 넣은 제로스는 다시 주변을 주의 깊게 훑어보기 시작했다.

수상한 자가 다가오면 벨 것이다. 여차할 때는 자신의 몸이 방패가 될 뿐…….

그런 시원스러울 정도로 확고하며 날카로운 의지.

제로스와 왕실 친위대가 지키는 마차 안의 고귀한 인물에게 위해가 끼치는 경우는 만에 하나라도 있을 수 없다. 누가 봐도 자연스럽게 그런 생각이 드는 위풍당당한 모습이었다.

충성스러운 호위들의 믿음직한 모습을 그 여성— 알자노 제국 여왕 알리시아 7세는 마차 안에서 레이스 커튼 너머로 보고 있었다.

알리시아는 길고 매끄러운 금발을 위로 올려 묶은 부드러운 눈매의 숙녀였다. 자연스럽게 주변 사람들의 허리를 꼿꼿이 펴게 하는 고귀함과 기품. 그러면서도 쓸데없이 주위를 긴장시키지 않는 온화한 기질을 겸비한 여성이었다. 이미 30대 후반인데도 과거에 알자노의 하얀 백합이라고 칭송받은 미모에는 변함이 없었고, 오히려 한층 더 아름다워진 게 아닐까 싶은 생각이 들 정도였다. 그런 그녀가 오늘 입은 옷은 왕실의 권위를 상징하는 휘황찬란한 장식의 로열 드레스 — 여왕의 공무용 정장 — 가 아니라, 검은색과 베이지를 기본으로 한 간소한 외출용 드레스였다. 하지만 그런 간소한 복장으로도 내면에서 우러나오는 고귀함을 완전히 감출 수는 없었다.

"이제 곧…… 페지테에 도착할 예정이옵니다, 폐하."

알리시아의 옆에 앉은 20대 중반 정도의 여성이 입을 열었다. 헤드 드레스와 앞치마와 가터벨트, 하녀의 복장을 한 흑발 흑안의 여성이었다.

그녀의 이름은 엘레노아. 알리시아 여왕의 신변을 돌보는 시녀장, 정무를 보좌하는 비서관, 그리고 호위 역할까지 겸임하는 재녀였다. 과거에 알자노 제국대학 정치 경제학부를 수석으로 졸업했으며, 검술과 마술 실력도 초일류에 달하는 능력을 높이 사 여왕의 보좌역으로 발탁. 지금은 상급 귀족에 해당하는 사위하(四位下)의 관위에 올라 여왕의 공무를 돕는 인물이었다.

"예, 그러네요. 엘레노아. 그 도시에 가는 건 오랜만이에요."

알리시아는 정숙하게 웃으며 창밖의 마차가 나아가는 방향으로 시선으로 돌렸다. 시야 전체에 들어오는 목초 지대, 그 왼쪽에 크고 부드럽게 굽은 가도 앞에서 희미하게 페지테의 벽과 그 도시를 상징하는 부유성의 위용이 보이기 시작했다.

"그 지긋지긋한 조직이 학원의 전송 법진을 파괴하지만 않았다면 폐하께서 이런 고생을 하실 필요도 없었을 텐데……."

전송 법진이란 멀리 떨어진 장소를 연결해서 단숨에 왕래할 수 있게 하는, 초고등 의식 마술을 보조하는 마도 시설을 뜻한다. 시설을 세우려면 그에 적합한 영맥(靈脈)이 흐르는 땅이 필요하기에 전 세계 어디에나 자유롭게 지을 수는 없다. 더욱이 시설에는 막대한 돈과 시간이 드는 데다가 법진을 발동할 수 있는 건 마력 조작에 능숙한 마술사뿐이라는 단점도 존재했다.

그래도 이동을 역마차나 도보, 배에 의지해야 하는 이 세계에서는 그 무엇보다도 간결하고 편리한 이동 수단이었다. 최근에 개발된 증기 기관이라는 동력원을 이용한 철도 열차의 정비 안건도 정부의 개발 조항에 올라와 있지만, 실용화에는 아직 시간이 걸리기에 전송 법진을 대체할 수는 없었다.

알자노 제국 마술학원에도 제도(帝都) 오를란도와 연결된 전송 법진이 있었지만, 한 달쯤 전에 학원을 습격한 테러 조직에 의해 파괴당해서 아직 복구 일정이 잡히지 않은 상태다. 그런 까닭에 여왕이 제도에서 페지테로 가려면 이렇게 마차를 타고 며칠에 걸쳐서 직접 이동하는 수밖에 없었다.

"가끔은 이런 것도 괜찮아요."

엘레노아의 한탄을 들은 알리시아는 장난스럽게 웃으면서 검지를 입가에 대고 윙크했다. 중년의 나이임에도 어딘지 모르게 천진난만한 분위기가 느껴지는 그녀에게 이상할 정도로 잘 어울리는 동작이었다.

"전 이렇게 왕궁을 나와서, 정무를 벗어나 바깥세상을 보는 것도 즐거운걸요. 게다가 가끔은 시끄러운 할아범에게서 벗어나 자유를 누리는 것도 나쁘지 않고요."

"하아…… 폐하, 그 말씀을 들었다간 에드워드 경이 또 우실 겁니다."

알리시아는 공적인 자리에서 비정한 데다가 엄숙하고, 위엄이 넘치는 빈틈없는 걸물이라며 주변 나라에 소문이 자자했다. 하지만 엘레노아는 자신의 주군이 사적인 자리에서 의외로 장난기 넘치고 어린애 같다는 것을 알고 있는 소수의 인간 중 한 명이었다.

"그건 그렇고…… 기분이 좋으신 것 같군요, 폐하."

"후훗, 알겠어요?"

알리시아는 먼 곳을 쳐다보는 눈으로 마차가 향하는 방면을 응시했다.

"3년 만에 딸을…… 만날 수 있을지도 모르니까요."

"엘미아나 왕녀 전하…… 말씀이시군요."

하지만 엘레노아는 죄송하다는 듯이 기대감에 부푼 알리시아에게 간언했다.

"폐하, 심정은 이해하오나……."

"저도 알아요. 함부로 접촉할 생각은 없답니다. 멀리서…… 멀리서 아주 잠시만이라도 좋으니 그 아이의 건강한 모습을 볼 수 있다면 그걸로 충분해요……."

하지만 만약 가능하다면— 알리시아는 소리 없이 뒷말을

중얼거리고 목에 걸린 로켓 펜던트를 손에 들었다. 진주로 만들어진 타원형의 그것은 유서 깊은 왕가의 인물이 쓰기에는 몹시 소박한 디자인의 물건이었다.

알리시아가 펜던트의 뚜껑을 열자 안에는 사영기로 찍은 흑백 사진이 들어 있었다. 알리시아와 그 옆에 그녀와 닮은 어린 소녀 두 명이 사이좋게 서 있는 구도. 그중 한 명은— 3년 전에 그녀가 직접 추방령을 내린 소녀였다.

"폐하, 그건?"

"이러면 안 되는데…… 버릴 수가 없네요. 저는 이 나라를 이끌어야 하는 여왕인데도, 그 아이의 모든 것을 빼앗은 여자인데도 전…… 이래서는 여왕 실격이겠어요."

알리시아는 자조적인 미소를 흘렸다.

"무슨 말씀이십니까. 폐하는 파벌과 권모술수가 판치는, 마굴이나 다름없는 제국 정부를 잘 다스리고 계십니다. 이 나라는 폐하가 계시기에 존재할 수 있는 겁니다. 게다가…… 폐하는 알자노 제국의 여왕인 동시에 어머니이기도 하시니까요……."

"……하지만 그 아이는 분명 절 원망하고 있겠지요."

살짝 탄식을 흘린 알리시아는 펜던트의 뚜껑을 덮었다.

그런 그녀의 모습을 지켜보던 엘레노아는 조용한 얼굴로 말했다.

"폐하, 무례를 무릅쓰고 한마디 진언을 올려도 괜찮겠습니까?"

"뭐죠?"

"그 로켓 펜던트는…… 만에 하나라도 문제가 될 가능성이 있습니다. 페지테에 도착하기 전에 두고 가시는 편이 낫지 않을는지요."

"그건 그러네요. 어쩔 수 없지만…… 그런데 엘레노아, 어떻게 하죠? 대신 목에 걸 만한 물건이 필요할 텐데……."

"예, 알겠습니다. 지금 입으신 옷과 어울릴 만한 물건을 찾아보겠습니다."

잠시 후 엘레노아는 보석 상자에서 목걸이를 하나 꺼냈다.

비취색 보석이 달린 금세공 목걸이였다.

"후후, 폐하. 이건 어떠신지요?"

"어머, 예쁘네요. 처음 보는 목걸이 같은데 어디서 난 건가요?"

"폐하께 어울리는 좋은 물건이라는 생각이 들어서, 얼마 전 아는 보석상에게 새로 구입한 물건이옵니다. 분명 지금 입으신 옷에도 잘 어울리겠지요."

―꿈을 꾸었다.

루미아에게는 이미 몇 번이나 꾼 건지 알 수 없는 꿈.

그래서 몽롱한 의식 속에서도 막연히 「아아, 또 그 꿈이구나」라는 생각이 들었다.

"히끅…… 흑…… 엄마…… 엄마……."

한 줄기 빛도 새어 들어오지 않는 완연한 어둠 속에서 어린 자신이 울고 있었다.

"싫어……, 버리지 마……. 나, 착한 애가 될게. ……착한 애가 될 테니까……, 이제 고집도 안 부릴 테니까……, 날 미워하지 마……."

어릴 적의 나에게 어머니는 세상의 전부였다. 그래서 어머니에게 버림받은 나는, 세상 그 자체에 버림받은 필요 없는 아이일 거라고 받아들였다.

그래도 조심스럽게 주위를 눈으로 살폈다. 나를 차가운 눈으로 추방한 어머니의 모습을 찾는 것처럼. 누군가 내 편이 되어줄 사람을 찾는 것처럼…….

하지만 그 대신 눈에 들어온 것은…….

"히익?!"

시체였다. 피로 물든 시체가 주위에 몇 구나 굴러다니고 있었다. 어머니에게 버림받았다는 생각에 비뚤어져서 신세를 지는 집안의 사람들에게 매일 화풀이 하던 어느 날, 갑자기 자신을 납치해 온 나쁜 마법사들의 시체였다.

분명 내가 미워진 어머니가 추방까지 했는데도 못된 성미를 고치지 않은 나를 죽이려고 보낸 것이리라. 왜 이 마법사들이 죽었는지는 모르겠지만…… 이 광경이 마치 내 편을 들어줄 사람은 아무도 없다는 사실을 증명하는 것 같아서, 미래의 내 모습을 암시하는 것만 같아서—.

"아, 아, 아, 아아아아?!"

무서웠다. 무서웠다. 무서웠다.

감정이 흘러넘친다.

버림받은 슬픔도, 납치당한 사실에 대한 두려움도, 피와 시체에 대한 혐오감도.

그때의 나는 모든 면에서 한계였다.

"이제 싫어! 싫어어어어어!"

나는 머리를 감싸 쥐고 울부짖었다.

"어째서……?! 왜 나만 이런 꼴을 당해야 해?!"

어둠 속에서 나 홀로 소리를 지르고 있자니—.

"……울지 마. 조용히 해."

등 뒤에서 소름이 돋을 만큼 어둡고 나직한 얼음 같은 목소리가 들렸다.

반사적으로 고개만 돌려서 뒤를 돌아보자 그곳에는 검은 머리, 검은 눈, 검은 외투. 온몸이 검은색으로 뒤덮인 남자가 어둡고 차가운 눈으로 나를 내려다보고 있었다.

"히익?!"

심장이 멈추는 줄 알았다. 지금까지 이해하는 걸 거부하고 있던 머리가 단숨에 상황을 파악했다.

그렇다. 저 나쁜 마법사들을 죽인 건 이 사람이다.

이 사람이 이상한 종이를 꺼내자 어째선지 나쁜 마법사들은 그 무서운 마법을 쓸 수 없게 되었고……, 이 사람은 철포라고 불리는 무시무시한 무기를 사용해서 나쁜 사람들을 일방적으로 쏴 죽였다. 마지막에는 다들 목숨을 구걸했는데도 전혀 용서하지 않았다.

그리고 분명, 다음은 내 차례다.

"아아, 꺄아아아아아악?! 싫어, 살려줘요! 누가 나 좀 살려줘요!"

"으앗?! 이런! 우, 울지 마! 난 네 편이야, 네 편!"

"거짓말! 내 편을 들어줄 사람이 있을 리 없는걸! 이 세상에서 내 편이 되어줄 사람은 아무도 없어! 엄마도, 엄마조차 날 버렸는데— 읍?!"

그 사람은 갑자기 날 바닥에 쓰러트리더니 손으로 내 입을 막았다.

그 순간 극심한 공포에 심장이 터질 정도로 크게 뛰었다. 내 등골에 차가운 칼날로 새긴 듯한 오한이 고통을 동반하며 들이닥쳤다. 나룻배를 우롱하는 태풍 같은 광란. 점차 새하얗게 물들어 가는 의식 속에서 나는 살기 위해 필사적으로 버둥댔지만, 팔다리를 완전히 제압당한 탓에 남자의 손에서 벗어날 수 없었다.

죽을 거야. 이제 곧 나는 이 사람에게 살해당하는 거야. 죽고 싶지 않아. 살려줘. 누가 나 좀 살려줘.

싫어. 이런 데서 혼자 죽는 건 싫어. 싫어. 싫어!

"난, 네, 편이야."

하지만 한마디, 한마디 똑똑히 들으라는 듯이 자아낸 그 목소리를 듣자—.

나에게 호소하는 듯한 필사적이고 진지한 그 눈동자를 보자—.

내 광란은 썰물이 빠져나가는 것처럼 천천히 가라앉았다.

"……읍 ……읍…… 읍!"

그래도 공포는 완전히 사라지지 않았다. 심장이 터질 것 같은 동요도 여전했다. 눈물이 넘칠 듯이 흘러나왔다. 이 사람이 내 눈앞에서 피도 눈물도 없이 사람을 죽인 건 틀림없는 사실이었다. 난 이 사람이 무서웠다. 견딜 수 없이 무서웠다. 무서워서 죽을 것만 같았다.

하지만 이 사람은 두려움에 떠는 나를 아주 잠깐이지만 슬프게 떨리는 눈으로 쳐다본 후, 이렇게 말했다.

"부탁이다. 아직도 적이 밖에 남아 있어. 네가 이런 식으로 나오면 이 자리를 벗어나는 건 도저히 불가능해."

"……읍!"

"날 아무리 무서워하든, 미워하든 상관없어. 하지만 만약 네가 울음을 그쳐준다면—."

"루미아? 얘, 슬슬 일어나야지."

"……으음?"

몸을 흔드는 감각에 루미아의 의식이 꿈속에서 현실 세계로 돌아왔다.

"어라? ……여긴."

잠이 덜 깬 눈으로 주위를 둘러보자 이곳은 시스티나와 함께 쓰는 피벨 저택의 방이었다. 화려한 무늬가 그려진 융단, 벽에 달린 촛대, 참나무로 만들어진 책상과 의자 등 가구의 수는 적은 편이지만 하나같이 품질이 좋은 물건뿐이다.

루미아는 기장이 긴 네글리제 차림으로 푹신푹신한 깃털 이불을 끌어안고 침대 위에 누워 있었다.

그 침대 옆에는 시스티나가 서 있었다. 오늘의 그녀는 평소와 다름없는 교복 차림이었지만, 그 가냘픈 허리에 두른 허리띠에는 곡선의 손잡이(스웹트 힐트)가 아름다운 레이피어를 차고 마술사의 전통 결투 예장을 하고 있었다. 아마 오늘이 마술 경기제 당일이기 때문이리라.

벽에 걸린 태엽 시계에 시선을 돌렸다. 오전 7시가 지났다. 창문으로 들어오는 아침 햇살과 커튼을 부드럽게 흔드는 상쾌한 바람. 오늘은 아무래도 날씨가 좋을 것 같았다.

"……일찍 일어났네, 시스티."

"그야 뭐, 난 그게, 할 일이 있었으니까……. 그런 것보다 오늘은 마술 경기제 날이고 아버지랑 어머니는 일 때문에 안 계시니 이제 일어나야지."

"응, 그 말이 맞아……."

루미아는 작게 하품을 하고 몸을 일으켰다.

"난 밑에서 기다릴게. ……또 자면 안 된다?"

"……안 자!"

"그렇게 말해 놓고 다시 잔 적이 지금까지 세 번이나 있었거든?"

"아하하, 그랬나?"

서로 쓴웃음을 주고받았다. 시스티나는 방에서 나갔고 루미아는 침대에서 느릿느릿 내려왔다. 융단의 부드러운 감촉에 발바닥이 살짝 간지러웠다.

"그 꿈을 꾼 건 오랜만이네……."

루미아는 아직 잠이 약간 덜 깬 머리로 꿈의 내용을 떠올렸다.

지금으로부터 약 3년 전. 엘미아나로서 살아온 그때까지의 인생을 완전히 부정당하고, 어쩔 수 없이 루미아로서 살아가게 된 그녀가 피벨 가에 맡겨졌을 당시.

어머니에게 버림받았다는 좌절감으로 인해 아무것도 믿지 못하게 되었고 이 세상에 자신의 편은 아무도 없다, 자신은 외톨이다, 자신을 세상에서 가장 불행한 아이라고 여기며 거칠어졌던 무렵.

시스티나로 오해받는 바람에 납치된 루미아는 글렌과 만났다.

"왜 이제 와서 그날 꿈을 꾼 걸까……?"

이제 완전히 떨쳐 냈을 텐데…….

어떻게 생각하면 어머니의 행동이 루미아에게 나쁜 것만은 아니었다. 덕분에 시스티나라는 친구가 생겼고 무엇보다도 자신을 구해준 글렌과 만날 수 있었다. 그가 그날의 만남을 완전히 잊고 있는 게 아주 살짝 불만스러웠지만, 그래도 지금의 자신은 그 시절보다 긍정적으로 살아가고 있었다. 엘미아나로서 모든 것을 누리고 살았던 시절과는 달리 인생에 새로운 목표도 생겼다.

그러니 전부 떨쳐 냈을 터였다.

"……아니야, 어쩌면 그렇게 생각하고 싶은 것뿐일지도……?"

또 그날의 꿈을 꾼 원인에 짐작 가는 구석이 있었다.

오늘 학원에는 그 사람이— 과거에 자신을 버린 그 사람이 온다. 그 일이 벌어진 계기, 모든 일의 원흉이 오늘 학원으로 오는 것이다. 아무래도 그 사실이 예상했던 것보다 루미아의 마음에 큰 부담이 되었던 모양이다.

"……"

루미아는 침대 옆의 작은 원형 테이블 위에 둔 타원형 진주 로켓 펜던트를 들고 뚜껑을 열어 보았다. 그 안에는 아무것도 들어 있지 않았다. 아니, 정확히는 뭔가가 들어 있었지만 벗겨 낸 흔적이 남아 있을 뿐이었다.

루미아는 말없이 그것을 내려다보다가 이윽고 무언가를 떨쳐 내듯 가볍게 고개를 저으면서 뚜껑을 닫았다.

펜던트에 달린 쇠사슬 끝을 양손으로 잡고 목 뒤로 돌려서 연결했다.

"좋아. 오늘도 열심히 하자."

한차례 살짝 기합을 넣은 루미아는 자신의 옷이 들어 있는 옷장을 향해 걸어가기 시작했다.

마침내 여왕을 환대하는 시간이 다가왔다.

마술학원 정문 앞은 여왕의 행차를 맞이하기 위한 학원 관계자들로 우글거렸다. 정문에서 본관의 내빈용 정문까지 사람으로 길이 생겨나 있었다. 앞서 도착한 왕실 친위대가 주위에 눈을 번뜩이며 수많은 학생을 통제하고 있었다.

이 자리에 모인 학원 관계자 전원은 긴장한 얼굴로 여왕의 도착을 이제나저제나 하며 기다리는 중이었다.

"아니, 그것보다…… 정말로 오늘 폐하가 오시는 거 맞아?"

그런 인파의 한쪽, 긴장감으로 가득한 상황인데도 글렌만은 평소와 다름없는 기색으로 그런 말을 중얼거렸다.

"선생님, 이제 와서 그게 무슨 바보 같은 소리예요?!"

글렌의 왼쪽 옆에 서 있는 시스티나가 기가 막힌다는 듯 나무랐다.

"아하하, 분명 오실 거예요. 폐하는 이런 행사를 소중히 여기시는 분인걸요. 민중의 삶을 시찰하려고 자주 각지를 순회하시기도 한다잖아요?"

글렌의 오른쪽 옆에 선 루미아도 쓴웃음을 지을 수밖에 없었다.

"아니, 그래도 제도에서 페지테까지는 엄청나게 멀잖아? 지금은 전송 법진도 못 쓰는데…… 내가 폐하였다면 틀림없이 귀찮아서 안 올걸."

"당신 같은 게으름뱅이랑 폐하를 똑같이 취급하지 마세요! 불경하다구요!"

시스티나는 글렌의 등을 찰싹 때렸다.

그러자 딱히 세게 때린 것도 아니었는데 글렌의 몸이 비틀거렸다.

"……선생님?!"

바로 루미아가 비틀거리는 글렌에게 달려와서 옆구리에 손을 넣고 부축해주었다.

"아차차…… 미안. 아니, 그런 것보다 올 거라면 빨리 와줬으면 좋겠는데……. 난 이제 이렇게 서 있는 것만으로도 한계…… 배, 배가……."

그 순간이었다.

"여왕 폐하 납시오~! 여왕 폐하 납시오~!"

인파로 이루어진 길 한가운데를 말에 탄 호위가 큰 목소리로 외치면서 지나갔다.

그 말을 듣고 대기 중인 음악단이 환영 행진곡을 연주하기 시작하자, 학생들은 크게 환성을 지르면서 성대한 박수를 보냈다.

폭음이 주변 일대를 지배했다. 이윽고 인파로 생긴 길 사이를 친위대가 에워싼 호화스러운 마차가 느긋한 속도로 지나갔다. 여왕 알리시아 7세가 창밖으로 몸을 내밀어서 학생들의 환영에 응하듯 손을 흔들어주자 환성과 박수 소리가 한층 더 커졌다.

그런 성황 속에서—.

루미아는 소리가 없는 다른 세상에 혼자 남겨진 기분으로 그 광경을 지켜보았다. 여왕을 찬양하는 환성도, 성대한 박수 소리도 전혀 귀에 들어오지 않았다.

무의식적으로 루미아는 목에 걸린 펜던트를 찾아서 뚜껑을 열었다.

그 안에는 역시, 아무것도 들어 있지 않았다.

"왜 그러니? 루미아."

그러자 친구의 모습이 이상하다는 것을 눈치챈 시스티나가 걱정스러운 목소리로 말을 걸어왔다.

"그거…… 펜던트? 안에는 아무것도 안 들어 있는 것 같은데."

시스티나가 손으로 시선을 내리자 루미아는 황급히 펜던트를 닫고 고개를 저었다.

"아, 아하하. 아무것도, 아무것도 아니야."

그리고 얼버무리듯이 환영 퍼레이드 쪽으로 시선을 돌렸다.

"그건 그렇고 여왕 폐하는 변함없이 인기가 굉장하시네. ……게다가 엄청 아름다우시고. 왠지 동경하게 돼……."

시스티나는 그런 부자연스러운 루미아의 태도를 보고 확신했다.

"루미아…… 역시 너……."

루미아 틴젤은 그녀의 본명이 아니었다. 루미아의 진짜 이름은 엘미아나 예르 켈 알자노. 제국 왕실 직계의 정통을 잇는 전 왕위 계승권 2위. 즉, 알자노 제국의 왕녀님인 것이다.

원래대로라면 그녀는 이런 장소에 있으면 안 되는 고귀한 인물이었다. 하지만 3년 전에 루미아가 『감응 증폭자』라고 불리는 선천적인 이능력자(異能力者)라는 사실이 발각되었고, 복잡한 정치적인 사정 때문에 대외적으로는 병사했다고 발표해 존재를 지웠다.

그 뒤에 얽힌 사정은 무척 복잡했다.

알자노 제국 왕가의 시조는 이웃 나라인 레자리아 왕국 왕가의 계보와 이어져 있다. 그런 까닭에 알자노 제국과 레자리아 왕국은 서로 정통성과 국제적인 권위의 우위성을 놓고 늘 다투는 관계였다. 덤으로 제국 왕가의 정통성을 보증하는 제국 국교회를, 레자리아 왕국을 실질적으로 지배하는 성 엘리사레스 교회 교황청이 이단으로 인정하는 바람에 양 교회도 엄청나게 사이가 안 좋았다.

그런 상황 속에서 아직도 악마의 환생이라고 굳게 받아들여지는 이능력자가, 제국 왕실 혈통에 태어났다는 사실이 하마터면 세상에 드러날 뻔한 것이다.

만약 엘미아나의 존재가 외부로 흘러 나갔다면 국내의 혼란은 피할 수 없었을 것이고, 신의 자손이라고 여겨지는 제국 왕실의 위신은 바닥으로 떨어졌을 것이다. 늘 제국의 흡수 합병을 노리고 있는 레자리아 왕국과 성 엘리사레스 교회 교황청이 이 사실을 눈치챘다면, 제2차 봉신 전쟁이 일어나는 계기가 됐을지도 모른다.

알자노 제국은 좋은 의미로든 나쁜 의미로든 신성한 왕가에 대한 민중의 절대적인 지지로 유지되고 있는 국가였다. 하지만 엘미아나는 그저 존재하는 것만으로도 제국의 근간을 뒤흔드는 맹독이었다.

그래서 대외적으로는 병사했다고 발표한 후, 몰래 처분하기로 결정이 내려졌다. 국가를 짊어지고 국민을 지켜야 하는 여왕과 제국 정부의 계략이었다.

그리고 여러 인물의 의도와 권모술수가 얽힌 끝에 엘미아나 왕녀— 루미아는 지금 이렇게 시스티나의 곁에 살아남을 수 있었다.

시스티나도 바로 얼마 전까지는 루미아의 그런 사정을 전혀 모르고 있었다. 부모가 어딘가에서 데려온 의지할 곳 없는 아이. 그런 식으로 여기고 있었다. 하지만 한 달 전에 벌어진 테러 사건 후, 사건 해결의 공로자 중 한 명이자 루미아와 가장 가까운 인물 중 한 명인 그녀는 제국 정부의 상층부로부터 그 정보를 듣게 되었다. 사정을 들은 후에는 루미아의 비밀을 지키는 민간 협력자가 되어달라는 요청을 받았다.

그리고 그런 숨은 사정을 알기에 시스티나는 지금 루미아의 심정을 어렵지 않게 상상할 수 있었다.

"얘, 루미아…… 너, 괜찮은 거야?"

시스티나는 루미아에게 다가가서 주위에 들리지 않도록 작은 목소리로 속삭였다.

"응? 그게 무슨 뜻이야? 시스티."

그녀와 같이 작은 목소리로 대답하는 루미아는 평소와 변함없었다.

"그게……, 네 진짜 어머니는……, 저기……."

누가 어디서 들을지도 모른다. 공공장소에서 결정적인 단어를 꺼낼 수 없었던 시스티나는 말꼬리를 흐렸다. 하지만 자매나 다름없이 지내 온 루미아는 그녀가 무슨 말을 하고 싶은 건지 간단히 눈치채주었다.

"걱정해줘서 고마워, 시스티. 하지만, 응. 난 괜찮아. 그야 내 진짜 부모님은 시스티의 아버님과 어머님이신걸."

"……그래."

시스티나는 복잡한 표정으로 친구의 옆얼굴을 쳐다보았다.

"그럼 루미아는……, 이제 진짜 어머니에게는…… 저기, 아무런 미련도 없는 거니?"

"응…… 왜냐하면 난 행복한걸. 시스티랑 아버님과 어머님과 함께 있을 수 있고, 다들 무척 좋은 분들이니까……."

루미아는 펜던트를 꾹 쥐면서 덧없는 미소를 지었다.

"루미아……."

배겨 낼 수 없는 기분이 된 시스티나는 할 말을 잃었다. 본인이 행복하다고 말하니 더 이상 할 말이 없었다.

그런 두 사람의 모습을 글렌은 묵묵히 지켜보고 있었다.

분위기를 파악한 게 아니라, 단순히 말을 하면 배가 아우성치기 때문이었다.

마술 경기제는 매년 마술학원 부지의 북동쪽에 있는 마술경기장에서 열린다.

경기장은 마치 돌로 만들어진 원형 투기장 같은 구조다. 중앙에 있는 건 잔디가 깔린 경기용 필드. 3층 구조의 관객석은 높아질수록 밖과 가까워지는 비스듬한 형태라 위에서 보면 깊은 접시처럼 보일 것이다.

이 경기장은 설계할 때부터 마술이 도입된 건축물이어서 관리실의 제어 주문 하나로 필드를 물이 넘실거리는 수영장으로 만들거나, 나무가 우거진 숲으로 만들거나, 불바다로 만들거나, 돌로 만들어진 무대를 출현시키는 등 다양한 조건의 경기에 대응하는 게 가능했다.

그리고 현재 경기장의 관객석은 사람으로 가득했고 활기가 넘쳤다.

관객석에 있는 건 학원의 학생들뿐만이 아니었다. 학생들의 부모나 학원 졸업생 등, 학원 관계자가 속속들이 모여 있었다. 경기장 관객석의 가장 높은 곳에 있는, 전망 좋은 위치의 발코니형 귀빈석에는 여왕의 모습도 보였다.

공공장소에서 마술의 사용을 법으로 금지한 이 나라에서, 마술로 실력을 겨루는 행사는 실제로 참가하는 선수든 관객이든 마술사라면 그 무엇과도 바꿀 수 없는 오락이었다. 그런 이유로 올해도 학원 안팎에서 모여든 관객들로 성황이었다.

마술 경기제는 학년별 반 대항전 형식으로 1년에 3번 열린다. 다시 말해 1학년, 2학년, 3학년이 따로 행사를 벌인다는 뜻이다. 이번에 열린 건 2학년 경기제였다. 참고로 4학년 대상의 경기제는 졸업 연구가 바쁘기 때문에 열리지 않는다.

최종적으로 시상대에 오르는 것은 종합 1위를 달성한 반뿐이다. 2등이나 3등에 의미는 없었다. 승자는 모든 것을 얻지만 패자에게 남는 것은 아무것도 없다. 그런 면에서는 이기기 위해서라면 모든 수단을 동원해야 한다는 마술사의 고전 이념을 올바르게 답습한 방식이라고 할 수 있으리라.

그리고 이번 2학년 경기제에 한해서는 여왕이 직접 시상대에 올라가 우승한 반에 훈장을 수여하는, 제국민이라면 누구나 부러워할 명예가 기다리고 있었다.

마술 경기제에 참가하는 모든 학생이, 그리고 각 반의 담당 강사가 무슨 일이 있어도 우승하겠노라고 기염을 토하는 것이 바로 이번 2학년 마술 경기제였다.

그런 가운데 2학년 2반— 글렌이 담당하는 반은 특히 소문의 중심이 되어 있었다. 아무튼 이런 사정이 있는데도 반 전원이 빠짐없이 참가한 특이 케이스였기 때문이다. 2반 학생들에게는 성적과 상관없이 평등하게 출전 자격이 주어졌다.

글렌은 승부를 포기했다. 역시 마술사로서 상종 못할 남자였다. 그래도 글렌 선생님의 반은 전원이 참가할 수 있으니 부럽다. 아니, 잠깐. 이런 의욕 없는 모습은 여왕 폐하에 대한 불경이 아닐까?

……요 일주일 동안 각 방면에서 별별 소리를 다 들었다.

글렌이 할리와 언쟁을 벌이고 서로가 맡은 반이 우승하는 것에 월급 석 달분을 걸었다는 소문도 주목을 모으는 데 한몫했다.

그런 식으로 호기심 어린 시선을 모으기는 했지만, 글렌이 맡은 반에 우승을 기대하는 사람은 아무도 없었다. 제대로 된 승부를 겨루는 것도 불가능할 것이라 여겼다.

이윽고 시간이 다가왔다. 결투 예장으로 레이피어를 허리에 찬 학생 일동이 중앙 필드에 가지런하게 집합한 후 마술 경기제의 개회식이 열렸다. 개회사, 국가 제창, 각 관계자의 인사말, 학생 대표의 선수 선언— 개회식은 정숙한 분위기 속에서 거행되었다.

그리고 여왕의 격려와 함께 마침내 마술 경기제가 개최되었다.

경기장 주위에 같은 간격으로 막대가 세워져 있고, 그 바깥쪽에는 비행 마술을 발동한 선수들이 바람을 가르면서 날고 있었다.

이인 일조의 팀으로 광대한 학원 부지에 설치된 코스를 한 바퀴 돌 때마다 한 번씩 교체하면서 몇 십 바퀴를 도는『비행 경주』.

그리고 지금은 그 경기의 최종 단계였다. 관객석의 학생들은 경기장 바깥쪽을 크게 돌듯이 날고 있는 선수들의 예상을 벗어난 전개에 환성을 지르고 있었다.

『그리고 다가오는 최종 코너! 2반의 로드 군이, 로드 군이이이이! 추, 추월했습니다?! 이게 어찌 된 노릇입니까! 설마 2반이, 이게 대체 어찌 된 노릇입니까아아아아?!』

확성 음향 술식으로 경기 방송을 담당하는, 마술 경기제 실행 위원회의 어스가 방송석에서 흥분한 목소리로 비명을 질렀다. 그는 아무래도 1등, 2등이 확정된 선두 집단은 안중에도 없는 듯 글렌이 담당하는 2반의 팀에 집착하는 모양이었다.

『그대로 고오오오오올! 이럴 수가아아아! 「비행 경주」는 2반이 3등! 그 2반이 3등으로 들어왔습니다! 누가, 대체 누가 이 결과를 예상했을까요?!』

홍수처럼 박수와 환성이 쏟아졌다.

그 박수를 보내는 건 주로 경기제에 출전하지 못한 학생들이었다. 글렌이 이끄는 2반과는 다른 반이지만 뭔가 공감하는 부분이 있었던 걸지도 모르겠다.

『선두 집단이었던 4반이 마지막에 와서 추월당하는 대역전극~!』

1등은 당연하게도 할리가 맡은 1반이었지만, 사전 평가에서 이기는 게 당연시되었던 1반보다는 지는 게 당연시되었던 글렌의 2반이 보인 분투가 경기장의 주목을 모았다.

한편으로 경기제에 참가하는 반을 위해 마련된 대기 관객석에서는—.

"해냈어! 굉장해! 선생님, 3등! 로드 군과 카이 군이 3등이에요!"

'……말도 안 돼.'

옆에서 손뼉을 쳐 가며 기뻐하는 루미아와 반대로, 글렌은 어안이 벙벙한 표정이었다. 그의 시선 앞에서는 비행 마술의 명수로 유명한 다른 반 선수들을 상대로 멋진 경기를 보인, 로드와 카이가 하늘에서 하이 터치를 하며 기쁨을 나누고 있었다.

'……서, 설마 이렇게까지 결과가 좋게 나올 줄이야.'

하지만 냉정하게 생각해보면 이 결과는 당연하다고 볼 수 있었다.

하늘을 나는 비행 마술은 전용 비행 보조 마도기(魔導器) — 옛날에는 빗자루 타입의 기류 조작 마도기를 많이 쓴 모양이지만, 지금은 반지 타입의 반중력 조작 마도기가 주류 — 를 끼고 흑마(黑魔) 【레비테이트 플라이】의 주문을 영창하면 발동하는 마술이다.

그런 비행 마술의 실력을 겨루는 것이 『비행 경주』였고, 이번에는 학원 부지에 설정된 한 바퀴 5킬로스의 코스를 둘이 서 교대해 가며 총 스무 바퀴를 돌게 되어 있었다. 한 바퀴만 놓고 보면 비행 속도의 순발력이 중요하겠지만 스무 바퀴 경주는 상당한 마력 소비와 피로가 예상되는 내구전이다. 이 조건에서 좋은 성적을 남기려면 사전에 몇 번이나 코스를 완주해 가면서 빈틈없는 페이스 배분을 짜 두는 것이 필수였다.

요 일주일 동안 이 경기만 연습해 온 선수와 여러 경기를 연습하느라 대충 넘겼던 선수, 연습할 시간이 전혀 없었던 선수는 페이스 배분의 숙련도와 정밀도에서 필연적으로 차이가 생길 수밖에 없었다.

실제로 로드와 카이는 다른 선수와 비교하면 기본 능력이 뒤떨어지는 탓에 전반전에는 꼴찌를 기록했다. 하지만 후반전에 들어서자 연습이 부족했던 다른 반 선수들은 전반전의 격렬한 순위 싸움 끝에 페이스 배분을 실패하여 속력을 잃고 자멸했다. 개중에는 마력이 떨어져서 도중에 탈락하는 선수까지 나왔다. 이 결과에는 작년의 『비행 경주』가 단거리 속도를 겨루는 경기였던 점도 한몫했으리라.

이런 다양한 요인이 겹치는 덕분에 2반이 어부지리로 좋은 성적을 거두게 된 것이다.

'아니, 뭐 확실히 일주일 만에 비행 속도를 올리는 건 절대 불가능하니까 페이스를 배분하는 연습만 하라고 했지만…….'

이렇게까지 잘 풀릴 줄은 전혀 예상하지 못했다.

"처음부터 느낌이 좋네요, 선생님!"

얼굴이 달아오른 시스티나도 흥분한 기색으로 글렌에게 말을 걸었다.

"비행 속도를 올리는 건 무시하고 페이스 배분만 연습하라고 하셨을 땐 대체 무슨 소리인지 전혀 몰랐는데……. 혹시 이런 전개를 예상하셨던 건가요?"

"……다, 당연하지."

아무리 상대가 평소에는 건방지고 시어머니처럼 잔소리가 많은 시스티나라 해도, 이렇게까지 감탄한 얼굴로 물어보니 솔직하게 말할 수 없었다.

"나는 결과가 이렇게 될 거라고, 학원 전체에 만연한 『비행 경주』에 관한 인식을 안 시점부터 이미 파악하고 있었지. …… 아무튼 이번 『비행 경주』는 【레비테이트 플라이】를 써서 한 바퀴에 1킬로스인 코스를 교대로 스무 바퀴 도는 경주니까. 한 바퀴만 돈다면 단거리의 순간 속도가 중요하겠지만―."

글렌은 결과를 보고 그제야 눈치챈 승부의 허점을 처음부터 알고 있었다는 듯이 당당하게 설명했다. 그의 속마음을 아는 사람이 봤다면 이보다 꼴사나운 일은 없으리라.

"―나머지는 적이 페이스 배분에 실패해서 제멋대로 자멸하는 걸 기다리는 것뿐이지. 그래서 내가 내리는 지시는 지극히 간단할 수밖에 없었던 거다. 페이스 배분을 반드시 지켜라. ……훗, 참으로 편한 지시였지."

의자에 등을 깊게 파묻은 채 다리를 꼬고 앉아, 손바닥으로 여유 있는 표정을 가리고 손가락 틈 사이로 자신 있는 미소를 내보이는 그 모습은, 누가 봐도 대전술가다운 분위기(겉모습만 보면)를 자아내고 있었다.

그리고 그런 글렌의 나중에 갖다 붙인 해석을 옆에서 듣고 있던 학생들은 완전히 착각에 빠져서, 두려움과 존경이 섞인 시선을 보내기 시작했다.

"어, 어쩌면 우리……."

"응…… 설마…… 싶었는데, 선생님의 지시만 잘 따르면 혹시……."

'그만해, 요 녀석들아. 나에게 기대감으로 가득한 순수한 시선을 보내지 마. 양심에 찔린다고.'

또한 관객석 통로 건너편에서 4반과 2반 학생들이 말다툼을 벌이는 소리가 들려왔다.

"……칫! 운 좋게 이겼다고 거만 떨기는……!"

"운이 아니야! 이건 전부 글렌 선생님의 전술이었다고!"

"맞아! 맞아! 너희들은 어차피 선생님 손바닥 위에서 놀아난 원숭이에 불과해!"

"뭐, 뭐라고?! 큭…… 2반 자식들, 건방지게! 우리 4반은 이제부터 너희들 2반을 우선적으로 뭉개버릴 테다! 각오해!"

"당하기는커녕 배로 갚아줄 테다! 아무튼 우리 반에는 글렌 선생님이 계시니까!"

"그래, 선생님이 계시는 한 우리는 지지 않아!"

'그만하라고, 요 녀석들아. 진심으로 참아주라. 이제 더는 일을 복잡하게 만들지 마. 제발 부탁이니까.'

글렌은 마음속으로 식은땀을 흘렸다.

"저기…… 선생님? 왠지 안색이 안 좋아 보이시는데요. 저기, 괜찮으세요?"

"아아, 루미아…… 너만이 내 마음의 오아시스구나……."

"……예?"

왠지 초췌한 얼굴의 글렌을 보고 루미아는 어리둥절한 표정으로 고개를 갸웃했다.

"아하하하하하하하하하하하하!"

여왕의 귀빈석에 동석을 허락받는 영광을 누린 학원의 마술교수 세리카는, 아무도 예상치 못한 『비행 경주』의 결말을 보더니 여왕의 어전이라는 사실도 잊은 채 무릎을 치면서 폭소했다. 자리가 자리인 만큼 바로 칼을 맞아도 이상하지 않은 행동이었다.

실제로 여왕의 뒤에서 대기하고 있는 시녀장 엘레노아는 노골적으로 미간을 찡그렸고, 귀빈석 주위를 경비하는 제로스와 왕실 친위대는 불쾌한 얼굴로 세리카를 노려보았다.

하지만 이 자유분방함과 유아독존이 기본인 대륙 최고봉의 여마술사는 어디서 산들바람이 부냐는 듯 개의치 않았다.

"경망스럽게 무슨 짓인가, 세리카 군. 폐하의 어전에서 그런 식으로 웃는 건 불경하지 않은가."

마찬가지로 귀빈석에 자리를 배정받은 릭 학원장이 한숨 섞인 목소리로 세리카를 나무랐다.

"아~ 미안, 미안. 내가 잘못했어, 폐하. 용서해줘."

하지만 세리카의 얼굴에 반성하는 기색은 눈곱만큼도 없었다.

"세리카 님. 아무리 당신이라도 폐하께 그런 말투는……."

"괜찮답니다, 엘레노아."

엘레노아가 참다 못해 한마디 하려고 했지만, 제국의 여왕 — 알리시아는 그런 세리카의 방약무인한 태도에 전혀 기분 상한 기색도 없이 온화한 미소를 지었다.

"그녀와 저는 오래전부터 알던 사이예요. 제가 어릴 적에는 여러모로 신세를 진 친구이기도 하죠. 게다가 이번 방문은 알자노 제국 여왕의 공무가 아니에요. 장래에 제국을 짊어질 젊은이들의 꾸밈없는 모습을 직접 보기 위한, 일개 제국 시민 알리시아의 사적인 방문인걸요. 딱딱한 예의범절은 생략하기로 해요."

"하오나 폐하. 여기서는 저희 학원의 체면을 봐서라도……."

"사전에 빈객 환대 예식을 국빈식이 아니라 귀빈식으로 해달라고 말씀드렸죠? 그러니 오늘의 전 당신들처럼 높은 분들이 일방적으로 고개를 숙여야 할 상대가 아니랍니다."

"그, 그건 황송하오나…… 으음……."

릭은 난처한 듯 관자놀이를 손으로 누르며 신음을 흘렸다.

"즐거워 보이네요, 세리카."

"응, 즐거워. 앨리스."

알리시아의 질문에 세리카는 그녀를 어릴 적 애칭으로 불렀다.

"아주 속이 시원해. 최근 마술 경기제의 만연한 권위주의에 넌더리가 나던 참이었거든. 이기기 위해서라면 성적 우수자만 내보내면 된다고? 나 참, 바보 아냐? 정말이지, 대체 뭘 위한 『축제』인 건지 모자란 머리로 생각이란 걸 해보라고."

이제 못 참겠다는 듯이 세리카는 「킥킥」 하고 숨죽인 웃음을 흘리기 시작했다.

"그런데 저 글렌이라는 강사분의 전술은 참 대단하네요."

알리시아는 조금 전에 세리카에게서 경기의 허점에 관한 설명을 들었다.

"설마~. 저 녀석은 아마 아~무런 생각도 없었을걸?"

하지만 세리카는 시원스럽게 그 말을 부정했다.

"반 전원이 빠짐없이 참가한다는 선택도, 페이스 배분을 중시하는 전술도 전부 우연이야. 그게 정말로 운 좋게 잘 풀렸을 뿐이지. 아무튼 저 녀석은 기본적으로 범재니까. 그저 나름대로 노력을 했을 뿐인."

세리카는 「하지만」 하고 말을 이었다.

"틀림없는 범재인 주제에 저 녀석은 어째선지 항상 아무도 예상하지 못한 일을 저질러. 그런 팔자인 거겠지. 옛날부터 그랬어. 안 그래, 여왕 폐하?"

세리카는 그렇게 말하며 알리시아에게 윙크를 날렸다.

의미심장한 그녀의 말에 알리시아는 잠시 말을 고르듯이 생각에 잠겼다.

"그러, 네요. 예, 그는 그런 아이였죠……."

그리고 뭔가를 그리워하는 미소를 지었다.

그 후로도 2반의 활약은 기적적으로 이어졌다.

평범한 성적의 학생이 처음부터 3등을 한 것이 약발을 받은 것이리라.

자신들도 하면 할 수 있다. 대등하게 싸울 수 있다. 승부를 겨루는 데 가장 중요한 건 기세라는 사실을 실제로 증명하듯 2반 학생들은 훌륭한 경기를 선보였다.

게다가 다수의 경기에 나가야만 하는 다른 반의 성적 우수자가 남은 경기를 위해 마력을 보존해야 하는 것에 비해, 글렌이 맡은 반의 학생들은 그 경기에 마력을 전부 소진해도 상관없으니 더더욱 유리했다.

글렌 본인조차 눈치채지 못한 사실이지만 정신론을 부정했을 터인 다른 반의 강사들이 실제로는 마술사로서의 체면과 격식에 얽매이느라 비합리적인 전술을 지도했고, 과거에 죽느냐 사느냐 하는 군 생활을 경험한 글렌은 겉으로는 정신론을 설파하면서도 실제론 어디까지나 이기는 데 적합한 합리적인 전술만을 지도했다.

그런 다양한 요인이 2반과 다른 반의 격차를 메우고 있었던 것이다.

『며, 명중~?! 2반 선수 세실 군, 3백 미트라 앞의 원반을 멋지게 【쇼크 볼트】 주문으로 격추! 「마술 저격」의 세실 군, 이것으로 최소한 4등은 확정인가요?! 이번에도 또 성대한 역전극이 이뤄졌습니다아아아아아!』

"해, 해냈다. ……움직이는 표적을 노리는 게 아니라 표적이 올 공간을 예상해서 노리라는 글렌 선생님의 지시대로였어……. 이거라면……!"

성적이 평범한 학생들은 예상 밖의 분투를 보였고…….

『자, 마지막 문제가 하늘에 빛나는 글자로 그려집니다! 이건…… 잠깐만. 어이, 이봐. 설마 이건……. 이럴 수가?! 용(龍) 언어입니다! 이 타이밍에 용 언어가 나왔습니다! 이건 심하네요! 조금 전의 제2급 신성 언어나 전기 고대어도 만만치 않았지만, 이건 그 이상이잖아요?! 출제자, 선수들에게 정답을 맞히게 할 생각이 있긴 한 건가요?! 자, 각 반의 대표 선수들이 【리드 랭귀지】 주문을 영창해서 해독에 착수합니다만…… 이건 아무래도 무리—.』

"알았어요!"

『아, 아니?! 가장 먼저 종을 울린 건 2반의 웬디 선수! 조금 전부터 컨디션이 아주 좋던데 가능할까요?! 설마 이 문제마저 풀어내는 겁니까아아아?!』

“「기사는 용기를 숭상하고 진실만을 말한다」예요! 메이로스의 시에서 나오는 소절이죠!”

『정답?! 정답의 팡파르가 성대하게 울려 퍼집니다~! 웬디 선수, 「암호 해독」에서 압승! 두말할 필요도 없는 1등입니다아아아아!』

“흐흥, 이 분야에서 질 수는 없죠. 그렇지만…… 만약 신화급 언어가 나온다면 처음부터 공통어로 번역하는 게 아니라, 일단 신(新)고대어로 바꿔서 읽으라는 선생님의 조언에는 감사해야겠네요…….”

성적 우수자는 안정적으로 계속 좋은 성적을 거두었다.

관객석도 2반이 참가하는 경기가 시작될 때는 반응이 더 열광적이었다.

사는 세계가 다른 성적 우수자만으로 선수를 구성한 다른 반보다, 사는 세계가 가까운 2반 쪽에 감정을 이입하기 쉬웠던 것이리라.

그 반을 인솔하는 사람이 좋은 의미로든 나쁜 의미로든 다양한 화제가 끊이지 않는 소문의 신입 강사라는 점도 한몫 거들었다. 어쨌든 2반은 이번 마술 경기제의 중심이 되어 있었다.

‘뭐…… 기본 능력 차이는 어쩔 수 없나.’

2반의 대기 관객석에서 글렌은 자기 반 학생들이 크게 들떠 있는 와중에 홀로 냉정하게 전황을 분석하고 있었다.

경기장 구석에 설치된 득점판을 응시했다.

현재 글렌이 담당하는 반은 열 반 중 3등. 할리의 반은 1등이다.

1등에서 3등까지는 그다지 큰 점수 차이가 없었다. 하지만 할리가 맡은 반이 조금씩 차이를 벌리고 있는 것을 부정할 수는 없었다.

'아니, 뭐랄까. 오히려 용케도 여기까지 따라잡았네.'

원래대로라면 단독 꼴찌인 게 당연했다.

'너희들은 아주 잘했어. 정말로 내 말을 믿고 요 일주일 동안 다들 열심히 노력한 거구나…….'

돌이켜 보면 글렌은 처음부터 마술 경기제에 눈곱만큼도 관심이 없었다. 애초에 이 학원 출신인데도 존재조차 잊었고 경기제에 의욕이 생긴 것도 원래는 특별 상여금을 얻기 위해서였다. 그것은 거짓 없는 사실이었다.

하지만 이렇게 모두가 하나로 뭉쳐서 즐거운 얼굴로 열심히 승부에 도전하고, 다 같이 응원하고 있는 제자들의 뜨거운 모습을 보고 있자니—.

"……나 원 참, 이러면 이기게 해주고 싶어지잖냐. ……아, 귀찮아라."

글렌은 아무도 눈치채지 못하게 혼자서 투덜댔다.

'그런데 어쩌면 좋지? 여기까지 건투한 것 자체가 요행이라고 해야 할까, 기적의 산물인 것뿐이지 기본 능력의 차이는 뚜렷하다고…….'

지금은 기세로 얼버무리고 있을 뿐이지, 경기를 계속 진행할수록 기본 능력 차이 때문에 서서히 점수가 벌어질 것이다.

개인 경기가 많은 오전에 비해 오후는 배점이 큰 집단 경기가 많았다. 역전하려면 이 경기들을 노려야 한다. 그리고 지금까지와 마찬가지로 최고 수준의 사기를 유지할 필요가 있었다.

글렌의 반은 현재 3등. 오전 중에 순위를 한 단계 정도는 더 올려 두고 싶었다.

그럴 수만 있다면 오후에 역전할 가능성이 생긴다.

"분명 다음이 오전의 마지막 경기였지? 으음, 뭐였더라……."

글렌은 손에 든 일정표를 펼쳤다.

그리고 잠시 주의 깊게 살펴보았다.

"……그렇군. 어쩌면 잘될지도 모르겠네."

글렌은 씨익 웃었다.

마술 경기제의 오전 마지막 경기가 시작하기 전—.

"저기요, 선생님……."

시스티나는 안절부절못하며 옆에서 경망스러운 자세로 앉은 글렌에게 불안한 목소리로 말을 걸었다.

"그게…… 지금이라도 루미아를 다른 애랑 바꾸면 안 되나요?"

"뭐……?"

글렌은 누가 봐도 「너 지금 무슨 소리 하냐?」라는 표정으로 시스티나를 쳐다보았다.

"그치만 쟤가 나갈 경기는……."

시스티나는 중앙 필드로 시선을 돌렸다. 그곳에는 다음 경기를 위해 대기하는 학생들의 모습이 있었다. 선수는 총 열 명. 같은 간격으로 원을 그리듯이 정해진 위치에 서 있다. 그 사이에서 약간 긴장한 표정으로 서 있는 루미아의 모습도 보였다.

"『정신 방어』…… 역시 이런 가혹한 경기는 쟤한테 무리라구요!"

시스티나가 글렌에게 필사적으로 호소했지만 그는 들은 척도 안 했다.

『정신 방어』 경기. 마술사의 필수 기능 중 하나인 정신 오염 공격에 대한 대처 능력을 겨루는 경기였다. 구체적으로 설명하자면 정신에 악영향을 미치는 주문을 정신 강화 마술인 백마(白魔) 【마인드 업】으로 견디는 경기였다. 그리고 조금씩 정신 오염 주문의 위력을 올려서 마지막까지 정상을 유지하면 승자가 되는 패자 탈락 방식의 내구전이었다.

"저것 보세요! 다른 반 선수는 다들 남학생이잖아요! 여학생은 루미아뿐이라구요!"

시스티나가 지적한 대로 정신이 터프할 것 같은 남학생들이 모여 있는 가운데 루미아만 홍일점이었다.

"어, 어이……, 저것 좀 봐. ……저래도 괜찮은 거야?"

"여자애가 이 경기에 나오다니……."

"저 반 담당 강사는 대체 무슨 생각이지……?"

그런 루미아의 모습에 위화감을 느낀 건 시스티나뿐만이 아니었던 모양이다. 관객석 사방에서 당황하는 목소리가 들렸다.

그런 분위기를 파악하지 못한 건지, 혹은 눈치챈 건지…….

루미아는 당혹스러운 시선을 한 몸에 모은 상황에서도 관객석에 앉은 반 친구들을 향해 살짝 손을 흔들면서 싱글벙글 웃어주었다.

"하하…… 당신도 참 잔인하시군요, 선생님."

글렌의 등 뒤에서 비아냥대는 웃음과 목소리가 들렸다. 시스티나가 눈을 옆으로 힐끔 흘기자 그곳에는 입가를 비틀며 웃고 있는 기블이 앉아 있었다.

"선생님은 작년 경기제 때 이 학원에 안 계셨으니, 이 경기가 얼마나 가혹한지 모르시는 것도 무리는 아니겠죠. 이 『정신 방어』는…… 작년에 가벼운 정신 붕괴를 일으켜서 3일간 혼수상태에 빠진 선수가 많았던 경기라고요. 그 정도도 조사해보지 않으신 겁니까?"

"……."

글렌은 말이 없었다.

"그리고 저길 잘 보시죠. 그녀 옆에 있는 학생을."

기블은 루미아의 오른쪽 옆에 있는 학생을 손가락으로 가리켰다.

그곳에는 이상할 정도로 박력이 넘치는 남학생이 서 있었다. 마술사답지 않은 탄탄한 몸은 루미아의 두세 배는 될 정도로 컸다. 붉게 염색한 머리카락과 거무스름하게 탄 피부, 항상 뭔가에 화가 나 있는 듯한 얼굴은 여자나 어린애가 밤길에 마주친다면 반드시 겁을 먹고 울음을 터트릴 정도로 험상궂었다. 거기에 반지와 목걸이, 피어스와 팔찌 등 아무런 마술 효과도 없는 은세공 장신구를 몸 여기저기에 주렁주렁 달고 있었다. 또한 교복 소매를 어깨까지 걷어 올려서 드러난 우락부락한 팔에는 문신까지 그려져 있었다.

길거리를 돌아다니면 제법 유명한 건달들조차 슬슬 피해 다닐 위압감과 박력이 느껴지는 저 학생의 이름은—.

"5반의 자일. 몰락 귀족이나 상인 집안의 차남, 삼남이 모인 불량 서클의 두목이라든가, 폭력 사건을 일으켜서 자주 경비관의 신세를 진다는 등의 안 좋은 소문이 많은 학생이죠."

기블은 마음에 안 든다는 듯 코웃음을 쳤다.

"저래 보여도 그는 작년의 『정신 방어』에서 마지막까지 살아남은 선수입니다. 더구나 타의 추종을 불허하는 큰 차이를 기록하면서 말이죠. 흥, 평소의 소행이 어쨌든 정신력의 강함은 틀림없는 모양이더군요."

“화, 확실히…… 박력 있어 보이는 사람이네…….”

시스티나도 그 말에 납득했는지 신음을 흘렸다. 기본적으로 지식층이 많은 이 학원의 학생 중에서, 자일은 보기만 해도 현기증이 날 정도로 이채로운 분위기를 풍기는 존재였다.

“뭐, 그 사실은 제쳐 놓고서라도. 선생님, 아무리 그래도 이 경기에 처음으로 나가는 루미아를 그와 싸우게 하는 건 너무 심한 처사가 아닐까요?”

“…….”

“실제로 몇몇 반은 자일이 나올 거라는 정보를 접하자마자 이 경기를 포기했다고 하더군요. 할리 선생님의 1반에 이르러서는 이 경기에 한해서만 특별히 성적이 낮은 학생을 내보냈을 정돕니다. 뭐, 합리적인 판단이겠죠. 이 경기는 1등에게만 점수가 들어오는 방식이니, 섣불리 주력 학생을 내보냈다가 정신이 망가져서 다른 경기에 못 내보내게 된다면 큰일이니까요.”

“…….”

“설마…… 선생님은 그녀를 버리는 패로 쓰실 생각입니까?”

기블의 말을 듣자마자 시스티나는 퍼뜩 놀라서 글렌의 옆얼굴로 시선을 돌렸다.

그는 깍지를 낀 손 위에 턱을 올리고 양 팔꿈치를 양쪽 무릎 위에 올린 자세로 입을 다물고 있었다.

“아, 그런 거였군요. 그녀는 치유 계열의 백마술에는 능하지만, 그 밖의 마술은…… 그럭저럭 평균 수준밖에 안 되니까요. 이번에는 치유 주문이 도움이 될 만한 경기가 없으니, 다른 선수의 전력을 유지하는 의미에서도 그녀를 이 경기에 내보내는 건 참으로 합리적인 판단이겠죠."

"……."

"하핫, 선생님은 참 대단한 전술가십니다. 구역질이 날 정도로요."

글렌은 여전히 말이 없었다. 조금 전부터 아무 말 없이 계속 눈을 감고만 있었다.

이 침묵은, 어쩌면 기블의 말을 긍정했기 때문이 아닐까.

"선생님…… 거짓말이죠? 선생님께서 그러실 리가……."

시스티나는 불안한 목소리로 글렌에게 물었다.

하지만 대답이 돌아올 낌새는 전혀 없었다. 그를 믿고는 있었지만 이 태도를 보고 있자니 제아무리 그녀라도 점점 불안해졌다.

"선생님, 뭔가 대답 좀 해주세요. 선생님…… 선생님!"

애간장이 탄 시스티나가 글렌의 몸을 흔들자…… 그의 몸이 갑자기 힘을 잃고 풀썩 기울어졌다.

"쿠울……."

자세히 보니 어느새 글렌은 침을 흘리면서 성대하게 졸고 있었다.

그들의 이야기는 눈곱만큼도 안 듣고 있었다.

시스티나와 기블은 뺨을 움찔움찔 경련하면서 잠시 말을

잃고 경악했다.

"이, 이 인간이 진짜! 일어나아아아아아!"

"꾸어어어어어억?!"

시스티나의 온 힘을 담은 보디 블로가 글렌의 옆구리에 멋진 각도로 파고들었다.

"이, 이 하얀 고양이가!? 이게 무슨 짓이야! 모처럼 사람이 대기 절약 모드에 들어갔는데!"

"시끄러워요! 알아듣지도 못할 말은 집어치우시라구요!"

그리고 시스티나는 멀리 있는 루미아를 가리키며 성을 냈다.

"그런 것보다 방금 기블이 한 말이 정말인가요?! 정말로 루미아를 버리는 패로 쓰려고 이 경기에 내보내신 거예요?!"

"뭐……?"

"만약 그게 사실이라면…… 전 아무리 선생님이라도 절대로 용서 안 할 거예요!"

시스티나는 희미한 분노와 당혹감으로 어깨를 떨면서 글렌을 필사적으로 노려보았다.

"……지금 무슨 말을 하는 건지 전혀 모르겠다만."

글렌은 성가시다는 듯이 머리를 벅벅 긁으면서 말했다.

"루미아가 버리는 패라고? ……하아, 너희들 지금 그게 대체 무슨 소리냐?"

"예?"

'아아, 왠지 긴장돼…….'

경기를 시작하기 전의 짧은 여유 시간. 루미아는 주위를 둘러보면서 적당히 시간을 보내고 있었다.

같은 반 친구들이 앉아 있는 관객석을 쳐다보자 시스티나가 글렌의 옆구리에 펀치를 날리는 낯익은 광경이 보였다. 또 무슨 일이 생긴 걸까?

'시스티도 참, 솔직하지 못하긴…….'

루미아가 흐뭇한 얼굴로 쳐다보고 있자—.

"……어이, 거기 있는 여자."

옆에서 시비를 거는 말투의 굵은 목소리가 내려왔다.

루미아가 시선을 돌리자 무뚝뚝한 얼굴의 자일이 이쪽을 노려보고 있었다.

"널 위해서 하는 말이다. 지금이라도 기권해."

"응?"

"이 경기는 너처럼 어수룩한 계집애가 나와도 되는 만만한 경기가 아니야. ……의무실 침대 위에서 정신 정화 치료를 받고 싶지 않으면 당장 꺼져."

평범한 여학생이었다면 절로 몸이 위축될 위압적인 공갈에 더해서, 굶주린 짐승 같은 눈빛이 루미아를 꿰뚫었다.

"아하하…… 저기, 분명 5반의 자일 군이었지? 날 걱정해주는 거야? 후후, 보기보다 친절하네."

"……아앙?"

전혀 예상치 못한 반응에 오히려 독기가 빠진 자일이 당황했다.

"괜찮아. 난 우리 반 애들을 위해서 열심히 해볼 거야. 나도 질 순 없어."

"칫. ……아, 그래? 후회하지나 마라."

"게다가…… 자일 군네 반은 분명, 지금 종합 2등이었지?"

"……흥, 시시한 소릴. 그게 뭐 어쨌다고."

"우리 반은 지금 3등이니까…… 만약 내가 자일 군을 이긴다면…… 순위가 뒤바뀌겠네?"

루미아는 그렇게 말하며 검지를 입술에 대고 장난스럽게 윙크했다.

"……재미있군."

자일은 토끼를 발견한 늑대처럼 흉악하게 웃었다.

솔직히 말하자면 그는 자기 반의 순위에는 전혀 관심이 없었다. 애초에 마술 경기제 따위는 어떻게 되든 상관없었고, 지금 이 자리에 있는 것도 지긋지긋한 담당 강사와 같은 반 녀석들이 더러운 종기를 만지는 것처럼 조심스러운 태도로 부탁하는 게 짜증 나서 어쩔 수 없이 나온 것뿐이었다.

그런데 누구나가 두려워하며 가까이 다가오지 않는 자신에게, 이런 약해 빠져 보이는 계집애가 알기 쉬운 태도로 『도전』을 해 온 것이다. 굶주린 늑대 같은 그의 투쟁심에 불이 붙은 건 지극히 당연한 이치였다.

『아~ 아~ 음향 술식 테스트, 테스트. 음~ 시간이 됐으니 지금부터 「정신 방어」 경기를 시작하겠습니다!』

널리 울려 퍼지는 방송석의 목소리에 관객들이 환성을 터트렸다.

『자, 이번에도 이 분이 나오셨습니다! 예! 우리 학원의 마술 교수이신 정신 작용 계열 마술의 권위자! 제6계제(세데)의 체스트 남작님이십니다!』

그 말이 끝나자 참가 선수들이 짠 원진 한가운데에 갑자기 연기가 피어오르더니 연미복과 실크 해트와 수염이 인상적인 멋진 중년 남성이 모습을 드러냈다.

"훗, 신사 숙녀 여러분 안녕하십니까. 체스트 르 누아르 남작입니다."

비교적 간단한 단거리 전이 마술로 과장스러운 연출과 함께 등장한 남자가 살짝 고개를 숙여 인사했다.

"자, 그럼 바로 경기를 시작하도록 하지. 올해는 과연 어디까지 내 화려한 마술을 견딜 수 있을지 기대해 보겠네."

참가 선수 중 몇 명이 그 말을 듣고 긴장한 듯 마른침을 삼켰다.

『그럼 1라운드 스타트! 체스트 남작님, 부탁드립니다!』

"그러면 먼저 연습 삼아 작년처럼 【슬립 사운드】 주문부터 시작해볼까. ……간다!"

이렇게 해서 『정신 방어』 경기가 시작되었다.

“《육체에 휴식을·마음에 평안을·그 눈꺼풀은 내려앉으리라》”
체스트가 백마 【슬립 사운드】를 영창했다.
“《내 영혼이여·사악한 의지로부터·내 마음을 지켜라》”
동시에 학생들이 대항 주문(카운터 스펠)인 백마 【마인드 업】을 영창했다.
학생들이 주문을 완성하자마자 체스트는 자신을 에워싼 열 명의 학생에게 일제히 동등한 위력의 마술을 걸었다. 소리굽쇠를 두드린 것 같은 소리가 파문처럼 주위를 물들였다.
주문의 위력이 체스트를 중심으로 경기장에 퍼져 나갔다.
『자, 잠들었습니다! 1라운드가 시작되자마자 탈락한 건 1반, 할리 선생님의 반입니다아아아아아!』
땅바닥에 엎드려서 푹 잠든 학생의 모습에 관객들은 실소를 터트렸다.
『잠깐, 이건 완전히 버리는 패 아닙니까?! 의욕이 없어도 너무 없는 게 아닐까요? 할리 선생님?』
“음~ 개인적으로는 좀 더 버텨줬으면 싶었다만…….”
『하긴 작년의 우승자인 5반의 자일 군이 있으니 분명 전력을 보존해 두고 싶으신 거겠죠. 이미 그의 승리로 정해진 것이나 다름없으니 방송하는 입장에서도 좀 김이 새는군요. 그런고로 저는 홍일점인 2반의 루미아 양이 과연 어디까지 남을 수 있을지…… 그게 이번 경기의 주목할 만한 점이라고 생각합니다만, 어떻습니까, 남작님?』
“훗, 나도 그 말에 동감하네. 가련한 소녀가 과연 어디까지

내 정신 조작 마술을 견뎌 낼 수 있을지, 아리따운 소녀의 마음을 어떻게 해서 완전히 오염시킬지……, 참으로 기대가 되는군. 히힛, 후히힛…….”

남작은 징그러운 미소를 지으면서 루미아를 힐끗 쳐다보았다.

제아무리 루미아라도 그 시선에는 식은땀을 흘리며 반사적으로 한 걸음 물러날 수밖에 없었다.

『우와…… 설마 남작님이 이 타이밍에 이상한 성벽(性癖)을 폭로하실 줄이야……. 아니, 혹시 남작님은 그런 취향의 변태였던 겁니까?』

“그게 무슨 소리인가! 나는 결코 변태가 아닐세! 난 그저 상심하거나, 마음이 병들거나, 혼란에 빠지거나, 공황 상태에 빠진 소녀의 모습에서 영혼이 떨리는 흥분을 느끼는 것뿐이거늘!”

『변태다아아아아아아아아아?!』

저 녀석, 해고해야겠군.

릭 학원장이 귀빈석에서 마음속으로 그런 결정을 내렸다는 사실을 꿈에도 모르는 남작은, 차츰 정신 조작 계열 주문의 위력을 올렸다. 학생들도 필사적으로 【마인드 업】을 사용해 대항하면서 경기는 척척 진행되었다.

『체스트 남작님의 백마 【컨퓨전 마인드】가 먹혔다—?! 우와~ 이건 위험합니다! 8반 선수 결국 견뎌 내지 못했습니다!』

“어버버버버버버버버…… 더워! 더워!”

"뜨아아아아아아아?! 잠깐 자네! 난 남학생이 벗어봤자 전혀 기쁘지 않아! 벗을 거라면 루미아 군이—."

『이봐, 스톱! 이 변태 남작, 조금쯤은 욕망을 숨기라고! 구급반, 어서 8반 선수를 데려가! 정신 정화! 정신 정화!』

"다음은 백마 【마리오네트 워크】다! 자네들을 내가 조종하는 인형으로 만들어주지! 자, 춤춰라!"

『풉! 푸하하하하하! 견뎌 내지 못한 10반의 선수가 춤을 추기 시작했습니다! 아니, 그것보다 남자한테 섹시 댄스를 추게 하지 말라고, 이 바보 남작! 징그럽단 말야!』

"……칫."

『잠깐, 남작! 당신 왜 루미아 양을 보고 혀를 차는 건데?! 적당히 좀 하라고, 이 에로 변태 아저씨야!』

휘몰아치는 정신 오염 주문의 폭풍. 대부분 예상했던 대로 『정신 방어』 경기에서는 작년과 다름없는 아비규환의 지옥도가 펼쳐지기 시작했다.

하지만 고조되는 경기장과는 반대로 관객석의 반응은 싸늘했다. 사실 관람하기에는 수수한 경기이기도 했고 무엇보다 결과가 뻔히 보였기 때문이다.

5반의 자일이 이기리라. 대부분 그렇게 예상했고, 실제로 점점 위력이 올라가는 정신 오염 주문 앞에서도 그는 눈썹 하나 까닥하지 않는 얼굴로 아무렇지 않게 서 있었다.

“나, 남작님…… 전 사실 당신을 좋아했어요…….”
“끄아아아아아아?! 싫어어어어어어! 소, 소름이이이이이이?!”
『나, 남학생이 남작에게 고백?! 남작의 속내가 뻔히 보였던 백마【참 마인드】! 완전히 역효과! 아니, 그것보다 누가 저 변태 귀족 좀 어떻게 해보라고! 구급반은 일단 정신 정화! 그러는 김에 남작의 머릿속도 정화해! 어서!』

“이번에는 백마【판타즈멀 포스】로 형언할 수 없이 모독적인 뭔가의 환영을 보여주도록 하지! 나의 심오한 기술이 보여주는 우주적인 위협 앞에서 두려움에 떨어라!”
“아아아아아악! 싫어어어어어어!”
“우와아아아아아아~?! 그만해! 이것만은 제발 그마아아아안!”
“아아, 창문에?! 창문에에에에?!”
『제정신을 잃고 광기에 휩싸인 선수들! 잠깐 남작, 당신 너무 심한 거 아냐?! 구급반, 정신 정화를 서둘러! 아니, 매년 생각하는 거지만 왜 이 경기는 금지가 안 되는 거지?!』

하지만 경기가 계속 진행되자 관객석이 서서히 술렁거리기 시작했다.
이 가혹한 경기에서 가장 먼저 탈락하리라 여겨졌던 2반의 루미아가 계속 남아 있었기 때문이다. 더구나 다른 선수들처럼 머리카락을 쥐어뜯거나 손톱을 물어뜯으면서 필사적으로 견디는 모습이 아닌, 태연한 표정으로. 마치 그녀의 옆에 서 있는 자일처럼…….

어라? 어쩌면…… 이건 설마?

관객석의 학생들 사이에서 점점 의혹이 커졌다.

그리고 그 의혹은 서서히 기대감으로 변해 갔다.

『9반 탈락?! 이럴 수가, 누가 이 전개를 예상했을까요! 이것으로 5반 대표인 자일 군과 2반 대표인 루미아 양의 단독 승부가 벌어집니다아아아아아!』

이 예상치 못한 전개에 어느새 관객석도 달아올랐고 모두가 하나같이 어마어마한 환성을 내지르고 있었다.

"거, 거짓말……."

관객석에서 루미아를 지켜보던 시스티나는 어안이 벙벙한 표정이었다.

"이, 이런 일이…… 그녀가 이렇게까지 강했던 건가……."

늘 냉정했던 기블도 동요를 감추지 못하고 있었다.

그런 두 사람에게 글렌은 귀찮다는 듯이 말했다.

"백마【마인드 업】은 기본적인 정신력을 강화하는 마술에 불과해. 평소의 정신 제어 능력이 강한 사람일수록…… 요컨대, 배짱이 두둑한 녀석일수록 효과가 잘 먹혀. 그리고 우리 반에서 루미아보다 정신력이 강한 녀석은 없어."

"쟤가요……?"

글렌은 「응」 하고 고개를 끄덕였다.

"저 녀석은 평소의 마음가짐이랄까, 사고방식 자체가 일반인과 좀 달라. 마치 평상시에도 늘 죽음을 각오하고 있는 듯한…… 어떤 의미로는 이상한 인종이지. 정신력으로 루미아를 능가할 만한 녀석은 좀처럼 보기 드물 거다."

"그, 그래서 루미아를 이 경기에 내보내신 건가요……?"

시스티나는 문득 한 달 전에 이 학원에서 일어난 테러 사건을 떠올렸다. 듣고 보니 그때도 루미아는 테러리스트를 앞에 두고 조금도 물러서지 않는 의연한 태도를 보였다. 조금이라도 실수하면 살해당할지도 모르는 상황이었는데…….

"그런데 뭐랄까…… 저 자일이라는 녀석도 장난이 아니네. 저 녀석은 대체 어떤 수라장을 거쳐 온 거지?"

글렌은 기가 막힌 얼굴로 루미아와 함께 경기장에 남아 있는 자일에게 시선을 돌렸다.

"……루미아에게 맡겨 두면 간단할 거라 생각했는데. 어쩔 수 없지, 여차하면……."

정신없이 친구를 응원하는 시스티나의 옆에서 글렌은 조용히 각오를 다졌다.

한편으로 경기장 위에서는 남작이 예상하지 못한 전개에 약간 당황하고 있었다.

"으음…… 이럴 수가. 자일 군이라면 모를까, 설마 루미아 군이 여기까지 버틸 줄은 솔직히 몰랐건만…… 칫."

『잠깐만요, 남작님. 왜 미묘하게 분해하는 거죠?』

"자, 그럼 슬슬 백마【마인드 브레이크】로 가볼까."

방송석의 태클을 화려하게 무시한 체스트 남작은 다음에 쓸 주문의 이름을 선언했다.

『마침내 왔습니다! 27라운드부터는【마인드 브레이크】~?! 이 주문은 온갖 사고 능력을 일시적으로 파괴하는, 정신 조작 계열 백마술 중에서도 가장 난이도가 높고 위험한 주문 중 하나입니다! 자칫하면 상대를 단숨에 폐인으로 만들어 버리는 공포의 주문입니다아아아!』

"아무리 나라도 그렇게까지 강하게 쓰지는 않아. 고작해야 3일 정도 넋을 잃고 잠드는 정도로 조절할 걸세! 쓰러졌을 경우에 루미아 군의 치료와 간호는 내가 책임지도록 하지!"

『……자일 군의 간호는요?』

"……그럼 시작한다!"

그리고 체스트 남작은 엄숙하게【마인드 브레이크】를 영창했다.

루미아와 자일도 대항하듯【마인드 업】을 영창했다.

남작이 주문을 발동하자 머릿속을 뒤흔드는 강렬한 금속음이 주위로 울려 퍼졌다.

"흠, 자네들 괜찮은가? 괜찮다면 대답을—."

"……칫, 이 정도가 뭐 어쨌다는 거야."

"……예, 저도 문제없어요."

대답하기까지 한순간 공백이 있었지만 둘 다 또렷한 눈으로 대답했다.

『이럴 수가! 마인드 브레이크마저 견뎌 냈습니다—! 굉장합니다! 이 두 사람은 정말로 굉장하다고요!』

이 뜨거운 전개에 관객들은 열광했다.

홍수 같은 환성과 폭풍 같은 박수 속에서 자일이 루미아에게 말을 건넸다.

"흥, 너…… 여자치고는 제법이군. 이 정도까지 다부진 녀석은 남자라도 좀처럼 보기 드문데 말이지."

"그, 그래?"

"훗, 그런데 슬슬 한계 아닌가? 비지땀이 흐르고 있다만."

"아, 아하하…… 눈치챘어? 응, 사실 꽤 힘들지도…… 지금도 한순간 머리가 아찔하더라구……."

"기권하는 게 어때? 3일간 혼수상태에 빠지고 싶진 않잖아?"

"걱정해줘서 고마워, 자일 군. 하지만…… 그건 안 돼. 난 질 수 없는걸."

루미아는 다부지게 웃었다. 누가 봐도 괴로움을 참는 게 뻔히 보이는 웃음이었다.

자일은 못 말리겠다는 듯이 어깨를 으쓱거렸다.

"하…… 영문을 모르겠군. 이놈이고 저놈이고 자기 과시욕과 명예욕으로 뒤범벅된 이 더럽게 따분한 경기제 따위에……. 대체 뭐가 널 그렇게까지 버티게 하는 거냐?"

"선생님께선 이렇게 말씀하셨어. 우린 다 함께 우승을 노릴 거라고. 모두는 하나를 위해, 하나는 모두를 위해서라고."

"선생님? 아아, 너희 반의 그 소문난 멍청이 강사 말인가. 흥, 더더욱 모르겠군. 그런 바보 같은 의무감이 어디가……."

"즐거워."

루미아의 짧은 대답에 자일이 입을 다물었다.

"모두 다 같이 하나의 목표를 향해 노력하는 건 굉장히 즐겁더라구. 자일 군, 난 선생님 덕분에 처음으로 그 사실을 깨달았어. 그러니 나도 힘내 볼 거야."

"……흥, 그러냐."

그 후로 자일은 루미아에게 아무 말도 하지 않았다. 굳센 신념을 지닌 호적수에게 더 이상 할 말은 없다는 뜻이리라.

『그럼 다음! 28라운드~!』

마침내 경기가 클라이맥스에 접어들었다. 관객석은 한껏 달아올랐다.

그 과열된 열기는 전혀 멈출 줄 몰랐다.

"그럼…… 아까보다 조금만 더 【마인드 브레이크】의 위력을 올리도록 하겠네. 자, 두 사람. 마음의 준비는 됐나?!"

체스트 남작은 신중하게 주문의 위력을 조절하면서 영창을 시작했다.
두세 차례 거듭되는 주문에 루미아와 자일도【마인드 업】을 외워서 견뎌 냈다.
이어서 29라운드.
계속해서 30라운드.
서서히 라운드의 횟수가 올라갔다.
그리고 마침내 31라운드. 고착 상태였던 전황에 변화가 찾아왔다.
『아아아아아앗?! 여기서 루미아 양이 비틀거립니다~!』
처음과 비교하면 상당히 위력이 오른【마인드 브레이크】가 정신적인 동요를 한층 더 강하게 이끌어 내는 쇳소리를 울린 순간—.
마침내【마인드 업】의 방어를 무너트린 것일까.
루미아의 몸이 휘청거리며 기울었다.
"……읏!"
균형을 잃은 루미아는 한쪽 무릎을 바닥에 대고 말없이 고개를 숙였다.
『한편으로 자일 군은 전혀 움직이지 않고 당당하게 서 있습니다! 이, 이건 아무래도 결판이 난 걸까요?!』
"자네, 괜찮겠나? ……기권하지 않아도 되겠어?"
"……예."
약간 의식이 몽롱해졌던 모양이다.

대답하기까지 몇 초의 공백이 있었지만 루미아는 다부지게 고개를 들고 자리에서 일어났다.

"……괜찮아요. 전 아직 할 수 있어요!"

힘차게 선언하는 그녀의 눈에는 아직 의지의 불씨가 깃들어 있었다.

『세, 세상에에에에?! 속행입니다! 경기 속행! 아직 승부의 행방은 알 수 없습니다!』

아나운서의 방송에 관객들은 너 나 할 것 없이 커다란 환성을 질렀다. 홍일점이었던 소녀의 마지막 분투에 경기장의 분위기는 최고조로 달아올랐다. 여기까지 오면 누구나 보고 싶으리라. 가련한 소녀가 강인한 사내에게 이기는 광경을…….

관객의 기대에 응하듯이 아나운서가 큰 목소리로 소리쳤다.

『그럼! 방송을 계속하겠습니다! 다음 32라운—.』

"기권하겠다!"

갑자기 터져 나온 그 목소리에 경기장의 분위기가 단숨에 가라앉았다.

"……예? 선생님?"

그 목소리가 들린 방향으로 루미아는 고개를 돌렸다.

그곳에는 어느새 가까이 다가온 글렌이 서 있었다.

『저, 저기요? 지금 뭐라고 하신 겁니까? 2반의 담당 강사인 글렌 선생님…….』

"기권이라고, 기권. 2반은 31라운드를 통과한 시점에서 기권한다. 몇 번이나 똑같은 말 하게 하지 마."

경기장 전체에 미묘한 침묵이 흘렀다.

『이, 이럴 수가…… 2반의 루미아 양이 기권? ……이건 또 맥 빠지는 결말이군요.』

아나운서가 아쉬운 듯이 중얼거린 다음 순간—.

웃기지 마! 마지막까지 싸우게 해주라고! 꺼져! 이 바보 강사!

폭풍 같은 비난이 관객석에서 터져 나왔다.

하지만 글렌은 그런 분위기에도 전혀 개의치 않았다. 그리고 갑자기 승부가 끝나서 넋을 잃은 루미아의 머리에 손을 얹고 위로의 말을 건넸다.

"용케도 여기까지 애썼구나. 잘했다, 루미아."

루미아는 그 말에 퍼뜩 정신을 차리고 글렌에게 항의했다.

"무, 무슨…… 선생님! 저는 아직……."

"아니, 이제 됐다. 사실 너도 알고 있잖아? 지금이 한계라는 걸. 다음은 없다는 걸."

"……그, 그건……."

정곡을 찔린 모양이다. 루미아는 풀이 죽어서 고개를 떨궜다.

"그치만 우승하려면…… 제가 이 경기에서 이겨야……."

"확실히 좀 아쉽기는 해. 하지만 그렇다고 해서 널 3일이나 혼수상태에 빠지게 할 수도 없는 노릇이지. 아니, 정말로 잘했다. ……하지만 상대가 안 좋았어."

글렌은 미안하다는 표정으로 눈을 내리깔았다.

그리고 옆에서 당당하게 서 있는 자일을 힐끔 쳐다보았다.

"너라면 크게 고생하지 않고 이길 줄 알았거든. 그런데 이 학원에 저런 괴물이 있을 줄은 전혀 예상 못했지 뭐냐. ……힘들었지? 정말로 미안하다."

그러자 루미아는 고개를 살짝 저으며 힘없이 웃었다.

"괜찮아요, 선생님. 전 즐거웠는걸요? 진 건 좀 분하지만……저도 우리 반 애들을 위해서 싸울 수 있었으니 만족했어요."

"……그래."

아나운서는 그런 두 사람의 대화는 뒷전으로 돌리고 승자 인터뷰로 화제를 돌렸다. 관객의 비난을 어떻게든 다른 방향으로 돌리기 위해 필사적인 모양이었다.

『아~ 그러면 작년에 이어서 올해도 훌륭하게 「정신 방어」 경기를 제패한 5반 대표 자일 군. 뭔가 소감을 한마디 부탁드립니다.』

"훗, 과연 대단하군, 자일 군. ……응? ……자일 군?"

불러도 전혀 움직이지 않고 아무런 말도 없는 자일의 반응을 의아하게 여긴 체스트 남작이 그의 얼굴을 살펴보았다. 그리고 곧 안색이 바뀌었다.

『어라? 왜 그러시죠? 남작님?』

"자, 자일 군은 이미—."

『예? 자일 군이 어쨌다고요?』

“서, 선 채로 기절했네.”

『……예?』

지금까지 글렌을 비난하느라 난장판이 되었던 경기장이 다시 정적에 잠겼다.

『저기, 그렇다는 건……?』

“……루미아 군이 이긴 거겠지. 기권했다고는 해도 자일 군은 31라운드를 통과하지 못했지만, 루미아 군은 일단 통과했으니까.”

몇 초의 공백 후—.

『……이, 이럴 수가아아아아?! 마지막에 와서 대역전극! 이 경기를 제패한 것은 홍일점, 2반의 루미아 양입니다아아아아아!』

다시 폭탄이라도 터진 것 같은 엄청난 환성이 휘몰아쳤다.

“……서, 선생님……?”

“……진짜로?”

갑작스러운 사태에 루미아와 글렌도 눈이 휘둥그레졌다.

“해냈어! 네가 이긴 거야, 루미아!”

“꺄악?!”

그런 루미아의 등을 누군가가 몸통 박치기라도 하는 기세로 끌어안았다.

“시스티?”

“정말이지, 너무 무모하잖아! 혹시 도중에 괴로워지면 참지 말고 얌전히 기권하라고 누누이 말했는데! 이 고집쟁이! ……

그래도 축하해. 무사히 끝나서 다행이야."

2반 학생들도 관객석에서 뛰쳐나와 루미아를 에워싸더니, 저마다 그녀의 건투를 흥분하여 빨라진 목소리로 칭찬했다.

루미아는 난처한 표정으로 멀리 떨어져서 자신을 바라보고 있는 글렌에게 시선을 보냈다.

글렌은 웃으면서 어깨를 으쓱이는 것으로 대답해주었다.

그녀는 그 모습을 보고 고개를 한 번 끄덕였다.

"고마워, 얘들아!"

그리고 반 친구들을 돌아보더니 기쁜 얼굴로 웃었다.

구름 한 점 없이 맑은, 꽃처럼 활짝 핀 미소였다.

"……조금은 안심했어? 앨리스."

세리카는 넋을 놓고 루미아의 시합을 지켜보던 알리시아에게 말을 걸었다.

"……아! ……예."

알리시아는 이 자리에서 자신을 접대하는 세리카와 릭이, 한 달 전의 사건으로 제국의 최고 기밀인 루미아의 비밀을 알고 있다는 사실을 떠올리고 고개를 끄덕였다.

"저 아이가 좋은 스승, 좋은 친구들과 만나 저렇게 밝게 웃는 모습을 이 눈으로 확인한 것만으로도…… 정말 오길 잘했어요."

"나 원 참, 그렇게까지 자기 아이가 사랑스럽다면 처음부터 나한테 의논할 것이지. 나라면 어떻게든 해줄 수 있었을 텐데……."

"그건……."

"그만하게, 세리카 군. 분명 폐하께서도 사정이 있으셨던 거겠지."

릭이 나무라는 말투로 끼어들었다.

"나도 알아. 다만, 왕실의 정통성이라느니 품위 유지라느니 하는 시시한 이유로 피를 나눈 모녀를 갈라놓아야만 하는 현실에 화가 난 것뿐이야."

"……그러네요. 전…… 어머니로서는 실격이겠죠."

알리시아는 후회하는 표정으로 고개를 숙였다.

"널 책망하는 건 아니야. 실제로 넌 저 아이를 구하기 위해 상당히 무모한 짓을 벌였잖아? 대외적으로 왕녀가 병사했다고 보이기 위해 뒤에서 온갖 공작을 펼쳤던 모양이고, 저 아이를 맡아줄 사람을 찾으려고 이리저리 손을 쓴 데다가…… 그 녀석한테도 들은 말이지만―."

"괜찮아요. ……이미 지난 일인걸요."

알리시아는 「쉿」 하고 입가에 손을 대더니 모호한 웃음을 지었다.

"제가 뒤에서 무슨 일을 했건, 제가 제국과 왕가의 위신을 위해 저 아이를 버린 사실에는 변함이 없으니까요……."

이렇게 나오면 세리카로서도 더는 할 말이 없었다.

"오늘은 무척 만족했답니다. 줄곧 마음에 걸렸던 저 아이의 건강한 모습을 멀리서라도 직접 볼 수가 있었는걸요. 이제 두 번 다시 저 아이를 볼 기회는 없겠지만…… 분명 전 괜찮을 거예요."

"……."

"이제는 저 아이가 행복해지기를 바랄 뿐이에요. 왠지 오랫동안 쌓아 온 가슴의 응어리가 풀린 기분이네요. 후훗, 이걸로 내일부터는 아무 거리낌 없이 국정을 돌볼 수 있겠어요."

"……."

"아, 조금만 더 욕심을 부려서 저 아이가 결혼하는 모습을 보고 싶었지만…… 아무래도 그건 무리겠죠. 일개 시민의 결혼식에 여왕이 참가할 수는 없는 노릇이니."

"……."

"아, 그러고 보니 결혼 하니까…… 아까 저 아이의 시합을 중지하려고 글렌이 끼어들었는데, 그를 보는 눈빛이 왠지 수상하지 않았나요? 어쩌면 저 아인…… 후훗."

마치 자신을 타이르는 듯한 알리시아의 독백을 듣고—.

"……앨리스, 넌 그걸로 충분한 거야?"

세리카는 직접적으로 핵심을 찔렀다.

"……예?"

"이대로 멀리서 지켜보는 것만으로, 아무 말을 나누지 않아도…… 정말로 괜찮겠어?"

"그건…… 하지만 그건 무리잖아요?"

"정말이지, 넌 내가 대체 누군 줄 아는 거야?"

세리카는 어이가 없다는 표정으로 어깨를 으쓱거렸다.

"나는 북 대륙에서도 이름 높은 제7계제(셉텐데), 세리카 아르포네아라고? 전지전능까지는 아니지만, 어지간한 일은 가능해. 예를 들면 왕실 친위대의 눈을 속이고 모녀가 몰래 만날 기회를 만들어주는 것쯤은."

"……세리카."

"그래서? 넌 어떻게 할래, 앨리스? 딸을 만나고 싶은 거야, 만나고 싶지 않은 거야?"

세리카가 그렇게 권하자 알리시아는 고민에 잠겼다.

"오늘 하루쯤은 자신에게 솔직해지시는 게 어떨지요, 폐하."

망설이는 알리시아의 등을 밀어준 것은 뜻밖에도 조금 전부터 조용히 그녀의 뒤에서 대기하고 있던, 왕실의 사정을 알고 있는 엘레노아였다.

"엘레노아?"

추억의 펜던트조차 남의 눈에 띄지 않도록 두고 가라고 진언했던 그 신중한 엘레노아가, 설마 이런 말을 할 줄은 꿈에도 몰랐는지 알리시아는 놀라서 눈을 깜빡거렸다.

"괜찮습니다. 세리카 님은 대륙 굴지의 마술사. 분명 문제될 일은 없겠지요."

"거봐, 네 비서도 이렇게 말하잖아?"

일이 자기 뜻대로 흘러가서 만족했는지 세리카는 장난스럽게 웃었다.

릭 학원장은 그녀의 억지에 가까운 제안에 기가 막혔는지 남몰래 쓴웃음을 흘릴 수밖에 없었다.

# 제3장 여왕과 왕녀의 해후

마술학원의 학생들로 붐비는 마술 경기장— 그곳의 관객석을 지나가는 통로 중 한 곳에 검은색 바탕의 양복과 외투를 입은 기묘한 남녀가 서 있었다.

한 명은 스무 살쯤 되어 보이는 청년이었다. 푸른색이 감도는 긴 검은 머리카락 아래에는 매처럼 날카로운 두 눈이 자리 잡고 있었다. 키가 크고 늘씬한 체격이지만 가냘픈 인상은 전혀 없었다. 차분하다기보다는 오히려 차가움이 느껴지는, 나이프처럼 함부로 손댈 수 없는 치명적인 날카로움을 어딘가에 감춘 듯한 분위기의 남자다.

또 한 명은 아직 10대 중반 정도의 소녀였다. 제대로 빗질도 하지 않는지 이리저리 뻗친 파란 머리카락의 뒷부분만 목덜미 근처에 조잡하게 묶어 놓았고, 인상적인 남색 눈은 항상 졸린 듯 가늘게 뜨고 있다. 화사한 몸과 가지런하고 갸름한 얼굴은 앤티크 인형을 연상케 할 정도로 정교했다. 웃으면 틀림없이 매력적으로 보일 테지만, 그 용모에는 표정이라는 게 전혀 없다 보니 어떠한 감정의 흔적조차 읽어 낼 수 없었다.

두 사람이 입은 외투는 군데군데가 금속판과 못, 수호의 룬으로 보강되어 있었기에 누가 봐도 마술 전투용 로브라는 사실을 알 수 있었다.

학생들로 붐비는 관객석에서 그런 두 사람의 모습은 특히 이질감을 발하고 있었다. 복장도 그러하거니와 무엇보다도 몸에서 풍기는 분위기가 명백히 일반인과는 달랐다.

하지만 이상하게도 그런 두 사람을 기이한 눈으로 쳐다보는 사람은 아무도 없었다. 마치 길바닥에 떨어진 돌멩이라도 되는 것처럼 그들의 존재 자체를 인식하지 못하는 분위기였다.

"……글렌이군."

청년이 냉담한 목소리로 중얼거렸다.

"……응. 누가 봐도 글렌."

그 말에 대답하듯 소녀도 감정이 느껴지지 않는 무미건조한 목소리로 중얼거렸다.

두 사람의 시선이 향하는 곳은 조금 전 『정신 방어』 경기가 끝난 중앙 경기 필드 위였다. 그곳엔 금발 소녀와 은발 소녀 사이에 끼어 말다툼을 벌이고 있는 글렌의 모습이 있었다.

"우리에게 아무 말도 하지 않고 떠났나 싶더니…… 이런 곳에 있었을 줄이야."

청년이 사냥감을 노리는 맹금류 같은 눈으로 그렇게 말하자, 그의 옆에 서 있던 소녀가 말없이 중앙 필드 쪽으로 걸어가기 시작했다.

"기다려."

위협하는 굳은 목소리로 손을 뻗은 청년은 소녀의 뒷머리를 무자비하게 움켜잡았다.

그러자 소녀의 머리가 뒤로 덜컥 기울었다.

"……이게 무슨 짓? 알베르트."

소녀는 여전히 무표정한 채로 전혀 감정을 드러내지 않고 물었다.

"그건 내가 할 말이야. 너야말로 무슨 짓을 할 생각이지? 리엘."

청년은 청년대로 험악한 맹금류 같은 표정을 풀지 않고 짧게 되물었다.

그러자 리엘이라고 불린 소녀는 아주 당연한 일이라는 듯 이렇게 대답했다.

"당연히…… 글렌이랑 결판을 내러 갈 거야."

청년— 알베르트는 그 말을 듣자마자 리엘의 뒷머리를 더 세게 잡아당겼다.

"아파. 왜 잡아당기는 거야?"

말과는 다르게 리엘은 전혀 아프지 않은 얼굴로 물어보았다.

"쓸데없는 짓은 하지 마. 우리 임무를 잊은 건가?"

"임무?"

리엘은 잠시 생각에 잠겼다.

"……글렌이랑 결판을 내는 거?"

"……."

알베르트는 조금도 흔들리지 않는 험악한 표정으로 입을 다물었다. 두 사람 사이에 침묵이 흘렀다.

"……이번에 우리에게 주어진 임무는 두 가지다. 그중 하나는 현재 여왕 폐하를 호위 중인 왕실 친위대를 감시하는 것."

"어째서? 그들은 우리 동료인데."

"제국에는 다양한 파벌이 있어. 왕실 직계파, 왕실 방계파, 반 왕실파, 과격파 극우, 보수적인 봉건주의자, 맥베스식 혁신주의자파, 제국 국교회파…… 거기서도 푸른 피와 붉은 피로 나뉘어 있지. ……알자노 제국은 다양한 사상 주의와 파벌이 우글거리는 혼돈의 마굴이다."

"그래? 난 잘 모르겠는데."

"그야 넌 그렇겠지."

다시 두 사람 사이에 침묵이 흘렀다.

"우파의 필두, 왕실 친위대에 최근 불온한 움직임이 있다는 정보가 들어왔어. 이능력자 차별에 관한 새로운 법안이 원탁 회의에서 논의되기 시작한 후부터 심각해졌다는 모양이더군."

"어째서?"

"세간에서 이능력자는 악마의 환생으로 여겨지고 있어. 그리고 법은 여왕 폐하의 이름으로 반포하게 되어 있지. 즉, 여왕의 이름을 사용해 이능력자를 법으로 보호하는 건 신성한 왕실의 위엄에 흠이 된다고 생각하기 때문이야."

"그래? 난 잘 모르겠는데."

"그야 넌 그렇겠지."

두 사람 사이에 다시 침묵이 흘렀다.

"그런 이유로 우리는 왕실 친위대를 감시해야 해. 확률은 한없이 제로에 가깝지만, 이번 폐하의 학원 방문을 계기로 놈들이 뭔가 행동을 벌일 가능성이 있어. 만약 그런 사태가 벌어진다면 상층부의 파벌 싸움에 중대한 영향을 미치게 되겠지."

"그렇구나. 알았어."

리엘은 고개를 한 번 끄덕이더니 납득했다는 듯 말했다.

"그 이야기를 정리하면, 내가 글렌과 결판을 내야 한다는 뜻이지?"

"……."

알베르트는 조금도 흔들리지 않는 험악한 표정으로 입을 다물었다. 재차 두 사람 사이에 침묵이 흘렀다.

"……응. 열심히 하고 올게."

"열심히 하지 마."

다시 걸어가려는 리엘의 뒷머리를 알베르트가 인정사정없이 잡아당겼다.

"알베르트는 글렌을 만나고 싶지 않아?"

두 번이나 행동을 방해받은 리엘이 담담한 목소리로 물었다.

"……당연한 소릴. 나도 저 남자에게는 여러 가지로 해줄 말이 있어."

알베르트는 말끝에 희미한 분노가 담긴 목소리로 말했다.

"그래. 그럼 내가 글렌을 두들겨 팰게. 알베르트는 할 말이 있으면 해."

"글쎄 기다리라고 했잖아. 우리는 저 녀석과 만나지 않는 편이 좋아."

"왜?"

"오랜만에 저 녀석의 모습을 보고 알았어. 저 녀석이 있어야 할 곳은…… 역시 우리가 있는 피로 물든 뒷세계가 아니었던 모양이야."

두 사람은 다시 경기장으로 시선을 돌렸다. 무슨 일이 있었는지 글렌이 은발 소녀에게 엎드려 절하는 모습이 보였다. 금발 소녀는 은발 소녀를 말로 달래는 중이었다.

"저 녀석이 있어야 할 곳은 저기다. 눈부신 햇살이 비추는 저곳이야말로, 아마 글렌이라는 남자가 살아가기에 어울리는 곳이겠지."

"여자애 발밑이? 뭔가 이상해."

"……."

알베르트는 조금도 흔들리지 않는 험악한 표정으로 입을 다물었다. 다시 두 사람 사이에 침묵이 흘렀다.

"……음?"

리엘은 그런 알베르트의 반응에 아주 살짝 고개를 갸웃거렸다.

결국, 두 사람 사이에는 계속해서 기묘한 침묵이 흘렀다.

마술 경기제는 오전과 오후로 나누어진 행사다. 그 사이에는 약 한 시간 정도의 점심시간이 있었다. 경기장에 모인 학생들은 학원 부지 내의 학생 식당으로 가는 사람, 학원 외부의 식당으로 가는 사람, 혹은 도시락을 가져온 사람으로 나뉘어서 각자 이동하기 시작했다.

글렌이 맡은 2반의 학생들도 일단 점심을 먹기 위해 해산했다.

"하아~ 자, 그럼……. 난 어찌해야 좋으려나……."

글렌은 완전히 초췌해진 얼굴로 뭔가를 깨닫고 체념한 듯 중얼거렸다.

배가 고팠다. 아무튼 배가 고팠다. 농담이 아니라 뱃가죽과 등이 찰싹 달라붙을 것 같았다.

반 학생 중 몇 명은 가져온 도시락을 이 자리에서 펼쳐 놓기 시작했다. 여기에 남아 있는 건 정신적으로 괴로웠다.

하지만 돈이 없으니 식사를 할 방법이 없었다. 어쩔 수 없이 글렌은 맛있는 냄새가 나는 이 자리에서 전략적 후퇴를 감행하는 김에, 오늘도 시로테 나뭇가지 — 비상식량이 되는 — 를 주우려고 일어났다.

"저, 저기요…… 선생님."

갑자기 누가 불러서 고개를 돌리자 작은 동물 같은 분위기의 소녀가 서 있었다. 글렌이 맡은 학생 중 한 명인 린이었다.

“……왜 그래? 린.”

“그, 그게…… 잠깐 상담하고 싶은 일이 있어서…… 저기…….”

“상담?”

글렌은 머리를 벅벅 긁으면서 주위를 둘러보았다.

“……그 상담이라는 건 꼭 여기서 해야겠냐?”

“예? 그건…… 아뇨, 될 수 있으면 사람이 별로 없는 곳에서…….”

솔직히 귀찮았다. 지금은 상담을 받아주는 데 쓸 에너지조차 아쉬웠다.

하지만 당장에라도 울음을 터트릴 것 같은 린의 얼굴을 보니, 아무리 무기력한 남자 세계 선수권 대표인 글렌이라도 매정하게 거절하지는 못했다.

“……알았다. 그럼 자리를 옮기자.”

그렇게 해서 글렌은 린과 함께 경기장을 나와 학원 안뜰로 이동했다.

파릇파릇한 잔디, 정원사가 자주 손질해주는 가로수, 길가 쪽에는 다채로운 색상의 꽃이 피어 있는 화단. 그런 익숙한 광경이 보였다.

평소에 이곳은 도시락을 먹는 학생들로 제법 붐비는 편이지만, 오늘은 경기장이 개방된 덕분에 거기서 먹는 학생이 많았다. 그런 까닭에 안뜰은 한산했다.

"그래서? 상담이라는 게 뭔데? 돈 문제만 아니라면 들어주마."

"그, 그게……."

린은 흠칫거리면서 조금씩 마음의 정리를 하며 말을 이어나갔다.

"저, 저기요. 전 『변신』 경기에 나가게 됐는데…… 자신이 없어서요."

"……뭐?"

"그동안 변신 마술을 열심히 연습했지만……, 막상 당일이 되니 긴장돼서……, 마술이 잘 안 되더라구요. ……그러니 다른 사람이랑 바꿔주시면 안 될까 해서……."

"……."

"모, 모처럼 반 애들 모두가 한마음으로 뭉쳐서 열심히 우승을 위해 노력하고 있는데……, 제가 걸림돌이 되는 건 미안하니까……, 그러니까…… 절 다른 애랑, 바꿔주세요……!"

린은 눈물이 밴 눈으로 어깨를 떨면서 그렇게 애원했다.

글렌은 머리를 벅벅 긁으면서 한숨을 내쉬었다.

"……넌 그래도 괜찮겠어? 사실은 경기에 나가고 싶은 건 아니고?"

"그, 그건……."

"우선 그 점을 명확하게 해. 아니면 나도 뭐라 할 말이 없다."

잠시 린은 자신의 마음속을 정리하듯이 입을 다물었다.

"사실은…… 저도 나가고…… 싶어요……. 하지만 다른 애들한테 폐가 될 테니까……."

"그럼 정해졌네."

글렌은 린의 머리 위에 손을 툭 얹었다.

"나가 봐. 문제 될 건 아무것도 없으니까."

"예?! 그, 그치만! 제가 나가면 폐가 될 텐데……."

"야, 이건 마술 경기**제**. 축제라고. 고작해야 축제인데 누구한테 폐가 되고 자시고 할 게 있겠냐."

"그, 그치만 다들 우승하겠다고 들떠 있는 데다가…… 선생님도 그렇게 말씀하셨으면서……."

"아~, 그거 말이지. 그 말이 너한테 부담감을 줬던 건가……."

글렌은 이제야 자신의 경솔한 언동을 조금이나마 후회했다.

"확실히 개인적인 사정으로 가볍게 그런 말을 내뱉긴 했는데, 이제 아무래도 상관없어. 너희는 그냥 실컷 즐기기나 해. 그런 김에 우승까지 하면 최고겠지. 뭐, 고작 그 정도일 뿐이니까 너무 신경 쓰지 마라."

"……그런……가요?"

"그래. 그러니까 너도 이기는 거에 너무 집착하지 말고 즐기고 와. 변신 마술, 좋아하잖아?"

"아, 예. ……전 옛날부터 내성적이고 우유부단한 성격이지만…… 변신 마술은…… 왠지 또 다른 자신으로 바뀌는 것 같아서, 좋아해요……."

"그럼 그걸로 됐잖아?"

하지만 글렌이 이렇게까지 말했는데도 린은 아직 불안해 보였다.

"……어쩔 수 없군. 그럼 잠시 특별 강의를 해주마."

자신감이 부족한 린에게 글렌은 웬일로 변덕을 부려서 약간 도움을 주기로 했다.

그 말에 놀란 린은 아직 약간 고개를 숙인 자세로 글렌을 올려다보았다.

"……특별, 강의요?"

"그래, 우선 복습부터 하자. 변신 마술에는 두 종류가 있지? 그래, 【셀프 폴리모프】와 【셀프 일루전】이지. 두 마술의 차이가 뭔지는 알아?"

린은 잠시 생각에 잠긴 듯 입을 다물더니 곧 대답했다.

"그, 그러니까…… 【셀프 폴리모프】는 백마술이고, 【셀프 일루전】은 흑마술이에요."

"하하하, 그 대답으로는 60점밖에 못 주겠는데?"

"죄, 죄송해요. ……으, 으음…… 그럼…… 【셀프 폴리모프】는…… 육체의 구조 자체를 바꿔서 변신하는 마술이고…… 【셀프 일루전】은 빛을 조작해서 변신한 것처럼 보이게 하는 환영 마술이에요."

글렌이 퇴짜를 놓자 린은 황급히 다시 대답했다.

"뭐, 그런 거지. 그래서 【셀프 폴리모프】는 육체와 정신을 다루는 백마술, 【셀프 일루전】은 운동과 에너지를 다루는 흑마술로 구분하는 거다."

글렌은 오른팔의 소매를 걷고 세 소절의 룬으로 주문을 영창했다.

그러자 오른팔이 눈에 띄게 변화하기 시작했다. 근육이 부풀어 오르고 검고 굵은 체모가 자라나면서 손톱이 길어지더니, 눈 깜짝할 사이에 늑대의 앞다리로 변했다.

"【셀프 폴리모프】의 변화 패턴은 술식으로 정해져. 예를 들어서 늑대로 변신하고 싶으면 늑대로 변신하는 【셀프 폴리모프】, 용으로 변신하고 싶으면 용으로 변신하는 【셀프 폴리모프】를 쓰는 식으로. 그리고 실패하면 원래 모습으로 되돌아오지 못할 위험성이 있기는 하지만, 변신한 대상의 능력을 얻을 수 있어. 말로 변신하면 말과 같은 속도로 달릴 수 있고, 새로 변신하면 하늘을 날 수 있고, 용으로 변신하면 입에서 불을 뿜을 수 있지."

글렌이 다시 주문을 영창하자 늑대의 앞다리가 인간의 팔로 되돌아왔다.

"하지만 【셀프 일루전】은 그렇지 않아. 빛을 조작해서 상대의 눈을 속이는 것뿐이야. 그러니 말로 변신하거나 새로 변신해 봤자 빨리 달릴 수도 없고 하늘을 날 수도 없어. 그렇다면 변신 마술로서는 【셀프 폴리모프】가 더 우수한 걸까? 아니, 꼭 그렇지만도 않아. 음~ 그러니까 예를 들면……."

글렌은 관자놀이를 손가락으로 누르면서 【셀프 일루전】을 영창했다.

그러자 그를 둘러싼 공간이 한순간 일렁이더니 글렌의 모습이 서서히 변화했다.

"루, 루미아……?!"

그곳에는 글렌이 아니라 팔짱을 끼고 의기양양한 표정을 한 루미아가 서 있었다. 도저히 환영이라는 생각이 들지 않았다. 마치 진짜 루미아가 눈앞에 서 있는 것 같았다.

"흠, 그럭저럭 잘됐네."

목소리도 루미아의 목소리였다. 아무래도 목소리의 파장과 주파수까지 즉흥으로 바꾼 듯했다.

"주문과 변신 대상이 일대일로 대응하는 【셀프 폴리모프】 계열의 마술과 달리, 【셀프 일루전】은 이런 식으로 술자의 이미지를 반영하도록 짜여 있어. 즉, 상상하기에 따라서는 무엇으로도 변신할 수 있는 셈이지. 겉모습뿐이지만."

글렌은 루미아의 모습과 목소리지만 평소와 다름없이 건들거리는 태도로 담담히 설명을 계속했다.

"결론을 말하자면, 【셀프 일루전】을 썼는데도 변신이 제대로 안 됐다는 건 아직 머릿속의 이미지가 모호하기 때문이야. 반대로 이미지만 확실하다면 백 퍼센트 성공하는 마술이기도 하지. 이 말에 내 목을 걸어도 좋아."

글렌은 루미아의 얼굴로 씨익 웃었다.

“자, 그러면 린. 넌【셀프 일루전】으로 『변신』 경기에 참가할 예정이었지? 뭐로 변신할 거냐?”

“예? 전 천사님으로 변신하려고…… 『시간의 천사』인 라 틸리카 님으로요…….”

“나 참, 하필이면 전설상의 존재냐. 이건 또 어려운 걸 골랐군. ……뭐, 됐다. 그렇다면 지금부터 학원 부속 도서관에 가서 성화(聖畵)집이라도 빌려 와. 그리고 경기가 시작할 때까지 계속 보고 있어. 그것만으로도 꽤 느낌이 다를 거다.”

“아, 예. 그렇게 해볼게요.”

그리고 루미아로 변신한 글렌은 마지막으로 린을 똑바로 바라보면서 이렇게 말했다.

“야, 린. 너라면 문제없어. 넌 네가 생각하는 것보다 우수해. 자신감이 살짝 부족한 것뿐이야. 네 능력은 내가 보증해주마.”

“서, 선생님…….”

“실패해도 신경 쓰지 마. 전에 우승하라고는 했지만, 어차피 이건 축제라고, 축제. 누가 죽는 것도 아니니 뭐라 할 사람도 없어. 만약 졌다고 네 탓을 하는 녀석이 있다면 내가 이 주먹으로 혼쭐을 내주마. 그러니까 마음 편하게 먹어. 알겠지?”

그러자 린은 더는 못 견디겠다는 듯 배를 잡고 쿡쿡 웃음을 흘리기 시작했다.

“……왜 웃냐?”

모처럼 사람이 진지한 이야기를 했는데도 반응이 예상했던 것과 다르자 글렌은 토라져서 말했다.
"그, 그게, 선생님이 루미아의 모습으로 남자처럼 말씀하시는 게…… 웃겨서……."
"윽…… 그, 그랬냐. ……하긴 웃길 만도 하군."
정말 그 말대로였다. 진지한 이야기를 하기 전에 마술을 풀걸 그랬다.
글렌이 한숨을 내쉬고 머리를 벅벅 긁으면서 마술을 풀려고 한 순간이었다.
"얘도 참, 이런 데 있었구나? 찾아다녔어."
어느 틈에 시스티나가 이쪽으로 다가오고 있었다.
"아, 시스티. 무슨 일이야?"
시스티나의 존재를 먼저 알아차린 린이 말을 걸었다.
"아하하, 루미아한테 좀 용건이 있어서."
"아, 아니, 난……."
시스티나는 글렌이 정체를 밝힐 틈도 안 주고 웃으면서 말을 걸어왔다.
"어서 도시락 먹으러 가자, 루미아. 아까 말했잖아? 오늘 점심은 내가 네 몫까지 만들어 왔다고. 네가 좋아하는 토마토 샌드위치도 있어."
"어……? 도시락……?"
자세히 보니 시스티나는 커다란 바구니를 손에 들고 있었다.
'설마 저 안에……?!'

글렌은 자기도 모르게 침을 삼켰다.

"남은 건 그 인간뿐인데……. 그 인간, 대체 어디로 간 걸까?"

시스티나가 뭔가 영문을 알 수 없는 말을 중얼거렸지만, 지금은 그런 걸 신경 쓸 겨를이 없었다.

도시락을 만들어 온 시스티나는 마술로 변신한 글렌을 루미아라고 착각하고 있었다. ……이건 어쩌면 굉장한 찬스가 아닐까?

잘만 하면 시스티나가 만들어 온 샌드위치를 먹을 수 있지 않을까?

'……무슨 바보 같은 생각을 하는 거냐. 진정해, 글렌.'

글렌은 이마에 식은땀을 흘리면서 마음속으로 떠오른 그 사악한 생각을 지웠다.

'교사가 학생을 속여서 도시락을 뺏어 먹겠다고? 그건 인간이 해선 안 될 최악의 짓이야! 아무리 나라고 해도 그렇게까지 타락하지는 않았어! 누가 타락할까 보냐아아아!'

"루미아?"

머리를 부둥켜안고 다른 쪽을 쳐다보면서 뭔가 중얼거리기 시작한, 루미아로 변신한 글렌을 보고 시스티나는 고개를 살짝 갸웃거렸다.

'애초에 전부 자업자득이잖아……. 그런 일로 학생에게까지 피해를 주는 건 교사, 아니. 남자로서, 인간으로서 글러 먹은 짓이잖아? 모처럼 좋은 찬스지만, 여기서는 순순히 변신 마

술을 풀고 어른답게 대응을…….'

그 순간이었다.

꼬르륵~.

글렌의 배가 성대하게 울었다.

"풋! 아하하! 얘도 참, 그렇게 배가 고팠어?"

'……응. 역시 굶주림은 그 무엇과도 바꿀 수 없지. 난 악마에게 영혼을 판 거다.'

그리고 루미아로 변신한 글렌은 시스티나에게 다가가 그녀의 두 어깨에 손을 얹었다.

"……지금 당장 여기서 해치…… 먹자, 하얀 고양…… 시스티! 이 몸……이 아니라, 나도 굉장히 배가 고팠지 뭐야~! 아하, 아하하하하……!"

"왜, 왠지 모르겠지만 엄청 필사적이네……?"

이상한 위압감을 내뿜는 루미아의 모습에 시스티나의 이마에도 식은땀이 흘렀다.

"아! 잠시만 기다려 줄래? 먹기 전에 그 인간을 찾아봐야겠어."

"응? 그 인간?"

"응, 그 인간. 그게…… 모처럼 일단 우리 몫을 만드는 김에 그 녀석이 먹을 것도 만들어 왔거든……. 정말로, 저기, 겸사겸사 어쩔 수 없이 만든 거지만……."

고개를 휙 돌리는 시스티나의 뺨이 아주 살짝 붉어져 있었다.

"안 찾아도 돼! 그 인간이 누군지는 모르겠지만, 안 찾아도 돼!"

"루미아?"

"그러는 사이에 루미아에게 들켰다간…… 아니, 그게 아니라! 나, 나 지금 진짜 배고프거든! 어서 먹지 않으면 정말로 죽을지도 몰라! 그러니까—."

"저기…… 선생님?"

필사적인 태도로 물고 늘어지는 글렌의 등을 린이 손가락으로 찔렀다.

그러자 이번에는 린에게 매달리더니 그녀에게만 들리는 작은 목소리로 애원했다.

"부탁이다, 린! 날 가엾게 여긴다면 이대로 못 본 척해줘!"

"아뇨, 그게 아니라……."

"괜찮아! 물론 루미아가 먹을 몫까지 전부 먹진 않을 거다! 한 조각만, 아니. 딱 두 조각만 얻어먹으려는 것뿐이니까! 그러니까 부탁이다! 이번만! 이번만 제발~!"

"저기……, 말씀드리기 곤란한데…… 진짜가……."

"……어?"

글렌이 굳어버린 그 순간이었다.

"아, 시스티. 여기 있었구나?"

등 뒤에서 귀에 익은 목소리가 들려왔다.

"기다리게 해서 미안. 잠깐 볼일이 있어서……, 응?"

종종걸음으로 다가온 루미아는 자신의 모습을 한 다른 누군가가 있는 것을 보고 고개를 살짝 갸웃거렸다.

"……."

압도적으로 어색한 침묵이 이 곳을 지배했다.

"이, 이럴 수가…… 이 몸……. 내, 내가 두 사람?! 서, 설마 한쪽이 가짜…… 큰일이야! 이렇게까지 똑같으면 누가 진짜인지 알 수가……."

"《힘이여 무로 돌아가라》"

시스티나가 갑자기 【디스펠 포스】를 영창했다.

즉시 글렌의 변신 마술이 풀리고 정체가 드러났다.

"……뭐, 이렇게 됐으니."

정체를 들킨 글렌은 「훗」 하고 웃으며 머리카락을 쓸어 넘기더니 등을 돌렸다.

"글렌 선생님은 쿨하게 사라지마."

그대로 아무 일도 없었던 것처럼 떠나려 하는 글렌의 등에…….

"이, 이, 이 바보가아아아아아아!"

시스티나가 영창한 【게일 블로】의 돌풍이 인정사정없이 작렬했다.

"끄아아아아아아아아아아아아아악?!"

글렌은 한심한 비명을 내지르면서 멀리 날아갔다.

"믿을 수가 없어! 바보! 교사가 학생의 도시락을 몰래 훔쳐 먹으려고 들다니, 그게 말이나 돼요?! 모처럼 내가 아침 일찍 일어나서……. 흥, 저도 이젠 몰라요!"

시스티나는 새빨개진 얼굴로 성을 냈고 린은 한숨을 내쉬었다.

루미아는 대체 무슨 상황인지 몰라서 눈을 휘둥그레 뜰 뿐이었다.

주문의 대미지에서 회복한 글렌은 즉시 점심거리를 조달하러 가기로 했다.

하지만 돈이 없어서 정상적인 식사는 불가능했다. 요 며칠간 그에게 허락된 식사는 시로테라고 불리는 나무의 나뭇가지였다.

시로테는 별 모양의 나뭇잎이 특징인 활엽수로 어린 가지의 수액에만 당분이 포함되어 있었다. 그 나뭇가지를 씹으면 조금이나마 당분을 섭취하는 게 가능했다.

일주일 전에 학원 부지의 북쪽에 있는 통칭 『미궁의 숲』 입구 근처에서 시로테를 발견한 글렌은, 그 후로 점심시간만 되면 시로테의 어린 가지를 회수하여 굶주림을 견뎠다.

"그건 그렇고……."

나뭇가지를 가져온 글렌은 학원 안뜰의 벤치에 앉아 그것을 입으로 질겅질겅 씹었다.

"뭐랄까, 시간이 지날수록 점점 인간의 존엄성이 훼손되는 듯한 기분이 드네……. 젠장…… 이제 두 번 다시 도박 따위 하나 봐라……. 훌쩍."

울상이 돼서 시로테 나뭇가지를 씹는 글렌은 탁해진 눈동자로 먼 곳을 쳐다보았다.

"헤헷…… 오늘은 왠지 눈에 먼지가 잘 들어오네……."

눈가를 문지르는 글렌의 배가 성대하게 꼬르륵거린 순간이었다.

"아, 선생님~."

멀리서 뭔가를 찾는지 주위를 두리번거리던 루미아가 글렌을 보더니 이쪽으로 달려왔다. 그녀는 손에 뭔가를 소중히 안고 있었다.

"……루미아냐. 나한테 무슨 볼일이라도?"

"저기…… 선생님께 전해드릴 게 있어서요."

"응?"

의아한 표정을 짓는 글렌에게 루미아는 천 꾸러미를 내밀었다.

"이거, 샌드위치예요. 선생님이 요즘 늘 배가 고프신 것 같길래 괜찮으시다면—."

"감사합니다, 천사님! 기쁘게 잘 먹겠습니다—!"

미친 듯이 기뻐한 글렌은 루미아의 손에서 꾸러미를 낚아채더니 천을 잡아 뜯듯이 펼쳤다. 내용물은 토마토 샌드위치와 햄 샌드위치 등 지극히 평범한 샌드위치였지만, 지금의 그에게는 최고급 궁중 요리나 다름없어 보였다.

"우오오오오오옷?! 살아 있다는 건 이 얼마나 멋진 일인가아아아아아!"

"그, 그렇게 과장스럽게 반응하지 않으셔도 되는데……."

글렌은 정신없이 샌드위치를 먹었다. 싱싱한 토마토의 신맛과 소금 간이 적당한 햄의 감칠맛, 얇게 썬 치즈의 진한 맛이 굶주린 혀 위에서 극상의 하모니를 이루었다. 거칠게 간 검은 후추의 매운맛과 향기에 끊임없이 감동이 흘러넘쳤다.

루미아는 글렌의 옆에 앉더니 엉엉 울면서 샌드위치를 볼이 미어터지도록 입에 넣는 그를 쓴웃음을 흘리면서 바라보았다.

"그런데…… 이건 네가 만든 거냐?"

"예, 제가 선생님을 위해서 만들었어요. ……그렇게 말하고 싶지만 사실 제가 만든 게 아니랍니다."

루미아는 그렇게 말한 후, 장난스럽게 웃었다.

"아하하. 전 손재주가 없어서 요리에는 자신이 없거든요."

"그랬어? 그럼 이건 누가 만든 거지?"

"그건 비밀이에요. 본인의 희망이다 보니…… 우리 반의 어떤 귀여운 여자애가 만들었다고만 알려드릴게요."

"흥~ 뭐, 누가 만들었는지는 딱히 관심 없다만."

"사실은요……. 그 귀여운 여자애는 요즘 살짝 신경 쓰이는 어떤 남성분을 위해서, 전에 신세를 진 보답으로 아침 일찍 일어나 열심히 그 도시락을 만들었어요. 그런데 본인이 솔직하지 못한 성격이다 보니 그만 건네주질 못한 모양이더라구요……."

"누군진 몰라도 딱하게 됐군."

글렌은 동정하듯 한숨을 내쉬었다.

"아니, 그것보다 그 남자라는 놈도 어지간하네……. 모처럼 귀여운 여자애가 도시락을 만들어 왔으면 알아서 눈치챌 것이지. ……나 원 참, 그런 분위기도 파악할 줄 모르는 난봉꾼은 어차피 변변찮은 놈일 거다. 어휴, 누군지는 모르겠다만 그 여자애도 참 남자 보는 눈이 없군그래."

"아, 아하하……."

어째선지 루미아가 식은땀을 흘렸지만 글렌은 조금도 눈치채지 못했다.

"으, 으흠. 어쨌든 그 여자애가 모처럼 만들어 온 도시락을 버리려는 걸 보고 아까워서 제가 선생님께 가져온 거예요."

"참 나…… 내가 무슨 쓰레기통이냐. 뭐, 딱히 상관은 없다만. 덕분에 허기도 채웠고."

글렌은 토라진 듯 코웃음을 쳤지만 계속해서 샌드위치를 먹었다.

"저기, 선생님. 어떠세요? 그 샌드위치…… 맛있나요?"

그런 질문을 받은 글렌은 다시 입안에 퍼지는 맛에 집중했다.

"맛있어."

그리고 솔직한 감상을 입에 담았다.

"특색은 없지만 기본에 충실하게 잘 만들었군. 정통파지만, 정말 맛있어."

"후훗, 그런가요. 분명 그 샌드위치를 만든 애도 기뻐할 거예요."

그 대답을 듣고 루미아는 방긋 웃었다.

마치 자신이 만든 요리를 칭찬받은 것처럼…….

잠시 후, 제법 양이 많았던 샌드위치가 흔적도 없이 사라졌다.

"후~ 배부르네. ……잘 먹었다."

"후훗, 별말씀을요. ……아, 제가 할 말은 아니지만요."

"이걸로 수명이 3일쯤 늘어났으려나……. 좋아. 아슬아슬하게 버틸 수 있겠어."

"……예?"

글렌의 의미를 알 수 없는 혼잣말에 루미아는 살짝 고개를 갸웃거렸다.

"자, 그럼 이제 한숨 돌렸으니 슬슬 경기장으로 돌아가자."

"예."

글렌과 루미아가 벤치에서 일어난 순간—.

"거기 있는 당신은 글렌이죠? 저기…… 잠시 괜찮을까요?"

갑자기 두 사람의 등 뒤에서 여성의 목소리가 들렸다.

자신을 불러 세우는 목소리에 글렌은 귀찮은 듯이 뒤를 돌아보았다.

"예, 예. 전혀 괜찮지 않거든요? 우리는 지금 무지 바쁜—엥? 으어어어어어어어?!"

글렌은 자신에게 말을 건 인물의 정체를 깨닫고 얼빠진 비명을 질렀다.

"여, 여, 여, 여왕 폐하?!"

그 인물은 다름 아닌 알자노 제국의 여왕 알리시아 7세였다.

"자, 그럼 앨리스 녀석은 슬슬 만났으려나?"

세리카는 발코니형 귀빈석에서 홍차를 마시며 우아한 한때를 보내고 있었다.

"그건 그렇고 참 걸작이었지. 앨리스가 사라진 사실을 안 왕실 친위대 놈들의 낯짝은!"

웃음이 새어 나오는 것을 참지 못하고 어깨를 떨었다.

"자네는 여전히 신조차 두려워하지 않는 여자로군……."

이런 세리카의 태도에 릭 학원장도 기가 막힌 얼굴을 했다.

"하하하. 그게 무슨 소리야, 학원장. 까놓고 말해서 난 신보다 인간이 더 무서운걸? 신은 단순히 인간이 미치지 못하는 강대하고 절대적인 힘을 지녔을 뿐이지만, 인간이라는 것들은—."

"세리카 님……."

그런 기분 좋아 보이는 세리카 곁에 심각한 표정의 엘레노아가 다가왔다.

"응? 왜 그래?"

"엄청난 일이 벌어졌습니다. ……반드시 들어주셨으면 하는 일이."

"……무슨 일이지?"

엘레노아의 범상치 않은 기색에 세리카의 표정이 딱딱하게 굳었다.

"실은……."

"뭐, 뭐라고?! 그런 바보 같은 일이—."

그리고 엘레노아가 귓속말로 전한 내용을 듣자마자 세리카는 창백해진 얼굴로 눈을 부릅뜨고 그녀를 응시했다.

"어, 어, 어째서 당신 같은 고귀한 분께서 천한 것들이 우글거리는 이런 장소에 호위도 없이?!"

글렌은 난데없이 등장한 여왕 앞에서 계속 황송해했다.

"아, 이게 아니지. 저기, 아까는 무례한 말을 해서 정말로 죄송했습니다!"

평소의 거만하고 방약무인한 태도는 어디로 갔는지 그 자리에서 한쪽 무릎을 꿇고 공손하게 고개를 숙였다.

"아아, 고개를 드세요, 글렌. 오늘의 전 제국의 여왕 알리시아 7세가 아닌, 제국의 일개 시민 알리시아로서 이 자리에 있는 거랍니다. 자, 어서."

"아뇨, 그런 말씀을 하셔도 그건……. 시, 실례하겠습니다……."

글렌은 황송하다는 듯 조심스럽게 일어났다.

"후훗. 1년 만이네요, 글렌. 잘 지냈나요?"

"아, 예. 저야 뭐. 폐, 폐하께서도 무탈하신 것 같아 다행입니다……."

"……당신에게는 늘 미안하다는 말을 하고 싶었답니다."

갑자기 알리시아가 시선을 내리깔았다.

"폐, 폐하께서 저한테 사과라니요. ……말도 안 됩니다."

"당신은 저를 위해, 그리고 이 나라를 위해 정말 최선을 다 해주셨는데도…… 그런 불명예스러운 형태로 궁정 마도사단을 제대하게 되다니…… 정말로 이 몸의 부덕함에 몸 둘 바를 모르겠네요……."

"아, 아뇨! 전 전혀 신경도 안 쓰는걸요! 예! 정말로요! 아니, 사실 전 까놓고 말하면 일이 싫어져서 때려치운 것뿐인 한심한 놈이거든요?! 진짜로요!"

글렌은 고개와 손바닥을 붕붕 저으며 알리시아의 사과를 사양했다.

"그렇군요……. 전 당신을 의지하기만 하고, 당신의 고통과 괴로움을 이해해주지 못했으니…… 여왕으로서 실격이네요. 돌이켜 보면 3년 전의 그때도……."

"으아아아아아아?! 저 같은 사회 부적응자에게 이 나라의 여왕인 당신께서 고개를 숙이시다니요?! 누가 보면 어쩌려고 그러세요!"

글렌은 전전긍긍하며 주위를 둘러보았다. 마침 타이밍 좋게도 — 지나치게 타이밍이 좋은 것 같기는 해도 — 주위에는 아무도 없었지만 그는 제정신을 차릴 수가 없었다.

"그런데 폐하……. 저기, 오늘은 어쩐 일로……?"

"후훗, 예, 오늘은……."

알리시아는 시선을 옆으로 살짝 옮겼다.

그녀의 눈앞에는 망연자실한 얼굴로 서 있는 루미아가 있었다.

"……오랜만이네요, 엘미아나."

그런 루미아에게 알리시아는 다정한 목소리로 말을 걸었다.

"……."

루미아는 말없이 알리시아의 목 언저리로 시선을 옮겼다. 비취색 보석이 달린 금세공 목걸이를 확인한 그녀는 무슨 영문인지 시선을 더욱 아래로 내렸다.

"잘 지냈나요? 어머나, 오랜만에 보니 키가 참 많이 컸군요. 후후, 그리고 정말 예뻐졌어요. 마치 젊었을 때의 저 같네요, 후훗♪"

"……아……."

"피벨 가의 여러분과는 어떻게 지내고 있나요? 뭔가 부족한 건 없나요? 식사는 잘하고 있나요? 성장기니까 무리해서 다이어트 같은 걸 하면 못써요. 그리고 아무리 바빠도 하루에 한 번은 목욕도 꼭 하고요. 처녀일 때부터 몸가짐을 단정히 해야……."

"……아…… 저, 저기……."

뻣뻣하게 굳어버린 루미아와는 달리 알리시아는 정말로 기쁜 듯 말을 이어 갔다.

"아아, 꿈만 같아요. 다시 이렇게 너와 이야기를 나눌 수 있는 날이 오다니……."

그리고 감격한 알리시아는 루미아를 만지려고 손을 내밀었다.

"엘미아나……."

그러나—.

"……황송하오나, 폐하."

루미아는 알리시아의 손길을 피하듯 한쪽 무릎을 꿇고 고개를 숙였다.

"……!"

"폐하께선…… 실례하오나 사람을 잘못 보신 것 같습니다."

루미아가 나직하게 속삭인 그 말에 지금까지 기뻐 보였던 알리시아의 표정이 단숨에 얼어붙었다.

"저는 루미아. 루미아 틴젤이라고 합니다. 송구하게도 폐하께선 저를 3년 전에 붕어하신 엘미아나 에르 켈 알자노 왕녀 전하와 혼동하신 게 아닐는지요. 늘 이 나라를 위해 국정을 돌보시느라 피로하신 것 같으니 부디 옥체를 보중하시길 바라옵나이다……."

"……."

루미아의 은근한 발언에 알리시아와 글렌은 어색하게 입을 다물었다.

"……그렇, 군요."

그리고 알리시아는 쓸쓸한 미소를 지으며 시선을 내렸다.

"그 아이는…… 엘미아나는 3년 전에 돌림병으로 죽었었죠……. 어머, 저도 참 왜 이런 착각을 한 걸까요? 후훗, 정말

나이는 먹고 싶지 않네요…….”

알리시아의 애수가 감도는 말을 들은 글렌은 복잡한 표정으로 머리를 긁었다.

한편으로 루미아는 담담히 말을 계속했다.

“오해였다고는 해도, 비천한 붉은 피의 백성에 불과한 저에게도 스스럼없이 말을 걸어주신 폐하의 하해와 같은 아량에 감사드리옵나이다.”

“아뇨, 저야말로 기분이 상했다면 미안해요.”

잠시 무거운 침묵이 주위를 지배했다.

루미아는 더는 아무 말도 하지 않았다. 알리시아는 뭔가 말하려다가 곧 체념한 듯이 다시 입을 다물고는 그 행동을 반복했다.

“……슬슬 시간이 됐네요.”

그리고 알리시아는 미련을 떨쳐 내듯 글렌에게 화제를 돌렸다.

“글렌. 엘…… 루미아를 잘 부탁해요.”

“……알겠습니다, 폐하.”

글렌이 뭔가 말하고 싶은 표정으로 지켜보는 가운데, 알리시아는 조용히 떠나갔다.

이윽고 그녀의 모습은 안뜰에서 자취를 감추었다.

“…….”

그 자리에 공손히 고개를 숙인 루미아는 단 한 번도 떠나가는 그녀의 등에 눈길을 주지 않았다.

“역시 저를 어머니라고 인정해주지 않는군요. ……그야 그렇겠죠.”

알리시아는 어깨를 축 늘어트린 채로 경기장의 귀빈석을 향해 걸어가는 중이었다.

당당하게 거리를 거닐고 있는데도 스쳐 지나가는 그 누구도 그녀의 존재를 크게 개의치 않았다. 세리카가 건 고도의 인식 저하 마술이 효과를 발휘하고 있기 때문이다.

“엘미아나…….”

만지려고 한 순간, 마치 생판 남인 것처럼 행동한 자신의 딸을 떠올렸다.

어떠한 이유가 있더라도 분명 자신은 딸을 배신하고 버린 여자다. 엘미아나라는 소녀를 죽은 사람으로 만들었고 엘미아나로 살아온 그녀의 반생을 완전히 부정했다.

그녀는 총명하다. 어머니이자 한 나라의 여왕인 자신이 그럴 수밖에 없었다는 사실은 이해하고 있으리라. 하지만 머리로는 이해해도 마음으로는 납득할 수 없었을 것이다. 게다가 추방한 당시의 엘미아나는 아직 어린 나이였다. 보고에 의하면 왕궁에서 쫓겨난 직후의 그녀는 성격이 거칠게 변했었다고 한다. 어머니가 그리운 다감한 나이에 일방적으로 버림을 받았으니 당연한 일이리라.

그래도 그녀는 누구에게나 사랑받는 마음씨 고운 소녀로

성장했다. 그것은 어머니에게 버려진 엘미아나의 삶이 아니라, 피벨 가의 일원인 루미아로서 새로운 인생을 걷는 길을 선택했기 때문일 것이다.

그렇게 생각하니, 확실히 조금 전까지 알리시아의 눈앞에 있었던 소녀는 엘미아나 왕녀가 아니라…… 평민인 루미아 틴젤이었다.

"……안타깝네요. 정말로……."

이렇게나 비참하고 괴로운 기분을 맛볼 거였다면, 세리카와 엘레노아의 제안을 받아들이지 말고 멀찌감치 떨어진 곳에서 지켜보기만 할 걸 그랬다.

그런 생각이 불현듯 머릿속에 떠올랐다.

하지만 그녀들을 탓할 수는 없었다. 결국, 딸을 만나기를 원한 건 자신이다. 세리카와 엘레노아는 그저 그런 그녀의 등을 밀어준 것뿐이었다.

알리시아가 암울한 기분으로 마술 경기장에 향하던 도중이었다.

"……폐하."

자신을 부르는 목소리에 알리시아는 문득 고개를 들었다.

주위를 둘러보자 가로수가 나란히 선 그늘 사이에 낯익은 얼굴이 보였다.

왕실 친위대의 총대장인 제로스였다.

그는 뭔가 다급한 듯 무서운 표정으로 이쪽의 상황을 살피고 있었다.

'어라, 이상하네요. 어떻게 제 존재를 인식한 걸까요? 아직 세리카의 마술이 효과를 발휘하고 있을 텐데…….'

알리시아는 의아하게 여기면서도 이 충성심 넘치는 호위에게 말을 걸었다.

"어머나, 결국 들켰네요. 함부로 밖에 돌아다녀서 미안해요, 제로스. 그런데…… 무슨 일이 있었나요?"

"잠시 말씀드릴 일이 있습니다, 폐하."

제로스는 소리도 없이 나무 사이에서 나오더니 알리시아의 앞에 서서 손을 들었다.

그것이 신호였을까.

"……앗?!"

갑자기 어디선가 나타난 몇 명의 위사가 눈 깜짝할 사이에 알리시아를 포위했다.

"……이게 무슨 짓인가요?"

알리시아는 범상치 않은 분위기 속에서도 동요하지 않고 침착하게 물었다.

"무례를 용서해주시옵소서, 폐하. 저희는 당분간 강제로라도 폐하의 옥체를 구속하겠습니다. 하오나 이 행동은 결코 폐하에 대한, 그리고 제국에 대한 적대 행위는 아닙니다. 오로지 폐하와 조국에 대한 충성심으로 벌인 행동임을 이해해주시길 바랍니다. 그러니 잠시만 참아주시기를."

"제로스……."

알리시아는 일반인이 아니다. 세리카에게는 도저히 미치지 못하지만, 그녀 역시 상당한 위계의 마술사이기도 했다. 어지간한 상대라면 자신의 몸을 지키는 것쯤은 충분히 가능했다.

하지만 대(對)마술 장비를 갖추고 근접 전투에도 능한 베테랑 위사들에게 이토록 가까운 거리에서 포위당하면 어찌할 방법이 없었다.

"……알겠습니다. 우선 이야기를 들어보도록 하죠."

알리시아는 제로스의 말을 순순히 따르기로 했다.

"……믿을 수가 없군."

알베르트는 말하는 내용과는 정반대인 냉정 침착한 목소리로 담담하게 말했다.

"왜? 원견(遠見) 마술로 뭘 봤길래?"

"왕실 친위대가…… 움직였어."

"……응? 그야 움직이는 게 당연하잖아? 그들도 살아 있는 인간이니까."

"……."

알베르트는 조금도 흔들리지 않는 험악한 표정으로 입을 다물었다. 두 사람 사이에 침묵이 흘렀다.

"……왕실 친위대가 본격적인 무력행사로 여왕 폐하를 자신들의 감시하에 뒀어. 이건 사실상 연금 상태라고 생각해도 좋

아. 그런데 총대장 제로스가…… 이런 섣부른 짓을 저지를 인물은 아니라고 판단했는데 아무래도 그 인식을 고칠 필요가 있을 것 같군."

"그래?"

그 말을 듣자마자 리엘은 망설임 없이 움직이기 시작했다.

"어디로 갈 셈이지?"

그런 리엘의 뒷머리를 알베르트가 손을 뻗어서 움켜잡았다.

"당연히 적은 내가 전부 베어버릴 거야."

"기다려. 상대가 너무 많아. 아무리 너라도 무리야."

"적의 전력이 더 높다면 이쪽도 높이면 돼."

"지원군을 부를 생각인가?"

"아니, 기합으로."

"……."

알베르트는 조금도 흔들리지 않는 험악한 표정으로 입을 다물었다. 또 두 사람 사이에 침묵이 흘렀다.

"……제국 왕실 친위대는 직계 우파의 필두, 여왕 폐하에 대한 충성심이 가장 높은 자들이지. 폐하께 직접적인 위해를 가할 것 같진 않아. 이 행동에는 틀림없이 사정이 있을 거다. 우리는 이 무모한 행동의 이면에 감추어진 의도를 파악한 후, 사태를 수습하는 방향으로 움직여야 해."

"그래? 난 잘 모르겠는데."

"그야 넌 그렇겠지."

침묵. 소녀의 뒷머리를 붙잡은 남자. 그런 기묘한 구도로 두 사람은 한동안 멈춰 있었다.

그리고 먼저 말을 꺼낸 건 리엘이었다.

"작전을 생각해봤어. 내가 정면으로 적에게 돌진할 테니까, 알베르트는 내 뒤에서 정면으로 돌진해."

"……."

알베르트는 조금도 흔들리지 않는 험악한 표정으로 입을 다물었다.

여느 때와 다름없이 두 사람 사이에 침묵이 흘렀다.

마술 경기제의 오후 행사가 시작되었다.

오후의 첫 경기는 염동 계열 물체 조작 마술에 의한 『멀리 있는 무거운 물체 들기』였다. 백마 【사이 텔레키네시스】로 납이 든 주머니를 손을 대지 않은 채 공중으로 들어 올리는 경기다. 가장 무거운 주머니를 드는 선수가 가장 많은 점수를 얻는 방식이었다.

알리시아와 밀회를 한 뒤 의기소침해진 루미아를 데리고 경기장에 돌아온 글렌은, 들떠 있는 학생들과는 반대로 경기를 대충 지켜보고 있었다.

당연히 루미아와 알리시아의 관계를 생각하는 중이었다.

글렌도 한 달 전 테러 사건 후, 루미아의 정체와 그녀의 신변에 얽힌 복잡한 사정을 정부의 상층부로부터 극비리에 들었다.

제국의 여왕이라는 입장이면서도 루미아와의 관계를 의심받는 위험을 범하면서까지 그녀를 만나고 싶어 한 알리시아의 심정도 이해할 수 있었고, 그런 알리시아를 거절한 루미아의 심정도 대충이나마 이해가 갔다.

이해는 갔지만…….

'……그렇다고 해서 내가 뭘 할 수 있지?'

결국, 두 사람의 문제는 당사자들밖에 해결할 수 없다. 외부인이 참견해 봤자 소용없으리라. 문제의 근간에 존재하는 것이 논리가 아닌 감정인 이상, 정론을 내세우거나 어설프게 위로해 봤자 아무런 도움도 되지 않을 것이다.

"……참 나, 대체 어쩌라는 건지."

글렌은 깊이 탄식했다. 문제가 꼬리를 물고 늘어져서 숨을 쉴 틈이 없었다. 주위에 있는 축제의 열기에 사로잡힌 제자들이 마치 다른 세상에 사는 사람들처럼 보였다.

글렌이 그런 식으로 멍하니 생각에 잠겨 있을 때였다.

"……선생님."

기분이 안 좋은지 뾰로통한 얼굴의 시스티나가 갑자기 글렌에게 말을 걸어왔다.

"으헉?! 뭐, 뭐야! 하얀 고양이. 한번 해보자는 거냐?!"

점심시간 때 있었던 일을 떠올린 글렌은 자기도 모르게 권투 자세를 잡고 긴장했다.

"……루미아가 안 보이는데요."

"어, 엥?!"

"생각해 보니…… 선생님을 만나러 갔다가 돌아온 후부터 계속 상태가 이상하더라구요."

"응? 어떻게 네가 루미아랑 내가 만난 걸 알고 있는 거지?"

"시끄러워요!"

"히익?! 죄송합니다!"

딱 잘라서 되받아치자 글렌은 한심스럽게 몸을 움츠렸다.

"오후에 나갈 경기는 없지만, 그렇다고 해서 땡땡이를 칠 애는 아닌걸요. 그래서 아무 말도 없이 사라진 게 이상하다 싶어서……."

"……뭐, 그건 네 말이 맞다."

시스티나는 글렌과 마찬가지로 루미아의 사정을 아는 몇 사람 중 한 명이었다.

하지만 바로 조금 전에 루미아가 친어머니— 여왕과 몰래 만났다는 사실은 모르고 있었다. 이상하게 여기는 게 당연했다.

그녀도 관계자다. 글렌은 무슨 일이 있었는지 아는 편이 좋을 거라고 판단했다.

"야, 하얀 고양이. 잠깐 이리 와서 귀 좀 대봐."

"……예?"

그리고 글렌은 의아한 표정의 시스티나에게 조금 전에 알리시아와 루미아 사이에 있었던 일을 알려주었다.

"그런 일이……."

모든 사정을 안 시스티나는 참으로 복잡한 표정을 지었다.

"그럼 루미아가 안 보이는 건……."

"십중팔구 네 상상대로일 거다. 이런 상황이라면 나라도 혼자 있고 싶을걸."

글렌은 어쩔 수 없다는 듯 한숨을 내쉬었다.

"혼자 있고 싶은 기분은 이해하지만, 그렇다고 해서 계속 내버려 두는 것도 좋지 않겠지. 아무런 해결도 되진 않겠지만, 친구들과 함께 떠들썩하게 있는 편이 잡생각이 들지 않아서 조금이나마 나을 거다. 어차피 혼자 틀어박혀 있어 봤자 해결될 문제도 아니니까. 내가 찾아서 데리고 오마."

글렌은 머리를 긁으면서 귀찮다는 듯 말하고 자리에서 일어났다.

"하얀 고양이, 너도 갈래?"

"예, 저도—."

시스티나는 반사적으로 긍정하려 했지만—.

"—아뇨, 전 여기서 기다릴게요. 선생님이 그 애를 데리러 가주세요. 선생님이 돌아오실 때까지 제가 우리 반을 지휘할 테니까요."

무슨 영문인지 그렇게 정정해서 대답했다.

"거참 박정하네. 너희들, 절친 아니었냐?"

"절친이니까 이러는 거라구요."

시스티나는 토라진 표정으로 고개를 휙 돌렸다.

"이럴 때…… 걔가 가장 곁에 있어 주길 바라는 사람이 누군지 정도는…… 내키지는 않지만……."

뭔가를 중얼거리는 그녀의 옆얼굴은 화가 난 듯한, 포기한 듯한, 뾰로통한 듯한, 토라진 듯한, 질투하는 듯한 참으로 복잡한 표정을 그리고 있었다.

"뭔지는 잘 모르겠다만, 나한테 맡기는 걸로 받아들이면 되겠냐?"

"……잠깐만요."

글렌이 루미아를 찾으려고 떠나려는 찰나, 시스티나가 갑자기 뒤에서 말을 걸어왔다.

"뭔데?"

고개만 돌려서 뒤를 돌아본다. 시스티나는 변함없이 기분이 안 좋아 보였다.

"한 가지만 여쭤보고 싶은 게 있는데……. 선생님, 루미아한테 뭔가 받지 않으셨어요?"

"응? 샌드위치를 주던데? 누가 만든 폐기 직전의 음식을 받아 왔다는 모양이더군. 그게 뭐?"

"저기…… 맛은 어땠나요?"

"뭐?"

"어차피 맛없었죠? 흥…… 잔반 처리하느라 고생하셨겠네요."

"……아니, 엄청 맛있었는데?"

그 순간, 무슨 영문인지 시스티나가 등을 확 돌려 버렸다.

글렌은 미간을 찡그리더니 그런 그녀에게 뺨을 긁으면서 충고했다.

"……야, 아무래도 상관없지만 애써 만든 사람한테 실례되는 말은 하지 마라. 너답지 않아. 넌 내가 아닌 다른 사람한테는 친절한 편이었을 텐데."

"저, 저도 알아요! 어서 가시기나 해요! 정말이지!"

시스티나는 이쪽을 돌아보지도 않고 큰 소리로 대답했다. 뭐가 신경에 거슬렸는지는 모르겠지만 귀까지 빨간 걸 보니 단단히 화가 나 보였다.

"나 원 참……, 에휴."

이 시스티나라는 소녀만은 왠지 다루기가 어려웠다. 무슨 생각을 하는지 전혀 모르겠고 덤으로 화도 곧잘 낸다. 루미아의 백 분의 일이라도 귀염성이 있으면 좋았을 텐데.

글렌은 그런 실현 불가능한 일을 생각하며 경기장 밖으로 걸어가기 시작했다.

안뜰에 루미아의 모습은 없었다.

어쩔 수 없이 글렌은 자신의 직감을 믿고 학원 안을 돌아다녔다.

"큰일이네……. 진짜 어디로 간 거지?"

먼저 학원의 본관, 서관, 동관을 순서대로 한 바퀴 돌고 학

원 부속 도서관과 도서관 앞의 광장을 빠른 걸음으로 돌아다녀 봤다. 그리고 미궁의 숲 주변, 약초 농원, 마술 실험탑 주변에까지 발걸음을 옮겨 봤다.

하지만 루미아의 모습은 보이지 않았다. 그래도 포기하지 않고 경기장에 사람이 모여 있느라 한산해진 학원 안을 정처 없이 계속 돌아다녔다. 계속 찾아다녔다.

제아무리 글렌이라도 초조함을 느끼기 시작할 때쯤. 학원 부지의 남서쪽 끝, 학원을 둘러싼 철책 앞에 같은 간격으로 심어진 가로수 그늘 사이에서 낯익은 금발이 언뜻 보였다.

"……찾았다."

글렌은 그곳을 향해 걸어갔다.

그곳에는 나무에 등을 기대고 조용한 표정으로 자신의 손을 내려다보는 루미아가 있었다.

"……루미아? 뭘 보고 있는 거냐? ……펜던트?"

딱히 훔쳐볼 생각은 아니었지만, 루미아에게 접근한 각도와 키 차이 때문인지 우연히 그녀가 손에 들고 있는 게 눈에 들어왔다.

루미아는 간소한 디자인의 로켓 펜던트를 들고 있었다. 그 뚜껑을 열고 가만히 안쪽을 들여다보고 있었다.

"이 펜던트에는요, 아무것도 안 들어 있어요……."

글렌이 다가온 것을 깨달은 루미아는 펜던트를 닫고 손으로 꽉 쥐었다.

"옛날에는 누군가 소중한 사람들의 초상이 들어 있었던 기분이 들지만…… 어느샌가 없어졌더라구요."

"……."

침묵하는 글렌 앞에서 루미아는 쓸쓸하게 웃었다. 그리고 체인을 목 뒤로 연결한 후, 펜던트 본체는 목깃 안으로 집어 넣었다.

"이것 자체는 딱히 가치가 있는 물건도 아닌데…… 이상하죠? 이런 걸 지금도 몸에서 한시도 떼어 놓지 않고 간직하다니."

"……별로 이상할 건 없는데."

글렌은 고개를 돌리고 머리를 긁으면서 통명스럽게 대답했다.

"그 내용물을 분실한 경위는 모르겠다만, 아직도 그 안에는 너에게 뭔가 소중한 것이 담겨 있는 게 아닐까?"

"……선생님은."

루미아는 뭔가 결심한 듯이 말을 꺼냈다.

"알고 계신 거죠? ……저와, 여왕 폐하의 관계를."

"그래. 저번 사건이 끝난 후에 정부의 높은 사람한테 들었다."

그리고 글렌은 루미아에게 등을 돌렸다.

"하지만 난 그런 건 아무래도 상관없어. 자, 가자, 루미아. 다들 널 기다리고 있어. 즐겁디즐거운 마술 경기제의 후반전이 이제 곧 시작할 거다."

"후훗. 선생님은 늘 한결같으시네요."

그대로 떠나려 하자, 루미아는 「쿡」 하고 살짝 웃음을 터트렸다.

“여기서는 침울해진 여자에게 다정한 말을 건네줄 타이밍이라구요?”

“솔직히 말하겠다만, 난 이런 상황에서 무슨 말을 해야 좋을지 전혀 모르겠거든?”

글렌은 당당하게 한심스러운 선언을 했다.

그런 그를 보고 루미아가 쿡쿡 웃었다.

“저기…… 그럼 조금만 더 제 이야기를 들어주시면 안 될까요?”

“……알았다.”

루미아는 다시 나무에 등을 기댔고 글렌은 그녀에게 등을 돌린 채 하늘을 올려다보았다.

그녀는 더듬더듬 이야기를 시작했다.

그 내용은 두서가 없었다.

아직 자신이 왕녀였던 시절의 이야기. 국정을 돌보느라 바쁜 와중에도 시간을 내서 놀아준 다정했던 어머니. 늘 자신을 돌봐 줬던 다정한 언니. 왕실의 직계 왕녀로서 전혀 부족함이 없는 생활을 누리는 한편으로, 역시 어딘지 모르게 속박되어 있던 나날. 그래도 분명 행복하다고 말할 수 있었던 과거의 기억—.

이것은 아마도 왕녀의 지위를 박탈당하고 왕궁에서 추방당한 루미아가 피벨 가의 일원이 되기 위해 전부 잊으려 했지만, 결국 잊지 못하고 마음속 깊은 곳에 응어리처럼 남겨 두었던 추억이리라.

"……저는 어떻게 해야 좋았을까요?"

추억담을 마친 루미아는 글렌에게 조용한 목소리로 물었다.

"폐하께서 절 버린 이유……는 이해하고 있어요. 왕실을 위해, 이 나라의 미래를 위해서는 그럴 수밖에 없었다는 걸요. 하지만…… 전 마음속 한구석에서는 아직도 폐하를 용서할 수 없었던 거예요. 화가 나 있던 거라고 생각해요……."

"뭐, 그런 건 논리만으로는 설명할 수 없으니까."

"하지만 그 사람을 다시 어머니라고 부르고 싶고, 그 품에 안기고 싶은…… 그런 마음도 어딘가에 남아 있어요. ……전 치사한 애예요……."

"뭐, 그런 건 논리만으로는 설명할 수 없으니까."

"그래도 그 사람을 어머니라고 부른다면, 절 거둬들여서 진짜 부모님처럼 사랑해주신 시스티의 어머님과 아버님을 배신하는 것만 같아서…… 그게 죄송스러워서……."

"맞아, 그런 건 논리만으로는 설명할 수 없으니까."

"그래서 전 모르겠어요. 어쩌면 좋을지, 어떻게 했어야 좋았을지……."

루미아는 눈을 내리깔았다.

글렌은 귀찮다는 듯 한숨을 한 번 내쉰 후 입을 열었다.

"이건 내 지론인데. 인간이라는 건 아무래도 인생의 중요한 선택지에서 결단을 내린 후에는 반드시 후회하거나 상처 입게 되는 생물이야. 일반적으로는 후회가 남지 않는 선택을 하라는 말을 자주 듣잖아? 내가 단언해주마. 그건 거짓말이다. ……아니, 도저히 무리야."

"그런, 가요……?"

글렌은 고개를 끄덕이고 말을 계속했다.

"신이라는 녀석은 정말로 심술궂다는 생각이 들지 않아? 눈앞에 두 갈래 길이 있다면, 아무리 심사숙고해서 고른 길이라도 나중에 다른 길을 골랐으면 좋았을걸…… 하고 후회하도록 인간을 만들어 놨거든. 아주 정성스럽게 말이지. 뭐, 선택지를 골라야 하는 상황 그 자체를 피한다 하더라도 나중엔 피했다는 사실 자체를 후회하고 괴로워해야 하는 더러운 방식으로 만들어졌어."

글렌은 문득 자신의 과거를 돌이켜 보았다.

과거에 그는 그림책에나 나올 법한 정의의 마법사를 동경해서 마법사가 되려고 했다. 하지만 지금은 섣불리 그 길을 정한 사실을 격렬하게 후회하고 있었다. 자신이 선택한 이 길은 잘못된 길이었다. 다른 길을 골랐으면 좋았을걸. 대체 몇 번이나 그런 생각을 하며 후회했는지 알 수 없었다.

하지만 꿈을 버리고 다른 길을 선택했다면 이렇게까지 괴롭진 않았을까?

아니다. 역시 꿈을 포기하지 말고 노력할걸 그랬다며 다른 길을 선택한 사실을 끊임없이 괴로워하며 후회했으리라.

"그래서 나는 진심이 중요하다고 생각해."

"……진심, 말인가요?"

"그래. 그 길을 진심으로 정한 거라면, 어차피 나중에 후회해도 그나마 좀 낫지 않겠어? 실컷 후회한 뒤에는 다시 앞으로 나아갈 수 있지 않을까?"

"하, 하지만…… 전…… 제 진심이 뭔지 모르겠는걸요……."

그러자 글렌은 머리를 긁으면서 말했다.

"난 예전에 제국군에 소속된 마도사였어. ……의외라고 생각하겠지만."

의도를 알 수 없는 글렌의 갑작스러운 고백에 루미아는 당황했다.

"그러다 보니 업무상 궁정에 갈 기회도 제법 많았는데, 아까 네가 소중히 쳐다보고 있던 물건과 똑같은 물건을 궁정에 있는 높으신 분이 항상 목에 걸고 다니는 걸 본 적이 있어. ……무슨 뜻인지 알겠지?"

"……아!"

루미아는 퍼뜩 놀라서 자기도 모르게 가슴을 눌렀다.

"지금까지 한시도 몸에서 떼어 놓지 않았다던 그거. 버릴 기회는 얼마든지 있었을 거다. ……이미 답은 나왔잖아?"

"답……."

“원망이든 한풀이든 불평이든 상관없어. 우선 말로 부딪혀 보는 게 어떨까? 아까 전처럼 마주 보는 것조차 피해버리면 계속 진전 없이 그 자리에서 맴돌기만 할 뿐이잖냐. 뭐, 지금까지 실컷 현실에서 도망만 쳐 왔던 내가 이런 말을 하는 것도…… 좀 웃기다만.”

루미아는 한동안 말없이 고개를 숙이고 있었다.

글렌은 여전히 등을 돌린 채로 조용히 그녀의 대답을 기다렸다.

“전…… 무서워요.”

그리고 루미아는 당장에라도 꺼질 듯한 작은 목소리로 중얼거렸다.

“저를 추방하기 전날까지만 해도 그 사람은 굉장히 다정했어요. 하지만 제가 추방당했던 그날, 그 사람이 불러서 갔더니 높은 사람들이 잔뜩 모여 있었고…… 그 사람은 굉장히 차가운 눈으로 절 쳐다보고 있었어요……. 마치 하룻밤 사이에 사람이 변한 것처럼…….”

“…….”

“조금 전에도 무척 다정했지만…… 갑자기 절 차가운 눈으로 쳐다볼지 모른다고 생각하니…… 무서워져서……. 그러니까, 저기…….”

루미아는 뭔가를 결심한 듯이 글렌의 등을 똑바로 바라보았다.

"선생님, 저랑 함께 가주시면 안 될까요?"

"……뭐랄까, 너한테도 그런 어린애 같은 구석이 다 있었구나."

글렌은 어깨를 으쓱거리면서 쓴웃음을 짓더니 루미아에게 고개를 돌렸다.

"좋아. 같이 가주마."

"정말로요?"

"여기서 거짓말이라고 했다간 내가 나쁜 놈이 되잖냐."

"선생님도 참."

글렌은 귀찮다는 듯 한숨을 내쉬었고 루미아는 재미있다며 웃었다.

두 사람은 나란히 걷기 시작했다.

그들 사이에 흐르는 온화하고 허물없는 분위기.

'자, 그럼 말은 그렇게 했는데 대체 어떻게 세팅을 해야 좋을까.'

골치 아픈 일이 늘어났다는 사실을 깨달은 글렌은 다시 고민에 잠겼다.

"……응?"

하지만 어느새 기묘한 집단이 자신들 앞에 모습을 드러냈다는 사실을 깨달았다.

그 집단은 전원이 몸의 급소를 가리는 가벼운 갑옷을 입고 있었고, 그 위에 붉은색으로 물들인 겉옷을 걸치고 있었으며 허리에는 레이피어를 차고 있었다.

인원은 총 다섯 명.

그들은 호를 그리는 진형을 유지한 채 길 건너편에서 이쪽을 향해 빠른 걸음으로 다가왔다.

"저 겉옷은…… 왕실 친위대인가?"

제국군의 정예 중의 정예. 여왕에 대한 충성심이 가장 높은 자들을 모아서 왕족을 호위하는 왕실의 수호신— 그것이 바로 왕실 친위대였다.

저들은 이번 방문에서 당연히 여왕의 호위와 주변의 경비를 담당하고 있을 터인데…….

"왜 저 녀석들이 호위를 땡땡이치고 이런 데서 빈둥대고 있는 거지?"

의아한 표정으로 고개를 갸웃거리자, 왕실 친위대원들은 글렌과 루미아 앞에서 정지하더니 발소리가 나지 않는 빠른 움직임으로 두 사람을 에워쌌다.

"당신이…… 루미아 틴젤이로군?"

두 사람의 정면에 선 집단의 대장 격으로 보이는 위사가 낮은 목소리로 질문했다.

글렌과 루미아는 서로의 얼굴을 마주 보았다.

"……루미아 틴젤이 틀림없겠지?"

"예? 아, 예…… 제, 제가 맞는데요……."

재차 확인하듯이 묻자 루미아는 당황하면서 대답했다.

그녀가 대답한 순간—.

위사들은 단숨에 검을 뽑아 들더니 그녀에게 칼끝을 겨누었다.

"—아?!"

루미아는 갑자기 자신을 향한 날카로운 흉기에 놀라 경직되었다.

"……너희들, 이게 무슨 짓이지?"

동시에 루미아의 앞으로 나서서 그녀를 막아선 글렌이 사나운 목소리로 위사들을 위협했다.

"경청하라. 우리는 여왕 폐하의 대리자일지니."

대장 격인 위사가 그런 글렌을 성가시다는 듯이 슬쩍 본 후, 낭랑한 목소리로 선언했다.

"루미아 틴젤. 무엄하게도 여왕 폐하이신 알리시아 7세의 암살을 기도해 국가 전복을 꾀한 그 죄는 이미 변명할 여지가 없다! 따라서 그대를 불경죄 및 국가 반역죄로 발견하는 즉시 그 자리에서 처단하라. 이것은 여왕 폐하의 칙명이니라!"

너무나도 현실감이 느껴지지 않는 당돌한 상황에 직면한 글렌과 루미아는 그 자리에서 얼어붙을 수밖에 없었다.

# 제4장 반가운 전우들

무거운 침묵이 이 자리를 지배했다.

이 주변이 진공 상태가 되어 외부와 격리된 감각. 멀리서 들려오는 소란스러운 소리도 마치 다른 세상에서 들리는 소리처럼 현실감이 없었다.

글렌과 루미아. 그리고 그 둘을 포위한 위사들 외에는 아무도 없는 학원의 한 부분.

"제…… 제가…… 폐하의 암살을 기도했다고요……? 처단……?"

루미아는 망연자실한 얼굴로 어깨를 떨었다.

"증거는 이미 나왔다, 대역 죄인. 그대에게는 정상 참작의 여지와 변명할 기회도 필요 없다. 얌전히 내 검의 이슬이 되어라."

몸을 떠는 소녀에게 대장 격인 위사가 담담하게 선언했다.

그 손에 든 하얀 칼날이 빛을 반사하며 흉악한 살기를 내뿜었다.

농담을 하는 낌새는 조금도 느껴지지 않았다.

"저항하는 건 권하지 않겠다. 얌전히 자신의 죄를 인정하고 벌을 받겠다면 우리도 그대에게 쓸데없는 고통을 줄 생각은 없으니. 될 수 있으면 빠르게 그 목숨을 끊어줄 것을 약속하마."

루미아는 이마에 식은땀이 흠뻑 밴 창백한 얼굴로 말없이 고개를 숙이고 있었다.

대장 격인 위사는 그런 루미아를 지키듯이 앞으로 나선 글렌에게 시선을 돌렸다.

"그리고 거기 있는 너. 그 소녀는 죄인이다. 그 소녀를 감싸겠다면 너도 국가 반역죄로 처분할 수밖에 없다. 자, 어서 그 소녀를 이쪽으로 넘겨라."

"……농담치고는 심한데."

글렌은 화가 났는지 딱딱한 목소리로 눈앞의 위사를 물어뜯기라도 할 것처럼 노려보았다.

"루미아가 폐하의 암살을 기도했다고? 바보 같은 소리. 그럼 그 증거를 제시해보시지."

"외부인에게 증거를 제시할 의무는 없다. 이건 너 같은 일반 시민이 개입할 수 없는 고도의 정치적 문제다."

위사의 일방적인 태도에 분통이 터졌는지 글렌은 소리를 질렀다.

"웃기지 마! 영장도 재판도 없이 그 자리에서 즉결 처형?! 그런 게 요즘 세상에 통할 것 같아?! 제국은 대체 언제부터 그런 미개한 야만족 집단으로 전락한 거지?! 제국 헌장을 처음부터 다시 읽고 와, 이 무식한 놈들아!"

"네놈이야말로 제국 헌장을 다시 읽어보는 게 어떤가. 여왕 폐하는 최고 국가 원수. 그분의 말씀은 법뿐만 아니라 모든 상황에서 우선시된다."

"하! 난 지금 법 해석을 가지고 말싸움을 하자는 게 아니거든?!"

"흥. 그건 우리도 마찬가지다. 어디 굴러다니는 개뼈다귀인지 모르겠지만, 네놈. 계속 그 중죄인을 감싸겠다면 네놈도 공범자 취급으로 이 자리에서 처분하겠다."

"……뭐라고? 너, 미쳤냐?"

"……애초에 여왕 폐하의 충실한 신하인 우리에게 그런 무례한 말투로 지껄이는 건 폐하에 대한 모욕이나 다름없거늘. 네놈에게도 확실히 불경죄가 성립한다만?"

"너, 이 자식…… 어지간히 좀 해!"

상황이 점차 가열되었다. 양쪽 사이에 더는 돌이킬 수 없는 분위기가 감돌기 시작했다.

그런 분위기에 가장 먼저 찬물을 끼얹은 것은 루미아였다.

"잠깐만요, 선생님!"

루미아는 뭔가를 결심한 듯 소리쳤다.

"……말씀하신 대로예요."

떨리는 손을 가슴께에서 강하게 쥐고 의연하게 말했다.

"……뭐? 야, 너 인마……."

글렌이 얼굴에 초조함과 당혹스러움을 드러내며 루미아를 돌아보았다.

“무엄하게도 여왕 폐하의 목숨을 노린 제 행동을 지금 돌이켜 보니 그 불손함에 너무나도 부끄럽기만 할 따름입니다. 따라서 제 목숨으로 보상하겠습니다. 그러니 아무쪼록, 자비를. 선생님은…… 이 분은 저와 아무런 관계도 없어요!”

“이 바보가! 너, 지금 무슨 소릴—.”

“안 돼요, 선생님.”

글렌이 루미아에게 호통을 치려 했지만 루미아가 기선을 제압했다.

“계속 저를 감싸시면 선생님께 폐가 될 거예요…….”

“아니, 그래도 말이다! 이건 말도 안 돼! 이런 바보 같은 일이 세상천지에 어딨냐고! 이건 뭔가의 착오야! 그게 분명해! 아니, 그것보다 넌 왜 이런 상황을 받아들이는 거냐…… 젠장!”

글렌은 위사들을 향해 주먹을 겨누었다.

방해가 될 거라 판단했는지 위사들의 살기가 단숨에 글렌에게 옮겨졌다.

“아, 안 돼요! 선생님, 그만하세요!”

“선생님……? 호오? 네놈, 이 학원의 마술강사였나? 훗. 쓸데없는 저항은 그만둬라, 마술사. 네가 우리 다섯 명을 동시에 상대할 수 있을 거라고 생각하는 거냐? 우리는 전투의 프로다.”

“아앙? 그딴 건 붙어봐야 알지. 혹시 내가 무서워?”

글렌이 말로 도발한 다음 순간, 다섯 줄기의 섬광이 바람을 가르는 소리가 들렸다.

시선을 내리자 눈에 보이지도 않는 속도로 움직인 다섯 자루의 검이 사방에서 글렌의 목에 닿아 있었다.

"……큭."

글렌은 말문이 막혔다.

이 다섯 위사는 확실히 상당한 실력자였고 연계도 완벽했다. 원거리에서 일대일로 붙었다면 또 모르겠지만, 이런 근거리에서 공간을 전부 제압당한 채로는 제아무리 글렌이라도 어찌할 방도가 없었다.

"허세 부리지 마라. 이 간격에서 마술사 따위가 뭘 할 수 있다는 거지? 애초에 우리는 대 마술 장비를 갖추고 있다. 우리에게는 너희들의 장기인 3속성 어설트 스펠도, 정신 오염 주문도 어지간해선 통하지 않아. 그래도 해보겠다는 거냐? 너 혼자서 우리 다섯 명의 정예를 상대로?"

글렌은 초조함을 드러내며 혀를 찼다.

이 거리, 이 상황에서는 확실히 아무것도 할 수가 없었다. 피해를 각오하고 3속성 어설트 스펠이나 정신 오염 주문으로 한두 명쯤 쓰러뜨려 봤자, 남은 위사들의 검에 고슴도치가 될 것이다.

그 방법으로는 루미아를 구할 수 없었다.

"그리고 우리는 여기 있는 다섯 명이 전부가 아니다. 지금은 그 소녀를 찾으려고 여기저기에 흩어져 있지만…… 총 전력은 이보다 훨씬 더 많지. 여기서 네가 혼자 날뛰어 봤자 상황은 바뀌지 않아."

"……크?!"

"손을 떼라. 얌전히 상황을 받아들여, 마술사. 이건 마지막 경고다."

글렌은 식은땀을 흘리면서 어떻게든 위사들의 빈틈을 찾으려고 했다.

"선생님, 제발…… 이제 됐어요. 이제 됐으니까…… 이대로 있다간 선생님까지……."

하지만 루미아의 당장에라도 울음을 터트릴 듯한 애원이 결정타가 되었다.

글렌은 고개를 늘어트리고 주먹을 내렸다.

그가 저항할 의사를 버렸다고 판단한 위사들은 천천히 검을 뗐다.

"……미안하다."

"선생님이 사과하실 일이 아니잖아요."

완전히 초췌해진 표정의 글렌에게 루미아는 다부진 표정으로 웃어주었다.

"……이걸로 작별이네요."

"그래."

"왠지 너무 갑작스러워서 실감이 안 나요."

"……그래."

"시스티를 잘 부탁드릴게요."

"……잘 말해 두마."

"저기요, 선생님. ……사실 전 선생님을—."

"그런 것보다."

갑자기 고개를 든 글렌이 루미아를 마주 보고 진지한 표정으로 말했다.

"……하다못해 그 순간까지 눈이라도 감고 있어. 그러는 편이…… 무섭지 않을 테니까."

글렌이 그렇게 말한 다음 순간—.

"컥?!"

위사가 갑자기 검을 휘둘러서 손잡이로 글렌의 뒤통수를 찍었다.

글렌은 힘을 잃고 바닥에 무릎을 꿇더니 그대로 앞으로 쓰러져서 침묵했다.

"꺄악?! 선생님! 무, 무슨 짓을—."

"안심해. 재웠을 뿐이다. 마술사가 저항이라도 하면 골치 아프니까."

엎드려 있는 글렌에게 매달리려는 루미아의 팔을 위사 중 한 명이 붙잡았다.

"자, 그런 것보다 이쪽으로 와라, 죄인! 어서!"

위사들은 검을 들이밀며 루미아를 끌고 갔다.

"그래, 여기다! 여기 서 있어!"

루미아는 바로 근처에 있는 가로수 밑으로 끌려왔다. 손을 뒤로 묶고 사방에서 목에 검을 대고 있으니 그야말로 옴짝달싹할 수 없었다.

그리고 아마도 처형 집행인으로 보이는 대장 격의 위사가 검을 든 자세로 루미아의 앞에 섰다.

"몸에서 힘을 빼고 움직이지 마라. 급소에서 빗나가면 괴로울 테니."

루미아는 잠시 공허한 눈으로 그 칼끝을 올려다보았다.

"……예."

하지만 한차례 심호흡을 하더니 글렌이 말한 대로 눈을 감았다.

—루미아 틴젤은 언젠가 이런 날이 올 거라고 각오하고 있었다.

원래 자신은 3년 전에 죽어야 할 운명이었다. 자신은 존재가 밝혀지면 국내외로 혼란을 불러일으킬 맹독이었다. 그런 까닭에 이 나라를 지키기 위해 남모르게 살해당할 운명이었다.

딱히 드문 이야기는 아니다. 왕위 계승권자 사이의 분쟁, 왕권을 둘러싼 파벌 다툼, 강국으로 거듭나기 위한 산 제물 — 왕족이 살해당한 예는 인간의 역사를 돌이켜 봐도 전 세계 어디에나 수두룩했다. 그 적지 않은 예 중에 자신이 포함된 것뿐이었다.

하지만 살아남았다.

자신을 가엾게 여긴 알리시아가 억지로 자신을 살려줬던 것이다. 죽어야만 했던 자신이 오늘까지 살 수 있었던 건— 굉장한 행운이었다.

그리고 루미아 역시 그것이 행운에 불과하다는 사실을 잘 알고 있었다.

늘 언젠가 이런 날이 올지도 모른다고 생각했다.

붉은 피로 전락했다고는 해도, 그녀의 존재는 알자노 제국의 배 속에서 언제 터질지 모르는 폭탄이나 다름없었다. 이 나라를 지켜야 하는 여왕인 어머니가 언제 무슨 이유로 어쩔 수 없이 자신을 처분해야 하는 날이 올지도 모른다고, 항상 마음속 한구석에서 각오하고 있었다.

이 너무나도 갑작스러운 처형 선언은— 결국 이럴 수밖에 없는 상황이 벌어진 것이리라.

그래서 루미아는 담담히 이 순간을 받아들일 수 있었다.

이건 어쩔 수 없는 일이다. 3년 전에 죽었어야 할 자신이 지금 죽는 것뿐.

하지만, 그래도 역시—.

'……무섭네.'

각오는 했지만 역시 죽는 건 무서웠다. 떨림이 멈추지 않았다. 동요 때문에 심장이 격렬하게 뛰었다. 호흡이 짧고 거칠어서 숨이 막혔다. 머릿속이 점점 혼탁해졌다.

그리고 무엇보다도 이런 자신을 친자매처럼 여겨준 시스티나, 친부모처럼 사랑해 준 그녀의 부모, 친했던 학원의 친구들. 그리고— 글렌. 모두와 이런 형태로 이별해야만 하는 사실이 너무나도 슬펐다.

누가 도와줘요! 아직 죽고 싶지 않아!

그렇게 머리를 부둥켜안고 울부짖고 싶었다.

'역시…… 죽는 건 싫어…….'

선생님에게 조금이라도 더 많은 것을 배우고 싶었다. 3년 전에 선생님이 자신의 목숨을 구해줬던 일을 떠올려줬으면 했다. 시스티나와 함께 더 이런저런 일을 해보고 싶었다. 보고 싶었다. 이야기하고 싶었다.

그리고 마지막으로 하다못해 한 번만이라도 어머니를—.

'—아아, 그런 거구나…….'

이제야 깨달았다.

'이게 마지막이라서…… 그 사람은 날 만나러 온 거였어…….'

눈가에 눈물이 배어 나오는 것이 느껴졌다.

글렌이 말한 대로였다. 자신의 진심을 이미 알고 있었으면서도.

'조금만 더 솔직해질 걸……. 왜 난 그런 고집을 부렸던 걸까……?'

하지만 이미 지난 일이다. 모든 게…… 늦었다.

'……다들, 안녕히.'

루미아의 눈가에서 흘러내린 눈물이 뺨을 타고 떨어진, 그 순간이었다.

파악!

머리 위에서 뭔가가 터지는 소리가 들렸다.

"으갸아아아아아아아악?!"

죽음에 이르는 고통 대신 루미아를 덮친 것은 귀를 찌르는 비명이었다.

"……읏?!"

루미아는 놀라서 자기도 모르게 눈을 떴다.

"으아, 아아아……! 눈이! 눈이~!"

"으으…… 아, 안 보여……. 아무것도 안 보인다고……!"

루미아의 눈에 들어온 것은 검을 바닥에 떨어뜨리고 눈을 손으로 가린 채 몸부림치는 위사들의 모습이었다.

이게 대체 무슨 일인가 싶어서 그녀가 눈을 깜빡거리자—.

"어때? 눈 감길 잘했지?"

의기양양한 얼굴로 어느새 자리에서 일어난 글렌이 루미아에게 다가왔다.

"참 나, 아야야……. 있는 힘껏 때리다니. 뭐, 날 평범한 마술사라고 생각한 게 네놈들의 실수였다. 사실 난 마술보다 권투에 더 자신이 있거든. 그 정도의 타격이라면 얼마든지 타점을 빗나가게 할 수 있지."

그리고 눈을 가린 채로 우왕좌왕하는 위사들을 힐끗 쳐다보았다.

"그리고 주문에 의한 공격이 통하지 않는 상대와 싸우는 방법 중에는 이런 것도 있다고."

"서, 선생님……? 대체 어떻게……?"

상황을 파악하지 못한 루미아의 질문에 글렌은 자랑스럽게 대답했다.

"【플래시 라이트】다. 네 머리 위에 아주 강렬한 놈을 터트려 줬지."

흑마 【플래시 라이트】. 강렬한 섬광을 터트려서 상대의 시각을 빼앗는 호신용 초급 주문이다. 물론 살상 능력은 전혀 없지만—.

"상황에 따라서는 꽤 쓸 만하다고, 이거. ……으라차!"

"크억?!"

"아윽?!"

글렌은 위사들의 목덜미에 차례차례 수도를 내려쳐서 기절시켰다.

"네, 네 이놈~! 이, 이런 교활한 짓을……?!"

마지막으로 남은 대장 격 위사가 바닥을 더듬어서 찾은 검을 주워 들고 자세를 잡았다. 아직 눈이 회복되지 않았는지 자세가 엉망이었다.

"풋! 대 마술 장비를 갖추고 있으니 3속성 어설트 스펠이나 정신 오염 주문은 안 통한다고? 푸하하핫! 브아~보! 너, 마술사의 무기가 정말로 그것밖에 없다고 생각한 거냐?! 군사 교련서를 너무 곧이곧대로 받아들이지 말라고! 실전 경험이 부족하다는 게 뻔히 보이잖아?"

"크, 네놈. 우리를 모욕하는 건 다시 말해, 여왕 폐하아아악?!"

말을 끝마치기도 전에 글렌이 날린 라이트 스트레이트가 위사의 콧잔등을 짓뭉갰다.

"누가 들어주기나 한대? 멍청한 놈. 그러다가 시력을 회복하기라도 하면 어쩌라고……."

바닥에 큰 소리를 내며 쓰러진 위사를 글렌은 어이가 없다는 듯 내려다보았다.

"자, 그럼 루미아. 지금 풀어주마."

글렌은 접이식 소형 나이프를 꺼내서 루미아의 손을 묶은 밧줄을 끊어주었다.

"서, 선생님…… 이게 무슨…… 왕실 친위대에게 손을…… 대시다니……."

자유를 되찾은 루미아는 잠시 멍한 표정을 지었지만, 서서히 사태의 중대함을 깨달았는지 떨리는 목소리로 글렌에게 따지고 들었다.

"이야~ 그게 말야. 나도 모르게 말이 나오고, 손이 나갔지 뭐냐. 이걸 어쩌지?"

"어쩌지……라니, 대체 무슨 생각이세요?! 이러다간 선생님에게까지 국가 반역죄가 적용될 거라구요!"

"아~ 응. 그게…… 큰일 났네."

글렌은 뺨을 씰룩거리며 식은땀을 흘렸다.

그 표정을 보아하니 정말로 아무 생각 없이 저지른 모양이었다.

"어서 여기서 달아나세요! 이런 상황을 누가 보기라도 했다간……."

"괜찮아. 왕실 친위대에도 말이 통하는 녀석은 틀림없이 있을 테니까. 일단 그 녀석과 교섭해서……."

"찾았다! 저기다!"

갑자기 제삼자의 고함이 울려 퍼졌다.

시선을 돌리자 건너편에서 새로운 위사들이 이쪽을 향해 달려오고 있었다.

"저, 저것 봐! 동료들이 살해당했어!"

"네 이놈, 대역 죄인을 감싸는 이 무엄한 놈! 내 검의 녹이 되어라!"

"뜻을 이루지 못하고 죽은 동포의 원한, 반드시 갚고야 말겠다!"

게다가 제대로 착각했는지 묘하게 살기등등했다. 이미 교섭할 여지는 눈곱만큼도 없어 보였다.

달려오는 위사들이 일제히 검을 뽑는 모습에 글렌은 뺨을 씰룩거리며 얼굴이 새파랗게 질렸다.

"너희들, 사람이 하는 말은 끝까지 들으라고 엄마한테 못 배웠냐?!"

"어, 어쩌죠?! 이대로 있다간 선생님도—."

"어쩌고 자시고……."

"꺄악?!"

글렌은 루미아를 옆구리에 안아 들더니 학원을 에워싼 철책을 향해 달려갔다.

"《삼계의 섭리·천칭의 법칙·율법의 접시는 좌현으로 기울지어다》!"

그리고 세 소절의 룬 주문을 영창하면서 도약했다.

그러자 두 사람의 몸이 인간의 각력으로는 불가능한 높이로 날아올랐다.

흑마 【그래비티 컨트롤】. 글렌이 중력 조작 주문으로 자신들의 몸에 작용하는 중력을 약하게 조절해서, 체중을 깃털처럼 가볍게 만든 것이다.

루미아를 안아 든 글렌은 철책을 뛰어넘어서 학원 밖으로 나갔다.

그리고 주문을 해제하면서 바닥에 착지하는 동시에, 시가지 쪽으로 맹렬하게 질주하기 시작했다.

"도, 도망쳤다!"

"쫓아! 역적을 놓치지 마라!"

뒤에서 그런 목소리가 따라왔지만 일일이 돌아볼 여유는 없었다.

"아, 진짜! 빌어먹을! 왜 이렇게 계속 골치 아픈 일만 늘어나는 건데?! 이래서 난 일하기 싫다고 누누이 말했는데에에에에! 에잇! 은둔형 외톨이 만세~!"

세찬 물결처럼 풍경이 뒤로 흘러가는 가운데, 글렌의 비통하고 절실한 외침이 메아리쳤다.

왕실 친위대에 쫓기는 상황에서 루미아를 안아 든 글렌은, 복잡하게 꼬인 뒷골목을 이리저리 달리며 마술학원과 학생가가 있는 페지테 북쪽 지구에서 일반 주택가가 있는 서쪽 지구로 이동했다.

목숨을 건 술래잡기는 일단 이 도시의 지리에 밝은 글렌의 승리로 끝난 모양이었다. 인기척이 없는 어느 뒷골목에서 마침내 추적을 따돌렸다고 판단한 그는 루미아를 바닥에 내려주었다.

"하아, 하아…… 나 참, 일이 성가시게 됐구만……."

벽에 등을 기댄 글렌은 거친 숨을 내뱉으면서 얼굴에 밴 땀을 닦았다.

"자, 그럼 이제 어떻게 할까……."

숨을 가다듬으면서 앞으로 어떻게 할지 고민하고 있자니 루미아가 글렌에게 말을 걸어왔다.

"선생님…… 어째서……?"

루미아의 얼굴은 씁쓸함으로 가득했다.

글렌을 말려들게 한 것을 진심으로 후회하는 얼굴이었다.

"알고 계신 건가요? 이대로 있다간 선생님까지……."

"아니, 그야 널 죽게 내버려 뒀다간 하얀 고양이한테 혼나잖냐. 그 녀석의 설교는 귀에 징징 울리니까 싫다고."

이런 상황에서도 글렌이 농담으로 얼버무리자 제아무리 루미아라도 화가 났다.

"농담하실 때가 아니에요! 앞으로의 일을 진지하게 고려하지 않으면 정말로 선생님까지 국가 반역죄로 처형당하실 거라구요!"

"응, 큰일 났네……. 내 옛 공적으로 어떻게 무마해주면 안 되나……? 무리인가……? 무리겠지……. 하아……."

이런 상황인데도 글렌의 태도는 평소와 전혀 변함이 없었다. 이런 능글능글하고 뻔뻔한 모습을 보니 오히려 속이 시원할 정도였다.

왠지 혼자만 예민하게 구는 게 바보 같아진 루미아는 한숨을 내쉬었다.

"저기요, 선생님. 한 가지만 정직하게 대답해주세요."

그리고 포기한 후에 질문했다.

"뭔데?"

"왜 절 구해주신 건가요? 지금 선생님은 정말로 위험한 상황이에요. 언제 살해당해도 이상하지 않아요. 그런데 어째서 절 위해 이런 무모한 짓을 하신 거죠……?"
그 이유에 따라서는 정상 참작의 여지가 있을지도 모른다.
그래서 어떻게든 그 점을 확실히 하고 싶었지만.
"아~ 혹시 나, 너한테 반한 게 아닐까? 잘 생각해 봐. 남자가 홀딱 반한 여자를 위해 앞뒤 가릴 것 없이 무모한 짓을 벌이는 건 세상의 진리잖아? 이해했어? 이해했으면 좀 조용히 있어 봐. 지금 생각할 게 많으니까."
"선생님! 전 지금 진지하게 묻고 있는 거라구요!"
마치 남 일처럼 대충 얼버무리려는 글렌의 태도에 루미아의 목소리가 거칠어졌다.
어깨를 살짝 들썩이면서 자신을 똑바로 바라보는 그녀의 진지한 얼굴을, 글렌은 옆으로 힐끗 쳐다보더니 겸연쩍은 듯 머리를 긁으면서 중얼거렸다.
"……약속, 했으니까."
"약속이요?"
글렌의 의미를 알 수 없는 말을 듣고 루미아는 앵무새처럼 되물었다.
"아니, 아무것도 아니다."
그렇게 얼버무렸지만 글렌은 확실히 약속이라고 말했다.
누구와 한 어떤 내용의 약속일까. 신경이 쓰인 루미아는 한층 더 캐물으려 했지만, 그는 그녀의 머리에 손을 툭 얹더니 말을 가로막으며 말했다.

"뭐, 걱정하지 마. 아무런 계획도 없이 이런 무모한 짓을 저지른 건 아니니까. ……계획이 없어도 저질렀겠지만."

"선생님……."

"괜찮아. 여왕 폐하…… 너희 어머니는 절대로 재판도 없이 널 처분할 리 없어. 이 갑작스러운 말살 명령에는…… 반드시 무슨 사정이 있을 거야. 날 믿어."

어째서 그렇게까지 단언할 수 있는지 루미아는 이해할 수 없었다.

"승리 조건은 꽤 단순해. 친위대 놈들의 감시를 돌파해서 여왕 폐하를 만나면 우리의 승리야. 폐하만 만날 수 있다면 오해는 전부 풀릴 테니까."

어째서 그렇게 단언할 수 있는지 루미아는 역시 이해할 수 없었다.

하지만 그녀의 의문을 눈치채지 못한 것처럼 보이는 글렌은 홀로 사색에 잠겼다.

"문제는 어떻게 해서 폐하를 뵙느냐, 인데……."

여왕은 페지테 북쪽 지구의 마술학원에 있다. 현재 글렌과 루미아가 있는 곳은 서쪽 지구였다. 지금쯤 왕실 친위대는 동서남북의 시문(市門)을 폐쇄하고 페지테 전 지역에 추적자를 풀었을 것이다. 여왕의 주위에도 당연히 호위를 맡은 친위대원이 있을 터.

도망치는 것뿐이라면 모르지만 이 상황에서 여왕을 만나는 건 지극히 어려운 일이었다.

"……어라? 이거, 외통수 아닌가?"

냉정히 생각해보니 너무나도 위험천만한 계획이라 식은땀이 철철 흘렀다.

"아, 딱히 우리가 직접 만날 필요는 없잖아!"

이제야 그 사실을 깨달은 글렌은 자신의 어리석음을 탓하며 주머니에서 반으로 갈라진 보석을 꺼냈다.

"선생님, 그게 뭔가요?"

"원격 통신용 마도기야. 하나의 보석을 둘로 갈라서 마술로 처리한 물건인데, 이 두 보석을 매개로 소리를 주고받을 수 있어. 나머지 한쪽은 세리카가 가지고 있으니까, 이걸로 세리카와 대화를 나눌 수 있는 셈이지."

물론 만든 건 세리카다. 글렌의 실력으로는 이 정도로 수준 높은 마도기를 만들 수 없었다.

"뭐, 아무튼 지금 세리카는 여왕 폐하와 같이 귀빈석에 있을 거다. 세리카를 통해서 여왕 폐하께 상황을 설명하고, 왕실 친위대의 폭주를 멈춰달라고 진언을 올리면 되겠지."

글렌은 바로 주문을 영창해서 마도기를 기동했다.

금속의 공명음 같은 소리가 귀에 댄 보석에서 울렸다.

『……글렌인가.』

그리고 보석 너머에서 세리카의 목소리가 들렸다.

"오, 세리카! 좋았어! 이번에는 한 번에 받았네! 저번처럼 안 받으면 어쩌나 싶었다고."

『…….』

어째선지 세리카는 말이 없었다. 조금 빈정거렸더니 기분이 상한 것일까.

"……세리카? 뭐, 아무렴 어때. 야, 세리카. 부탁이 있어. 사실 내가 지금 몹시 골치 아픈 상황에 말려들었는데, 그래서—."

『난 아무것도 할 수 없어.』

"……뭐라고?!"

곧 돌아온 것은 감정을 읽을 수 없는 쌀쌀맞은 대답이었다.

"야, 잠깐. 난 아직 아무 말도—."

『미안하다. 난 아무 말도 할 수 없어, 글렌.』

"엉? 대체 왜? 웃기지 마, 이 바보! 난 지금 진지하게—."

화가 난 글렌이 즉시 불평을 터트리려 했지만—.

『다시 한번 말하마, 글렌. 잘 들어. 난 **아무것도 할 수 없고, 아무 말도 할 수 없어.**』

"—아!"

글렌은 그제야 세리카의 상태가 이상하다는 사실을 눈치챘다.

아무래도 이 일련의 사태는 글렌이 예상했던 것보다 훨씬 심각한 일이었던 모양이다.

"……야, 세리카. 대답할 수 있는 것만이라도 대답해줘. 넌 지금 내 상황을 알고 있는 거야?"

『……대충은, 알고 있어.』

“알면서도 아무것도 할 수 없다고?”

『그래.』

“여왕 폐하는 같이 계시고?”

『……그래.』

“대체 무슨 일이 일어난 거야? 어째서 왕실 친위대가 폭주한 거지?”

『…….』

대답이 없었다.

“어째서 여왕 폐하가 표면상으로 루미아를 처형하라는 칙명을 내린 걸로 되어 있는 거지?”

『…….』

이번에도 대답이 없었다.

아무래도 이 두 질문에는 『대답할 수 없는』 모양이었다.

대체 무슨 상황이 벌어진 것일까. 무슨 일이 일어난 것일까. 세리카는 대륙에서도 손꼽히는 셉텐데의 마술사다. 그런 세리카에게 무슨 수로 기아스를 건 것일까.

‘제기랄, 영문을 모르겠네……. 대체 어떻게 된 노릇이지……?’

글렌은 떨떠름한 표정으로 머리를 누르며 고민했다.

『딱 한마디만 전하마. 글렌, 너뿐이다.』

“뭐?”

『너만이 이 상황을 타개할 수 있어. ……그래, **너만이.**』

“그게 대체 무슨 소리…….”

『글렌, 이 말뜻을 곰곰이 생각해봐라. 그리고 어떻게 해서든 여왕 폐하의 앞까지 오도록. 그러면 여기 있는 친위대 정도는 내가 어떻게든 해주마. ……더 말하는 건 위험하겠군. 그럼 끊는다.』

"아, 이봐?!"

영문을 알 수 없는 말만 강요한 세리카는 일방적으로 통화를 끊어버렸다.

몇 번이나 주문을 외워서 통화를 걸어도 받을 낌새는 없었다.

"영문을 모르겠네……. 그리고 오라고 한들…… 나 혼자 힘으로 대체 어떻게 해서 여왕 폐하가 계신 곳까지 가라는 거야. ……젠장!"

확실히 왕실 친위대 개개인의 무력과 기량은 무척 뛰어나지만, 주 임무가 호위이기 때문인지 실전 경험은 모자란 듯했다. 습득한 마술도 군용 어설트 스펠과 치유 주문 등이 메인이었다. 과거에 제국 궁정 마도사단의 일원으로서 겪은 다양한 실전 덕분에 폭넓은 마술 지식을 가지고 있는 글렌이라면, 이런저런 수단을 동원해서 추적을 따돌리는 것은 간신히 가능할 것이다.

하지만 이쪽이 쳐들어가는 입장이라면 이야기가 전혀 달랐다.

숫자상으로도 전력상으로도 절망적인 차이가 있었다.

게다가 여왕의 가장 가까운 곳에서 호위를 맡고 있을 터인 왕실 친위대 총대장 제로스는, 40년 전의 봉신 전쟁에서 성

엘리사레스 교회의 성당 기사단 총장인 『검성』 요하네스와 호각으로 싸웠다고 일컬어지는 역전의 전사였다. 다른 위사들과는 근본적으로 격이 달랐다.

'아무리 생각해도 내 힘만으로는 무리야. 동료가…… 하다못해 한두 명쯤 동료가 있었다면―.'

글렌이 초조함을 드러내며 벽을 두들긴 순간이었다.

등골이 서늘했다. 얼음 칼날에 베인 듯한 오한.

"살기?!"

과거에는 익숙했던 그 감각에 글렌은 척수 반사로 살기를 느낀 방향에 시선을 돌렸다.

그러자 건너편 건물 지붕 위에 두 남녀가 서 있는 것이 보였다. 그 이인조는 틀림없이 글렌을 똑바로 내려다보고 있었다.

그 특징적인 복장과 체격은 낯이 익었다.

기억 밑바닥에서 거품처럼 끓어오른 두 사람의 정체는―.

"리엘?! 거기다 알베르트까지?! 어째서 여기에…… 설마, 왕실 친위대뿐만 아니라 궁정 마도사단까지 움직였던 건가?!"

글렌이 두 사람의 존재를 인식한 순간―.

리엘이 옥상을 박차더니 건물 벽을 타고 내려왔다.

착지한 순간, 그녀는 뭔가 중얼거리면서 양손을 바닥에 댔다.

그러자 마력이 방전하며 터지는 동시에 리엘의 손에는 십자가형 대검(크로스 클레이모어)이 단숨에 연성되었고 그 대신 돌바닥이 완전히 사라졌다.

돌바닥을 강철 대검으로 바꾼 리엘은 그대로 검을 어깨에 짊어진 채 글렌을 향해 총알처럼 돌진했다.

"치잇?! 연금술 【형질 변화법】과 【원소 배열 변환】을 응용한 고속 무기 연성이냐?! 게다가 빨라!"

변함없는 그 훌륭한 솜씨에 놀랄 틈은 없었다.

이제 의심할 여지가 없었다. 현재의 리엘과 알베르트는 — 글렌의 옛 전우는 — 적이었다. 왕실 친위대와 마찬가지로 적이 되어서 자신들을 사냥하러 온 것이다.

절망과 초조함이 글렌의 속을 새카맣게 태웠다. 하필이면 이 두 사람이 적이 될 줄이야.

"제길, 멈춰! 멈추지 않으면 쏜다!"

하지만 리엘은 글렌의 날카로운 외침에도 전혀 움츠러들지 않고 돌진했다.

눈 깜짝할 사이에 거리가 좁혀졌다.

"《백은의 빙랑(氷狼)이여·눈보라를 두르고·질주하라》!"

글렌은 망설임 없이 세 소절 룬으로 주문을 완성했다.

다음 순간, 글렌이 내민 왼쪽 손바닥에서 발생한 냉기가 거친 눈보라로 변했고 이 주변 일대의 기온이 단숨에 어는점 이하로 떨어졌다.

압도적인 냉기의 소용돌이로 공기의 수분을 순식간에 얼려서 만든 대량의 고드름이 리엘에게 쇄도했다.

군용 어설트 스펠, 흑마 【아이스 블리자드】였다. 이 주문으로 발생한 눈보라를 유효 사정거리 안에서 방어 마술 없이 맞기라도 했다간, 눈 깜짝할 사이에 온몸의 피가 얼어붙고 심장까지 멈추게 된다. 게다가 그 뒤를 잇는 수많은 고드름이 얼어붙은 몸을 산산조각으로 파괴하기까지 한다.

이 마술 앞에서는 멈추는 것이 상식이다. 전투에 익숙한 마술사라면 단숨에 마술 방벽을 펼치거나 유효 사정거리 안에서 달아나기 마련이지만, 어느 쪽이든 멈추는 건 마찬가지였다.

하지만 리엘은 멈추지 않았다. 냉기가 불어와도 개의치 않고 온몸을 두들기는 고드름도 완전히 무시하면서 팔로 눈만 가린 채 맹렬히 돌진해 왔다.

"저 멧돼지가—!"

확실히 냉기 그 자체는 흑마 【트라이 레지스트】의 부여(인챈트)로 견딜 수 있지만 물리적인 타격인 고드름까지는 막을 수 없다. 그것을 견뎌 낸 건 리엘의 겉보기와는 달리 범상치 않은 내구력과 우직함 때문이었다.

"루미아! 넌 물러나 있어!"

글렌은 혀를 차며 어깨에 걸친 로브를 벗어 던지고 다시 룬으로 주문을 영창했다.

이번에 쓴 마술은 흑마 【웨폰 인챈트】. 마력을 인챈트해서 주먹을 강화했다. 저 소녀와 맨손으로 백병전을 벌이는 건 완벽한 자살행위였기 때문이다.

"이야아아아아아아아압!"

글렌의 주문이 완성되는 것과 폭풍처럼 날아든 리엘이 머리 위로 대검을 세워 든 것은 거의 동시였다.

리엘이 검을 내려친다.

벼락처럼 번뜩이는 섬광.

아무런 망설임도 없는, 한없이 올곧고 거칠지만 화려하기까지 한 일격.

"치잇?!"

글렌은 그 맹렬한 일격을 머리 위에 교차한 주먹으로 막았다.

대체 저 가느다란 팔 어디에서 이런 힘이 나오는 것일까.

글렌이 검을 막은 순간 압도적인 충격이 온몸을 훑고 지나갔고, 발을 디디고 있는 바닥이 쩍쩍 갈라졌다.

"커헉?!"

글렌은 피를 토하면서 검압에 짓뭉개지지 않도록 필사적으로 견뎠다.

"선생님?!"

"이 순간을 기다렸다! 글렌!"

리엘은 바로 검을 되돌렸다. 터무니없는 무게의 대검이 버드나무 가지처럼 가벼운 움직임으로 쉴 틈 없이 두 번, 세 번에 걸쳐서 글렌을 덮쳤다.

"치, 잇!"

왼쪽, 오른쪽, 뒤로 몸을 움직여서 검격의 폭풍을 피한다. 마력이 깃든 손등으로 참격을 흘려 넘길 때마다 성대한 불꽃이 튀었고, 완전히 상쇄하지 못한 충격 때문에 몸이 공중에 떠올랐다. 폭풍으로 변한 검압이 달아날 곳을 찾아서 날아가는 글렌의 몸을 유린했다.

"이야아아아아아아아압!"

마치 사자 같은 포효를 내지르며 리엘은 검을 휘두르고, 휘두르고, 휘둘렀다.

그 여파로 주위에 있는 벽이 갈라지고, 깨지고, 분쇄되었다. 돌바닥은 뒤집히고, 터지고, 날아갔다.

눈 깜짝할 사이에 뒷골목은 마치 지옥과 다름없는 비참한 모습이 되었다.

리엘의 모습은 마치 불합리하고 압도적인 폭력을 체현하는 회오리 같았다.

"크윽?! 기, 기다려! 리엘! 내 이야기 좀 들어봐!"

"말은 필요 없어! 벤다!"

글렌이 뭐라 말하든 대답은 이것밖에 없다는 듯 맹렬한 참격을 날린다.

'위험해…… 이대로는 위험해! 이 녀석의 뒤에는 알베르트가!'

아득히 먼 지붕 위에서 매와 같은 날카로운 눈으로 이쪽의 상황을 살피는 청년의 모습에, 글렌의 초조함은 한계를 모르고 치솟았다.

알베르트는 마술 저격의 명수다. 아무리 심한 혼전 중에서도 아군을 피해 적만 정확하게 저격하는 신기에 가까운 실력을 지니고 있었다. 게다가 한 번의 주문 영창으로 두 번의 마술을 발동하는 더블 캐스트라는 명칭의 초고등 기법까지 익히고 있었다.

'망할, 이 녀석들 상대로는 내 오리지널 【광대의 세계】가 전혀 도움이 안 되는데!'

제국 궁정 마술사단 특무 분실의 집행자 넘버17 『별』의 알베르트.

같은 소속의 집행자 넘버7 『전차』의 리엘.

【광대의 세계】의 효과 범위 밖에서 저격이 가능한 천재 마도사 알베르트.

【광대의 세계】를 사용할 의미가 없는 육탄전이 장기인 천재 마도사 리엘.

글렌이 집행자 넘버0 『광대』의 이름을 받았던 궁정 마도사 시절에는 한 팀이 됐을 때 가장 믿음직했던 두 사람이자— 적이 될 경우에는 가장 상성이 나빴던 두 사람이었다.

"어때? 글렌! 내 마술의 위력이!"

"아니, 이걸 마술이라고 불러도 되는 거야?!"

글렌은 벽을 완전히 무너트린 가로 베기를 바닥을 굴러 피하면서 악을 썼다.

"당연히 마술! 연금술로 연성한 검이니까!"

방어를 버리고 달려든 리엘은 수직으로 세워 든 대검을 단숨에 휘둘렀다.

반사적으로 뒤로 물러난 글렌을 놓친 대검은 돌바닥을 박살 내며 바로 조금 전까지 그가 있었던 자리에 구덩이를 만들었다.

"난 그 해석에는 단호히 이의를 제기하고 싶다만!"

농담을 던져봤지만 사실 글렌에게 여유는 없었다.

시야 한구석에서 알베르트가 손가락을 이쪽으로 겨누는 것이 보였다.

무리였다. 리엘을 상대하면서 더블 캐스트로 날리는 알베르트의 마술 저격을 피하는 건 불가능했다. 인간이 할 수 있는 일이 아니었다.

그리고 사냥개처럼 물고 늘어지는 리엘의 움직임은 조금도 기세가 줄어들지 않았다.

완전히 외통수였다.

'제기랄! 미안하다, 루미아!'

거칠게 불어닥치는 파괴의 폭풍을 재빠른 몸놀림으로 피하면서도 어찌할 방도가 없는 상황에 글렌은 이를 갈았고, 마침내 알베르트의 손가락에서 흑마【라이트닝 피어스】가 완성되었다.

한 줄기 벼락이 이쪽을 노리며 정확히 날아왔고―.

'큭?!'

피할 여유가 있을 리 없는 글렌의 몸이 반사적으로 뻣뻣하게 굳었지만―.

"꺄앙?!"

흑마【라이트닝 피어스】는 리엘의 뒤통수에 직격했다.

그녀는 그 자리에 풀썩 쓰러지더니 몸을 움찔움찔 경련하기 시작했다.

"……어?"

조금 전까지의 거친 파쇄음이 거짓말이었던 것처럼 갑작스러운 정적이 찾아왔다.

알베르트는 지붕을 타고 망연자실한 글렌 앞에 가벼운 발소리를 내며 착지했다.

"오랜만이군, 글렌."

"으, 응……."

글렌은 왠지 비난하는 차가운 목소리로 인사하는 전 동료의 모습에 당황했다.

"장소를 바꾸자. 날 따라와."

알베르트는 리엘을 질질 끌면서 뒷골목 안쪽으로 걸어갔다.

전혀 상황을 받아들이지 못한 글렌과 루미아는 서로 얼굴을 마주 본 후, 순순히 그 말을 따를 수밖에 없었다.

"이 바보! 너 대체 무슨 생각이야?!"

그리고 페지테 서쪽 지구의 뒷골목에서 글렌의 고함이 울려 퍼졌다.

"내가 현역일 때 미뤄 뒀던 승부의 결판을 내고 싶었다고?!

시간과 장소와 상황을 가려! 이 멍청아! 돌대가리! 덕분에 죽을 뻔했잖아!"

"……우으."

【라이트닝 피어스】의 위력을 약하게 조절하기도 했고, 타고난 튼튼함도 한몫했는지 리엘은 이미 완벽하게 회복한 뒤였다. 다만, 그 감정의 기복이 적은 얼굴에는 아주 살짝 의기소침한 표정이 떠올라 있었다.

"서, 선생님…… 그분들은 누구신가요?"

루미아는 조금 떨어진 곳에서 불안과 당혹감이 섞인 표정으로 리엘과 알베르트를 쳐다보고 있었다.

"아~ 이 녀석들은 내가 군에 있었을 때의 동료야. 믿을 수 있는 녀석들이니까 안심……할 수 있을 리가 없겠지. 그런 광경을 본 후니까 더더욱……."

"맞아. 길거리에서 난데없이 군용 어설트 스펠을 쏘다니. 경솔했어, 알베르트. 저 애는 아무래도 널 무서워—."

"그건 너, 라, 고! 너!"

글렌은 리엘의 머리를 양손으로 움켜잡고 격렬하게 흔들었다.

"……나 원 참, 넌 조금도 변한 게 없구나. ……하아."

그 졸려 보이는 무표정을 조금도 무너트리지 않고 태엽 장치식 메트로놈처럼 좌우로 왕복하고 있는 리엘을 힐끗 흘겨본 글렌은 깊은 한숨을 내쉬었다.

"……이야기를 계속해도 될까? 상황은 몹시 심각하다만."

“미, 미안. 계속해.”

알베르트는 오랜만에 옛 동료를 만난 것치고는 어딘지 모르게 태도가 차가웠다. 글렌은 어색한 기분을 느끼면서 대답했다.

“내가 원견 마술과 사역마로 모은 정보에 따르면, 왕실 친위대는 여왕 폐하를 자신들의 감시하에 두고 거기 있는 소녀—루미아 양을 처리하기 위해 독단으로 움직이고 있더군.”

“그런 건 나도 알아. 놈들이 절대로 내려올 리 없는 명령을 날조했으니까. 그래서? 여왕 폐하 주변은 지금 어떤데?”

“폐하는 평범하게 귀빈석에 계셔. 다만, 그 주변에 왕실 친위대의 상위 간부들을 중심으로 한 정예가 빈틈없이 에워싸고 있더군. 전혀 몸을 움직일 수 없으신 상황이다. 게다가 지금은 주위에 누구도 접근을 허락지 않는 엄중한 경계 태세…… 그걸 돌파하는 건 보통 일이 아니겠지.”

“세리카는 어쩌고 있지? 그 전 특무 분실 넘버21은.”

“여왕 폐하의 곁에 있더군. 하지만 전혀 행동을 일으킬 심산은 없어 보였다.”

“진짜 영문을 모르겠네. 세리카라면 얼마든지 여왕 폐하를 지켜 낼 수 있을 텐데……. 이봐, 왕실 친위대가 루미아를 노리는 이유는 알아냈어?”

“자세한 사정은 아직 몰라. 다만, 네가 말한 대로 루미아 양이 그 『폐기 왕녀』라면……. 어딘가에서 그 사실을 들은 왕실 친위대의 충성심이 폭주해서, 왕실의 명예를 지키기 위해 독단으로 그녀를 처리하려는 거라고 생각해도…… 이상하지는 않겠지.”

“하지만 그건 지나친 억측이야. 인간의 입에 자물쇠는 채울 수 없으니 어딘가에서 그 기밀 정보를 입수했다고 쳐도, 여왕 폐하가 계신 이 타이밍에 불경죄를 범하면서까지 일을 저지를 이유는 전혀 없잖아.”

“그건 그렇군. 비밀리에 일을 벌이는 편이 나았을 테니.”

글렌은 진상을 고찰하며 골치 아프다는 얼굴을 했고 알베르트는 냉담한 표정을 고수했다.

“이제 됐어. 생각해 봤자 어쩔 수 없는 일도 있는 거야.”

기다리다 질렸는지 갑자기 리엘이 두 사람의 대화에 끼어들었다.

“……아니, 넌 좀 더 생각이라는 걸 하고 사는 게 어때?”

“그래서 내가 이 상황을 타개할 작전을 생각해 냈어. 글렌이 있으면 좀 더 고도의 작전이 가능하니까.”

“오호라? 어디 말해 봐.”

“우선 내가 적에게 정면으로 돌진해. 이어서 글렌이 적에게 정면으로 돌진해. 마지막으로 알베르트가 적에게 돌진하면 돼. ……어때?”

“넌 슬슬 그 완력 최고의 사고방식을 어떻게 좀 고치면 안 되겠냐?!”

“아파.”

기가 막힌 글렌은 리엘의 정수리를 움켜잡고 바이스처럼 힘을 담아 꽉꽉 조였다.

"네가 사라진 후의 내 고생을 조금은 알겠어?"

담담하게 내뱉은 알베르트의 말 구석구석에는 어딘지 모르게 확실한 가시가 있었다.

"……응, 미안. 진심으로 미안."

"네가 아무 말도 없이 우리 곁에서 떠난 이유는 지금은 묻지 않으마. 돌아오라고 하지도 않겠어. 다만…… 언젠가는 말해. 그게 네가 마땅히 해야 할 일이다."

"……그래."

자신을 쳐다보지도 않고 일방적으로 던진 알베르트의 말에 글렌은 웬일로 고분고분하게 고개를 끄덕였다.

"그리고 언젠가는 나랑 결판을 내야 해. 그게 네가 마땅히 해야 할 일."

"싫거든?!"

포기할 줄 모르는 리엘에게 글렌은 진저리가 난다는 듯이 태클을 걸었다.

"그래. **언젠가** 결판을 내는 게 싫다는 거지? 그럼 **지금**—."

"왜 그렇게 되는 거냐고! 좀 참아주라! 히이이익?! 다, 다가오지 마!"

리엘은 연금술로 연성한 대검을 들고 표정 없는 얼굴로 서서히 다가왔다.

글렌은 폭포수처럼 식은땀을 흘리면서 전전긍긍 뒷걸음질 쳤다.

"에잇! 애초에 넌 왜 그렇게까지 나랑 결판을 내고 싶어 하는 건데?!"

"마술사끼리 결투를 할 경우 이긴 사람은 진 사람에게 한 가지를 요구할 수 있다……고 들었어."

"그래, 그런 곰팡내 나는 전통이 있기는 했지! 그게 뭐!"

"……그건."

될 대로 되라는 식으로 던진 글렌의 질문에 리엘은 한순간 말문이 막혔다.

"……글렌이…… 꼭 돌아와 줬으면…… 했으니까……."

당장에라도 꺼질 듯한 목소리로 그렇게 중얼거린 순간, 감정을 절대로 드러내는 법이 없는 리엘의 표정이 희미하게 우울해진 것 같은…… 기분이 들었다.

"……칫, 이 바보. 그러다가 내가 죽으면 주객전도잖아……."

"글렌이 그 정도의 공격으로 죽을 리가 없어."

"너 말이다……."

그런 세 사람의 모습을 지켜보던 루미아가 살짝 웃음을 터트렸다.

"알베르트 씨와 리엘 씨……랬죠? 후훗, 좋은 분들이신 것 같네요."

"뭐어? 좋은 분들? 이 녀석들이? 농담하지 마……."

이제 글렌은 한숨밖에 나오지 않았다.

“뭐, 됐다. 아무튼 여왕 폐하를 직접 뵙기만 하면, 이 상황을 어떻게든 해결할 수 있겠지. 난 어떻게 해서든 폐하의 어전에 도달해야만 해.”

“그렇게 생각하는 근거는 뭐지, 글렌?”

“글쎄다? 그냥 세리카가 그렇게 하라더라고. 그 녀석은 쪼잔하고 심술궂지만, 의미 없는 말은 절대로 안 해. 내가 여왕 폐하와 직접 만나야 하는 것에는 틀림없이 뭔가 의미가 있을 거야. 어차피 이대로 있어 봤자 물량 차이로 잡힐 게 뻔하니 난 이 방법에 걸어보겠어.”

“믿어도 되겠어?”

“적어도 난 믿어.”

“……알았어. 네가 그렇게까지 말하니 나도 믿어보지.”

알베르트는 조용히 눈을 감고 고개를 끄덕였다.

“너희 두 사람을 여왕 폐하와 만나게 하려면…… 우리는 어떻게 움직여야 하지?”

“흠, 그건…….”

글렌은 잠시 생각한 후, 알베르트와 리엘에게 어떤 제안을 했다.

# 제5장 달아오르는 표면, 격동하는 이면

마술 경기장은 현재 식을 줄 모르는 열기에 감싸여 있었다. 중앙 경기 필드에서는 모두가 일희일비하는 드라마가 끊임없이 생겨났고 그때마다 관객석은 열광의 도가니에 휩싸였다.

"……늦네."

그런 활기로 가득한 관객들과는 반대로 시스티나는 불안한 듯 중얼거렸다.

"아직도 루미아를 못 찾으신 건가……?"

오후 경기가 시작한 지 벌써 꽤 많은 시간이 지났다. 글렌이 부재중임에도 2반 학생들은 열심히 싸웠고 종합 순위는 엎치락뒤치락하면서 현재 4위에 머물렀다. 우승을 노리기에는 약간 버거운 상황이 되었다. 역시 기본 능력의 차이가 드러나기 시작한 것이리라.

"역시 선생님이 계셔야……."

반 학생들의 사기도 떨어지기 시작했다.

역시 틀렸을지도. 아니, 우리치고는 꽤 잘하지 않았나?

그런 긴장감이 풀린 분위기가 감돌기 시작했다. 시스티나 자신도 비슷한 생각이 들기 시작했다.

“그 두 사람은 대체 어딜 간 거지……. 설마, 그 인간. 루미아에게 뭔가 몹쓸 짓을 하는 건 아니겠지?”

시스티나가 이유를 알 수 없는 초조함과 분노에 사로잡힌 순간이었다.

등 뒤에서 갑자기 익숙한 기척을 느낀 그녀는 뒤를 돌아보았다.

“이제야 오셨군요! 늦으셨잖아요, 선생…… 어, 어라?”

글렌과 루미아인 줄 알았는데 그 자리에는 낯선 남녀가 서 있었다.

장발, 매처럼 날카로운 눈초리를 한 청년.

제국에서는 보기 드는 파란 머리카락에 감정과 표정이 사멸한 인형 같은 소녀.

둘 다 검은색 바탕의 양복과 넥타이와 흰 장갑이라는 제국식 정장을 차려입고 있었다. 이런 곳에서 입기에는 다소 격식이 지나친 감이 있기는 하지만, 딱히 드문 복장이 아닌데도 위화감을 완전히 씻어 낼 수가 없었다.

“너희가 2반 학생들이로군?”

“그, 그건 그렇지만…… 다, 당신들은 대체 누구죠……?”

“나는 글렌 레이더스의 옛 친구인 알베르트. 그리고 이 여자도 마찬가지로 옛 친구인 리엘이다.

“…….”

시스티나의 질문에 자신을 알베르트라고 소개한 청년이 대답했고, 리엘이라고 불린 소녀는 말없이 아주 살짝 고개의 각도를 낮췄다. 그녀 나름대로의 인사인 모양이다.

"오늘은 글렌 녀석이 마술 경기제가 끝나고 오랜만에 회포를 푸는 게 어떠냐고 초대를 해서 찾아왔다. 이렇게 정식 입교 허가증도 있지."

알베르트는 품속에서 학원의 상징인 올빼미 문양이 은박으로 찍힌 카드를 꺼내 보였다. 저것은 이 학원의 정식 손님에게만 엄격한 심사 끝에 발행하는, 결계의 보호를 받고 있는 학원에 드나들 수 있게 해주는 열쇠인 마술 부적이었다.

"하지만 녀석은 지금 갑작스러운 사정이 생겨서 바쁘다고 하더군."

난데없는 방문자의 등장에 2반 학생들은 서로의 얼굴을 마주 보며 술렁이기 시작했다.

"너희도 당면한 사태에 당황했겠지만, 그 남자는 한동안 그 일에서 손을 뗄 수가 없다고 한다. 그래서 내가 글렌에게 너희 반을 부탁받았지. 지금부터 내가 그 녀석 대신 이 반의 지휘를 맡도록 하마. 그리고—."

마술학원으로부터 멀리 떨어진 거리에서 금발 소녀를 옆구리에 낀 청년이 열심히 달리고 있었다.

그의 머릿속에 떠오른 것은 조금 전에 옛 동료가 했던 말이었다.

『루미아는 감응 증폭자지만, 이 상황을 타개하겠답시고 이 녀석의 능력을 쓰는 건 절대로 안 돼. 너희도 알고 있겠지만, 이능력자라는 사실이 밝혀지면 앞으로 정상적인 사회생활은 불가능해. 박해받고 혐오받다가 자칫하면 살해당할지도 몰라. 게다가 이능력자라는 말만 들어도 신의 이름으로 숙청하려고 안달이 난 비공식 집단인, 광신적 무장 수도회의 존재는 잘 알고 있겠지? 만에 하나라도 녀석들의 귀에 들어가면 끝장이야. 루미아의 정체를 감춰야만 하는 대전제가 있는 이상 이 상황을 벗어나기 위해 능력을 쓰는 건 엄격히 금지해야 하고, 누구에게도 사정을 설명할 수 없어. 이런 사방이 막힌 상황에서 그 누구에게도 방해받지 않고 여왕 폐하께 접근하려면 우선 우리 반이 이 마술 경기제에서 우승해야 해. 이번 경기제는 여왕 폐하께서 직접 시상대에 올라 반을 대표하는 담당 강사에게 훈장을 수여하기로 되어 있어. 이 순간만이 여왕 폐하의 주위를 엄중한 경계 태세로 감시하고 있는 왕실 친위대를 돌파해서, 폐하와 접촉할 수 있는 유일한 기회겠지. 왜냐하면 경기제를 마무리하며 폐하께서 시상대에 서시는 순간만큼은 왕실 친위대도 경계 태세를 풀 수밖에 없기 때문이야. 여왕의 이름으로 훈장을 하사하는 순간에도 그분을 감시하고 구속하는 건 폐하의 위엄과 체면에 먹칠을 하는 행위니까. 우파 필두인 왕실 친위대의 긍지 때문에라도 그런 짓을 할 리는 없어. 그래서 난 그 상황에서 누구에게도 의심을 사지 않고 폐하의 어전에 설 수 있는 방법을 생각해 냈어. 그건—.』

—솔직히 확률이 낮은 도박이라는 생각이 들었다.

하지만 현재 이 상황을 타개하기 위한 방법은 그것밖에 없는 것도 사실이었다.

"찾았다!"

그 순간 등 뒤에서 고함이 들렸다.

달리는 속도를 늦추지 않고 뒤를 힐끔 돌아보자.

"저기다! 잡아!"

꽤 멀리 떨어진 십자로 근처에서 자신들의 모습을 발견한 왕실 친위대원들이 보였다.

이런 곳에서 잡힐 수는 없었다.

"……흥, 어쩔 수 없군."

청년은 한 번 코웃음을 치고 달리는 속도를 한층 더 높였다.

"대신 감독을 맡겠다니…… 그리고 우승해달라구요? ……어째서?"

시스티나를 비롯한 2반 학생 전원은 이 알베르트라는, 글렌의 옛 친구라는 남자의 영문 모를 제안에 당혹스러움을 감출 수 없었다.

애초에 이 남자의 정체는 대체 무엇일까. 학원에는 외부인이나 초대받지 않은 손님을 배제하는 결계가 펼쳐져 있었다. 그러니 이 남자가 학원의 정식 허가증을 가지고 이 자리에 있는 이상, 신뢰할 수 있는 인물이라는 건 틀림없겠지만…….

어떻게 판단해야 좋을지 알 수 없어서 시스티나가 망설이고 있자, 알베르트라는 청년의 옆에 있던 작은 체구의 소녀가 그녀의 앞에 다가가서 손을 잡았다.

"……부탁이야. 믿어줘."

시스티나는 서로의 숨이 닿을 정도의 거리에서 소녀의 눈동자를 깊이 들여다보았다.

그리고 옆에 선 청년과 소녀를 번갈아 살펴보았다.

"당신들은……."

시스티나는 잠시 생각하듯 입을 다물더니 곧 이렇게 말했다.

"……알았어요. 그럼 우리 반의 지휘 감독을 부탁할게요, 알베르트 씨."

그런 시스티나에게 반 전원이 난처한 시선을 보냈다.

"괜찮아. 이 사람들은 아마 믿을 수 있을 거야. 게다가 누가 지휘를 맡든 어차피 우리가 해야 할 일이 바뀌는 건 아니잖아? 다 같이 우승을 노리는 거야."

그 말에 동의하며 학생들은 서로의 얼굴을 마주 보았다.

"글렌 선생님이 지금 어디서 뭘 하고 계시는지는 모르겠지만……."

시스티나는 의미심장한 눈으로 알베르트를 힐끔 쳐다본 후, 같은 반의 동료들에게 당당히 선언했다.

"이왕 이렇게 됐으니 다 같이 이겨보자! 선생님 덕분에 여기까지 올 수 있었잖아? 앞으로 조금만 더 힘내면 돼! 포기하기에는 아직 일러!"

"그, 그건……."

"그야 그렇지만, 시스티나……."

"역시 선생님이 안 계시면…… 우리는……."

마음이 약해진 친구들에게 시스티나는 사기를 북돋워 주려고 말했다.

"있잖아…… 선생님이 안 계실 때 우리가 지기라도 했다간 그 인간은 분명 「캬하하하! 너희는 내가 없으면 아무것도 못 하는 거냐! 아, 미안. 전부 다 도중에 빠진 내 잘못이지~? 에헷」 하고 빈정거릴걸? 틀림없이……."

울컥. 발끈. 빠직.

확실히 『그럴 법한』 전개를 예상하자 학생들은 의욕에 불이 붙은 모양이었다.

"짜, 짜증 나네요……. 엄청나게 짜증 날 것 같아요……."

"그 바보 강사한테 그런 소릴 듣는 것만큼은 참을 수 없지……."

"아, 정말이지! 젠장! 상상한 것만으로도 속이 뒤집히네! 알았어, 어디 해보자고!"

사그라지기 시작했던 열기가 다시 달아올랐다.

"……대충 이러면 되려나."

반 친구들의 의욕에 불을 붙이는 데 성공한 시스티나는 다시 알베르트에게 의미심장한 시선을 보냈다.

“자, 그럼 어디 한번 솜씨를 보여주시죠? 알, 베, 르, 트 씨.”

그 도발하는 말투에 남자는 찌푸린 얼굴로 머리를 긁었다.

『자, 마술 경기제도 한창 재미있어지고 있습니다! 오전 경기에서 멋진 건투를 보여줬던 2학년 2반도 후반전에는 마침내 기세를 잃은 걸까요?!』

경기장에는 변함없이 위세가 좋은 아나운서의 목소리가 울려 퍼졌다.

『그리고 이번 「변신」 경기! 이걸 놓치면 2반의 우승은 이제 절망적일 것으로 예상됩니다! 자, 그럼 주목의 2반은 대체 어떤 식으로 대처할까요?!』

“으, 으으…….”

중앙 경기 필드에 설치된 변신 마술 시연용 원형 무대. 린은 그 옆에 있는 선수 대기용 텐트 안에서 교복 치맛자락을 손으로 꾹 쥐고 긴장감에 몸을 떨고 있었다.

“내가 지면…… 우리 반의 우승은…… 우승, 은…….”

『우오오오오오오오오오?!』

갑자기 들려온 아나운서의 목소리와 관객석의 환성에 화들짝 놀란 린은 등을 움찔 떨었다.

『할리 선생님의 1반 세타 선수! 멋지게 용으로 변신했습니다―! 이건 굉장하네요!』

린이 텐트 안에서 조심스럽게 얼굴을 내밀어 무대로 시선을 돌리자 그곳에는 검게 번들거리는 비늘, 웅장하게 펼친 날개, 흉악하게 빛나는 발톱과 이빨, 보는 사람이 압도되는 거구, 진짜와 구별이 안 될 정도로 박력 넘치는 용이 존재했다.

"히익?!"

얼마나 재현도가 높았는지 린은 자기도 모르게 겁을 먹고 뒷걸음질 쳤다.

『이에 각 심사 위원 선생님도 고득점! 9, 9, 10, 9…… 합계 37점! 이건 벌써 결판이 난 걸까요?!』

"아, 아으으…… 이, 이걸 어쩌지……."

그 순간—.

머리를 감싸 쥔 린의 어깨를 두드리는 사람이 있었다.

"그, 글렌 선생님—."

바로 뒤를 돌아봤지만.

"—이 아니라…… 아, 알베르트 씨……."

그 자리에 서 있던 건 글렌의 친구라고 자신을 소개한 수수께끼의 청년 알베르트였다.

"아…… 저, 저기…… 죄송해요……. 착각해서……."

"이미지 트레이닝은 제법 한 모양이군."

알베르트는 린이 가슴에 안고 있는 성화집에 시선을 주면서 말했다.

"예? 아, 예…… 글렌 선생님이 그렇게 하라고 하셔서……."

"그럼 문제 될 건 없어."

알베르트는 힘차게 고개를 끄덕였다,

"린이라고 했나? 너라면 문제없어. 넌 네가 생각하고 있는 것보다 우수할 터. 아마도 넌 자신감이 약간 부족한 것뿐이야. 글렌 녀석에게서 들은 말이지만, 네 능력은 확실히 보증하더군."

"알베르트…… 씨?"

"실패해도 신경 쓰지 마. 전에 우승하라고는 했지만, 어차피 이건 축제니까. 누가 죽는 것도 아니니 뭐라 할 사람도 없어. 만약 졌다고 네 탓을 하는 녀석이 있다면 내가 그 녀석들을 혼내 주마. 그러니까 마음 편하게 먹어. 알겠나?"

어딘가에서 들은 적이 있는 말이었다. 덕분에 린은 처음으로 그 말을 들었을 때 느낀 안도감을 다시 떠올렸다.

한차례 심호흡을 한 후—.

"예! 최선을 다해 열심히 할게요!"

결의를 다지고 고개를 끄덕였다.

『자, 그럼 이번에는 변신 마법이라면 학원 안에서도 살짝 유명한 2반의 린 양이 등장합니다! 과연 그녀는 우리에게 어떤 변신을 보여줄까요?!』

"다녀오겠습니다."

알베르트는 묵묵히 고개를 끄덕였고 린은 무대를 향해 걸어갔다.

"흐응~ 우승을 노리려면 이번 경기에는 무슨 일이 있어도 이겨야 할 텐데 져도 된다니……."

그 광경을 본 시스티나는 의미심장하게 웃고 있었다.

"일베르트 씨, 꽤 호탕하시네요?"

"……윗사람이 여유를 보여야 아랫사람이 제대로 힘을 발휘할 수 있는 법. 특히 그녀 같은 성격이라면 더더욱 그렇겠지. 질타와 격려는 사람에 따라 다르게 써야 하기 마련이다."

"그렇군요. 그런데 용케도 아셨네요? 마치 늘 지켜보고 계셨던 것처럼."

"……."

그리고—.

『처, 천사님?! 이 마술학원에 성화집에서 바로 튀어나온 듯한 천사님께서 강림하셨습니다아아아! 이건 아름답군요! 2반의 린 양, 참으로 훌륭한 변신 마술을 선보였습니다! 자, 과연 평가 점수느으으은?!』

등 뒤에는 시계를 모방한 빛의 고리, 새하얀 세 쌍의 날개, 나부끼는 은발, 바람에 흔들리는 얇은 비단옷. 그 화사한 몸에는 수많은 금색 쇠사슬이 느슨하게 감겨 있었고, 그 가느다란 손엔 시간의 천사를 상징하는 거대한 황금의 열쇠가 쇠사슬과 이어져 있었다.

그 모든 조형이 마치 조각상처럼 정밀하고 아름다웠다.

시간의 천사 라 틸리카.

신화에서 나오는 천사의 존재를 실제로 증명하는 듯한 신성한 자태.

우레와 같은 박수와 환성이 소용돌이치는 중심에는, 경건한 자라면 자기도 모르게 무릎을 꿇고 기도할 만큼 장엄한 천사가 강림해 있었다.

"제길, 잽싸기는……!"

왕실 친위대의 베테랑 위사인 크로스 파르스는 초조했다.

숭고한 여왕 폐하의 페지테 방문 일정에서 자랑스럽게도 호위로 차출되어 임무에 전념하는 와중, 제로스에게서 아무런 전조도 없이 갑자기 어떤 소녀를 말살하라는 명령이 내려왔다. 세심하게도 그 소녀의 모습을 사영기로 촬영한 흑백 사진까지 준비해서…….

제로스는 대체 언제 이 사진을 준비한 것일까. 게다가 소녀를 붙잡는 즉시 그 자리에서 처형하라는 점도 이상했다. 아무리 그 소녀가 불경죄를 범한 국가 반역자라 하더라도 지나치게 부자연스러웠다.

아무래도 뒷맛이 씁쓸한 임무였지만, 그래도 자신의 책임을 다하기 위해 크로스가 그 소녀와 소녀의 도주를 돕는 남자를 추적하기 시작한 지 이미 상당한 시간이 지났다.

지금 위사들은 몇 명씩 팀을 짜는 식으로 수십 팀으로 나눠서 페지테 시가지를 뛰어다니는 중이었다. 그리고 크로스가 지휘하는 팀의 눈앞에는 그 소녀를 안고 도주하는 남자의 모습이 보였다.

이미 각 관할 구역의 경비관에 통보를 보내서 페지테의 시문을 전부 봉쇄했다.

저 이인조는 페지테라는 거대한 새장에 갇힌 작은 새에 불과했다.

실제로 크로스 일행은 이미 현재 진행형으로 그들의 모습을 포착했다.

붙잡는 것은 시간문제.

그렇다. 시간문제였을 텐데.

붙잡을 수가 없었다. 아까부터 아슬아슬하게 붙잡을 수가 없었다.

통신 마도기로 페지테 전역에 흩어진 각 팀에 연락을 취하면서 포위망을 짰는데도, 저 두 사람은 포위망이 약한 부분을 정확하게 노리고 돌파했다. 시가지의 동서남북, 중앙을 종횡무진 달리면서 자신들을 교란했다.

마치 하늘 위에서 페지테를 내려다보고 도시의 구조와 자신들의 거동을 완전히 파악한 듯이 정확했다. 이제는 이쪽의 통신 내용조차 어떤 수단으로 도청하고 있는 것처럼 느껴졌다.

게다가 더욱 이해할 수 없는 건, 이쪽이 저들을 놓치면 갑자기 모습을 불쑥 드러내기도 한다는 점이었다. 마치 이쪽을 가지고 노는 것처럼…….

"제길…… 우리를 얕보는 거냐……!"

크로스와 동료들은 기를 쓰고 수십 걸음 앞을 달리는 남자의 등을 계속 쫓았다.

『자, 「변신」 경기에서 최고점을 기록하고 기세를 되찾은 2반! 그 뒤를 잇는 「사역마 조작」과 「탐사&열쇠 해제 경주」에서도 좋은 결과를 내 현재는 3위! 다시 우승이 가능해 졌습니다! 이야~! 이번 마술 경기제는 정말로 흥미진진하군요!』

역시 역전극이야말로 승부의 볼거리다. 관객들도 기세를 되찾은 2반의 모습에 다시 불이 붙어서 열광적으로 환호성을 퍼부었다.

『그리고 지금은 마술사의 전통 놀이인 「그란티아」의 시합이 한창! 현재는 할리 선생님의 1반 팀과 글렌 선생님의 2반 팀이 피로 피를 씻는 진지 빼앗기 경쟁을 하고 있습니다!』

타원형으로 설치된 그란티아 경기 필드 위는 교복 위에 입은 경기복으로 알아보기 쉽게 팀을 나눈 선수들이, 필사적으로 주문을 영창해서 영점(靈点)을 설치해 진지를 구축하는 중이었다. 파랗게 빛나는 점과 그 사이를 잇는 파란 빛의 선, 그 위를 따라서 발생한 빛의 벽이 경기장을 선명하게 나누었다.

『그런데 2반, 이게 어찌 된 노릇입니까! 조금 전부터 전혀 결계를 구축하려는 낌새를 보이지 않습니다! 1반 팀이 구축한 진지 결계를 파괴하고만 있습니다!』

아나운서의 말대로 2반 팀은 자신들의 진지를 만들지 않고, 전원 1반 팀이 만든 결계를 파괴하는 방해 공작에만 전념하고 있었다.

"건방진……! 2반 놈들! 무승부를 노리는 거군?! 자기 반에도 점수가 들어오지 않지만, 실력 차이를 생각하면 무승부로도 이득이다 이건가!"

경기장 밖에서 팀에 지시를 내리던 할리가 이를 갈았다.

경기는 고착 상태에 빠져 있었다. 2반 팀 선수인 알프, 빅스, 시사는 실력만 놓고 보면 1반 팀보다 한참 뒤떨어지는 주제에 결계를 파괴하는 솜씨만큼은 묘하게 뛰어났다.

그런 까닭에 아직도 양 팀은 전혀 점수를 내지 못하고 있었다.

일시적으로 진지를 구축해서 점수를 벌어도 즉시 0점으로 되돌아왔다.

득실점 차가 자기 반의 점수가 되는 이 경기가 이대로 끝나면, 2반은 어찌 됐든 1반은 다른 반과 점수 차이를 좁히게 된다.

그런 상황에 초조함을 느낀 할리는 짜증을 부리며 지시를 던졌다.

"에잇! 제기랄! 시간이 없어! 이렇게 된 이상, 앱솔루트 필드다! 앱솔루트 필드를 펼쳐! 그 떨거지들과 네놈들 간의 결정적인 실력 차이를 똑똑히 보여줘라!"

지시를 받은 1반 선수들은 붉은빛으로 결계를 구축하기 시작했다.

노멀 필드를 구축하는 것보다 많은 시간과 노력이 필요하지만, 이 필드를 파괴당할 경우에는 페널티로 큰 점수를 잃고 만다.

『아앗! 1반 선수들이 앱솔루트 필드를 구축하기 시작했습니다! 이게 완성되면 무승부는 불가능! 2반 선수들도 황급히 노멀 필드 구축에 착수하지만…… 과연 1반! 대응이 빠릅니다! 1반의 디펜더 놀 군, 2반의 필드를 단숨에 파괴했습니다!』

2반의 세 명이 필사적으로 결계를 펼쳐서 점수를 올리려 했지만 1반의 디펜더가 그것을 끊임없이 방해했다. 그러는 사이에도 1반이 구축하는 앱솔루트 필드는 착실하게 완성을 향해 가고 있었다.

"후하하하하! 2반 놈들! 교활한 작전 때문에 고생하기는 했지만, 이걸로 끝이다! 그리고 이 승리로 우리의 종합 1등은 확정! 내 반의 우승이다!"

경기장 밖에서 할리가 드높은 목소리로 승리를 선언한 순간, 1반의 앱솔루트 필드가 완성되는 것과 동시에— 1반의 패배가 확정되었다.

『이, 이것으으으으으으으은?!』

누구도 예상치 못한 결말에 경기장은 터질 듯한 함성으로 휩싸였다.

1반의 붉은 필드가 완성되자, 그것을 계기로 갑자기 그 주위를 둘러싸듯 노란색 빛의 필드가 출현했기 때문이었다.

『사일런트 필드 카운터?! 놀랍게도 2반은 1반의 앱솔루트 필드 완성을 조건으로 삼은 사일런트 필드를 설치해 뒀던 모양입니다―!』

그란티아의 규칙상 다른 필드 안에 들어간 필드에는 점수가 인정되지 않는다. 가장 바깥쪽에 있는 필드를 완성한 팀에게만 점수가 들어오는 방식이었다. 다시 말해 이건―.

"이, 이런 바보 같은……."

너무나도 충격적인 전개에 할리는 넋을 잃었다.

"사일런트 필드라고……? 그란티아의 명인이라도 어지간해서는 쓰지 않는 고등 전술을…… 저 떨거지들이?! 게다가 이 규모의 앱솔루트 필드에 대응하는 조건이라니…… 자, 자칫하면 헛수고로 끝났을지도 모르는 술식이잖아! 이, 이런 엉터리 같은 전술로―."

필드 위에서는 1반 선수들이 눈에 띄게 당황하고 있었다. 자신들보다 한참 아래라고 여겼던 상대가 이런 고등 전술을 준비하고 있었을 줄은 꿈에도 몰랐으리라. 게다가 느닷없이 엄청난 점수를 빼앗기는 바람에 사고도 정지한 모양이었다.

"앗?! 이 바보 녀석들! 대체 뭘 하고 있는 거냐! 파괴해! 파괴하라고! 조금이라도 좋으니 그 필드를 파괴―."

그 순간 심판의 무정한 호루라기 소리가 들렸고 할리는 머리를 감싸 쥐었다.

『아앗! 여기서 경기 종료! 설마했던 대역전극~! 이것으로 2

반의 종합 점수는 선두를 달리는 1반을 크게 따라잡았습니다! 이제 결말을 알 수가 없게 됐군요! 확실하다고 여겨졌던 1반의 우승이 이 결과로 크게 흔들리기 시작했습니다—!』

"……좋았어."

할리와 마찬가지로 경기장 밖에서 팀을 지켜보고 있던 알베르트가 살짝 고개를 끄덕였다.

"굉장해. 정말로 이겼어……."

그 옆에서 감독을 보좌하며 경기 내용과 시간을 기록하고 있던 시스티나가 눈을 동그랗게 떴다.

"열 번 중에 아홉 번은 졌을 경기다. 그 한 번의 승리를 처음부터 거둔 것뿐이지."

"그건 그렇지만…… 알베르트 씨는 정말 굉장한 분이셨군요."

"굉장하다고? 내가? 굉장한 건 너희들이겠지. 이렇게 실력 차이가 나는 적을 상대로 잘 싸웠다."

"아뇨, 그것도 그렇지만…… 알베르트 씨도 경기 중에 우리 선수들에게 사인으로 세세한 지시를 내려주셨잖아요. 전 시간을 재고 기록하느라 알았지만 깜짝 놀랄 정도로 완벽한 지시였는걸요?"

"……그런가?"

"예, 카운터 전술이 성공한 건 거의 알베르트 씨 덕분이에요."

"그렇지 않아."

시스티나의 찬사를 알베르트는 단호히 부정했다.

"저 전술을 성공시키기 위해 너희 반은 한데 뭉쳐서, 선수들이 조금이라도 쓰기 쉽도록 결계 구축 술식을 조율했더군."

"응~? 그걸 어떻게 아신 건가요?"

"……글렌 녀석에게 들었다. 아무튼 이 승리는 너희들만의 것이다. 나는 아주 살짝 거들어준 것에 지나지 않아."

"흥~ 뭐, 알베르트 씨가 그렇게 말씀하신다면 그런 걸로 해 둘게요."

시스티나는 머리카락을 쓸어 올리면서 의미심장하게 말했다.

"자, 그럼 이제 경기제도 마지막이네요! 다음 경기는 『결투전』! 드디어 제 차례예요!"

"그런가…… 기대하마."

"……읏! 예, 기대해주세요."

알베르트의 말에 시스티나는 한순간 당황한 표정을 지었지만, 곧 자신만만하게 웃었다.

"하아…… 하아……! 해냈다! 마침내 몰아넣었군!"

크로스는 숨을 몰아쉬고 달리면서 마침내 승리를 확신했다.

좁은 뒷골목, 눈앞에 소녀를 안고 있는데도 전혀 기세를 잃지 않은 채 달리는 그 밉살맞은 남자의 등이 보였다. 아마도 백마【피지컬 부스트】로 신체 능력을 끌어올린 것이겠지만, 전투 훈련을 받은 자신들을 상대로 이런 페이스를 유지하고 달린 건 경악할 만한 일이었다.

하지만 그 노력도 이제 끝이다.

남자가 달리는 방향에는 현재 동료 위사들이 진형을 짜고 대기 중이었다.

"협공이다! 지금까지는 용케도 포위망을 돌파했지만, 이번만큼은 그렇게 안 돼!"

이윽고 달리는 남자의 앞쪽에 몇 명의 위사가 자세를 잡고 대기한 모습이 보이기 시작했다.

"멈춰! 멈추지 않으면 우리의 마술 솜씨를 그 몸으로 체험하게 될 거다!"

크로스는 마침내 이 추적극이 끝나리라고 예상했지만—.

"이, 이게 무슨?!"

남자의 다리는 멈추지 않았다.

소녀를 안은 채로 대기 중인 친위대를 향해 우직하게 돌진했다.

"겨, 경고는 분명히 했다!"

대기 중인 위사들이 일제히 주문 영창을 시작했다.

"《홍련의 사자여·분노에 몸을 맡기고·사납게 울부짖어라》!"

흑마【블레이즈 버스트】. 열에너지를 압축한 화염구를 던져서 목표와 부딪히는 동시에 광범위의 불꽃을 흩뿌리는 군용 어설트 스펠이다. 인간의 몸으로 아무런 마술 방어 없이 직격당할 경우에는 재조차 남지 않는 강력한 광범위 제압형 마술이었다.

이 좁은 골목길에서 몇 발이나 되는 【블레이즈 버스트】를 피할 수 있을 리가 없다. 흑마 【트라이 레지스트】를 쓴다 해도 그 방어를 깨트리고 확실히 숨통을 끊어 놓을 수 있을 것이다. 3속성 에너지를 마이너스 상태로 되돌려서 주문을 해제하는 흑마 【트라이 배니시】로는 전부 막아 낼 수 없었다. 강력한 마력 장벽을 전개하는 흑마 【포스 실드】를 쓸 경우에는 그 자리에서 잠시 멈출 수밖에 없으니, 뒤에서 쫓아오는 크로스 일행의 검에 꼬챙이가 되리라.

위사들은 누구나가 끝을 확신하고 마주 달려오는 남자를 향해 화염구를 던졌다.

하지만 그 순간, 뒷골목의 단단한 돌벽이 빠르게 점토처럼 모양을 바꾸더니 남자와 위사들 사이에 두꺼운 벽을 만들었다.

단숨에 돌벽의 형질이 물로 변화한 순간, 몇 개의 화염구가 대량의 물로 이루어진 벽과 맞부딪혔다.

화염구를 집어삼킨 물의 벽은 단숨에 비등, 증발, 확산의 과정을 거치며 엄청난 양의 수증기를 터트려서 뒷골목을 새하얗게 메웠다. 위사들의 시야가 하얀 수증기에 뒤덮였다.

"으아아아아아아아아앗?!"

시각을 잃은 데다가 수증기를 품은 열풍이 불어오는 바람에 위사들은 움직임을 멈출 수밖에 없었다.

이윽고 수증기가 걷히자 당연하게도 남녀의 모습은 그 자리에 존재하지 않았다.

다만, 처음에 돌벽의 재료가 된 뒷골목의 벽이 완전히 사라져 있었다. 그 두 사람은 아마 이 구멍을 통해 탈출한 것이리라.

"제길, 뭐냐 방금 그건? ……설마 연금술인가? 말도 안 돼……! 대체 뭐냐고, 저 빠른 연성 속도는! 인간의 솜씨가 아니잖아!"

추적극은 아직 끝나지 않은 모양이었다.

크로스는 진저리를 치면서 남자의 뒤를 쫓았다.

『자, 그럼 슬슬 2학년 마술 경기제의 클라이맥스! 마침내 오늘의 메인이벤트인 「결투전」을 개최하겠습니다! 규칙은 작년과 변함없이 삼대삼의 단체전. 열 개의 팀이 참가하는 토너먼트 방식입니다! 훌륭히 정점에 도달하는 건 과연 어느 반일까요!』

경기장 한가운데에 원형 결투장이 형성되어 있었고, 그 주위에는 참가 팀이 모여 있었다.

『이 자리에 모인 건 각 반 최강의 세 명! 모든 선수가 자기 반의 명예를 걸고 정정당당하게 싸워줄 것입니다! 더욱이 이 경기장에 있는 모두가 주목하는 글렌 선생님의 2반은 이 「결투전」에서 마지막까지 살아남는다면, 현재 종합 1등인 할리 선생님의 1반을 역전하는 게 가능합니다! 자, 과연 결과가 어떻게 될까요?!』

이것으로 결판이 난다.

반 전원이 개개인의 장점을 살려서 싸우는 것이 우세할 것인가.

아니면 일부의 강자만 선별해서 여러 경기에 내보내는 것이 더 우세할 것인가.

좋건 싫건 주목을 모은 2학년 마술 경기제의 행방은 이번 경기로 결판이 날 것이다.

『자, 이제 슬슬 시작하겠습니다. 먼저 토너먼트 제1회전! 6반 대 4반! 양 팀의 선봉, 앞으로—!』

한편, 여왕이 있는 귀빈석 주위의 분위기는 들떠 있는 경기장과는 달리 어수선했다.

조금 전부터 위사들이 바쁘게 돌아다녔고 고함이 빗발쳤다.

"아직인가?! 아직도 못 잡은 거냐?!"

보고하러 온 위사에게 제로스는 짜증이 섞인 목소리로 호통쳤다.

"하, 하오나…… 표적을 돕는 자가 있습니다만, 아까부터 보고드렸던 대로 이 남자가 예상 밖의 실력자라……!"

"바보 같은 녀석! 그 마술강사 말이더냐?! 고작해야 마술사 한 명에게 쩔쩔매다니! 그러고도 귀공들이 긍지 높은 왕실 친위대의 일원인가?!"

"죄, 죄송합니다!"

"어서 쫓아! 무슨 일이 있어도 루미아 양을 말살해야 한다!

실패할 경우에는…… 알고 있겠지?!"

"예!"

그러자 대기하고 있던 다른 위사가 제로스에게 진언했다.

"하오나 각하, 적이 만만치 않은 건 사실입니다. 이제는 우리의 손으로 감당할 수 없는 사태가 된 걸지도 모릅니다. 여기서는 일단 진실을 밝히고 학원에도 도움을 요청하는 게……."

"그럴 수는 없다!"

하지만 제로스는 거친 목소리로 그 의견을 거절했다.

"그것만큼은 허가할 수 없다! 귀공, 벌써 잊은 건가? 그럴 경우에 우리야 어쨌든 여왕 폐하께서…… 그런 사태가 일어나는 것만큼은 반드시 피해야만 해!"

"그, 그랬었지요……. 죄송합니다!"

"일이 마무리되면 내가 모든 책임을 지고 스스로 목숨을 끊겠다! 난 폐하를 구속한 반역자로서 기꺼이 오명을 뒤집어쓰고 죽을 것이다! 그러나 폐하는! 폐하만은 우리가 무슨 일이 있어도 지켜야만 한다! 그러니—."

젊은 위사는 힘없이 고개를 숙였다.

"각하께서는 그런 각오를…… 알겠습니다. 루미아 양과 그녀의 도주를 돕는 남자의 체포를 서두르겠습니다."

"불편한 역할을 떠넘겨서 미안하다……. 폐하의 호위 일부를 그쪽으로 돌리겠다. 귀공들은 한시라도 빨리 목표를 사로잡도록. 그래, 이 모든 것은 폐하를 위해—."

갑자기 뒷골목을 가득 메우는 기세로 홍련의 불꽃이 휘몰아쳤고 충격파가 주위에 거세게 퍼져 나갔다.

"으아아아아아악?!"

거기에 휘말린 위사가 불덩이가 돼서 그 자리에 몸을 굴렀다.

"괘, 괜찮나?!"

크로스는 불길에 휩싸여서 바닥을 구르는 동료에게 황급히 달려갔다.

"괘, 괜찮아……. 불꽃의 위력은 그리 대단치 않았어……. 하지만 폭발의 충격으로 팔이……."

몸에 붙은 불을 간신히 끈 위사가 자리에서 일어나 분한 듯 신음을 흘렸다. 아무래도 팔을 다쳤는지 찡그린 표정으로 한쪽 팔을 감싸 쥐고 있었다.

"제길…… 흑마【번 플로어】……. 또 마술 함정(매직 트랩)인가!"

적이 설치한 다수의 매직 트랩은 장비에【트라이 레지스트】를 인챈트한 자신들에게는 치명상을 주지 못했지만, 그렇다고 해서 무시할 수 있는 수준도 아니었다. 회복하는 데 일일이 치유 마술을 쓰기에는 마력과 인원, 시간이 모자랐다. 그래서 크로스 일행은 매직 트랩을 항상 경계할 수밖에 없었고 결과적으로 조금 전부터 추적이 늦어지기 시작했다.

게다가 적은 아무 데나 함정을 판 게 아니라, 이 추적극을 벌이는 와중에도 이쪽의 함정에 대한 경계심이 풀어진 순간을 완벽히 노려서 설치했다. 그 조절이 참으로 교묘하고 절묘한 탓에 크로스 일행은 함정이 있다는 것을 알면서도 몇 번이나 걸리고 말았다.

이 답답한 전개에 크로스는 발을 동동 굴렀다.

"뭐지? 우리가 쫓고 있는 놈들은 대체 정체가 뭐야? 전투에 지나치게 익숙해……. 조금 전부터 완전히 장난감 취급을 당하고 있잖아! 게다가 이쪽을 아무도 죽이지 않고…… 대체 이게 뭐냐고! 조력자라는 남자는 평범한 마술사가 아니었던 건가?!"

"크로스 씨! 그것보다 방금 3팀에서 연락이 왔습니다! 현재 녀석들은 동쪽 지구 2번가 토르트 거리를 남하 중이라고 합니다!"

"알았다! 좋아, 다들 가자!"

결투전이 계속되었다.

벼락이, 불꽃 화살이, 냉기의 바람이 결투장 위에서 빗발쳤다.

제5회전, 2반 대 4반.

"《위대한 바람이여》!"

카운터 스펠을 영창하려는 상대보다 시스티나의 흑마 【게일 블로】가 먼저 완성되었고, 맹렬한 돌풍이 상대의 몸을 휩쓸었다.

"으, 으아아아아아앗?!"

상대 선수는 버티지 못하고 멀리 날아갔다.

『오옷?! 리들리 선수, 【에어 스크린】 주문 타이밍을 맞추지 못했습니다아아아! 장외패! 2반, 3연속 승리로 4반을 물리쳤습니아아! 강하군요! 선봉을 맡은 카슈 군이 약간 불안하다는 평가가 있었는데 평범하게 강합니다, 이 팀!』

울려 퍼지는 환성 속에서 시스티나와 카슈가 하이 터치를 했다.

"역시 시스티나야, 압승이네! 진흙탕 시합 끝에 간신히 이긴 나하고는 천지 차이야."

"그게 무슨 소리니, 카슈. 이긴 건 이긴 거야. 너도 훌륭했어."

시스티나와 카슈는 웃으면서 서로의 건투를 칭찬했다.

"흥. 그럭저럭이군, 시스티나. 하지만 좀 봐준 거 아니야? 상대가 다치지 않도록 조심하지 않았다면 넌 좀 더 쉽게 이겼을 텐데?"

"넌 이런 상황에서도 여전하구나, 기블……."

반이 한 음으로 뭉쳐서 분투하는 가운데, 유일하게 평소와 다름없는 냉소적인 태도를 유지한 기블에게 시스티나는 기가 막힌다는 표정으로 탄식했다.

"너희들, 잡담하고 있을 여유는 없다."

그렇게 들떠 있는 세 명에게 알베르트가 날카로운 목소리로 찬물을 끼얹었다.

"이제 곧 다음 결투전이 시작될 거다. 잘 봐 둬. 다른 선수의 전투 방식을 지켜보면서 자신이라면 어떻게 대응할지 이미

지하는 거다. 그리고 보면서 듣도록."

알베르트는 카슈에게 몸을 돌리고 지금 결투 무대에 선 선수를 손으로 가리키면서 말을 꺼냈다.

"7반의 아이작. 아마 네 다음 상대일 거다. 보아하니 【쇼크 볼트】의 영창 속도가 상당히 빠른 선수군. 네 기량으로 해제하는 건 무리겠지. 분명 【트라이 레지스트】와 【포스 실드】를 펼치기만 하는 방어전이 될 거다."

"그, 그렇겠죠……? 역시 제 실력으로는……."

"하지만 카슈, 넌 【포스 실드】는 쓰지 마라. 【트라이 레지스트】의 인챈트도 처음에 한 번만 하도록. 중복으로 거는 건 금지한다. 명심해."

카슈는 그 말에 놀라움을 감추지 못하고 눈을 크게 떴다.

"흥. 또 황당무계한 지시를…… 방어를 버리는 마술 전투 같은 건 들어본 적도 없습니다만?"

기블이 옆에서 코웃음을 치며 어이없다는 듯 어깨를 으쓱거렸지만 알베르트는 무시하고 지시를 계속 내렸다.

"카슈, 넌 이 세 명 중에서 가장 운동 신경이 좋고 체격도 뛰어나. 그 운동 신경과 체력을 활용해서 【쇼크 볼트】를 직접 피하거나 맞아도 견뎌. 아이작은 연속으로 다섯 번 영창한 후에는 반드시 마나 바이오리듬이 크게 무너지는 버릇이 있는 모양이니까."

"아!"

"네 발까지는 【트라이 레지스트】만으로 견디고 다섯 발째는 어떻게든 피해 봐라. 그게 성공한다면 네 승리다. 너도 남자겠지? 약간의 고통쯤은 견뎌봐."

"……아, 예! 그렇게 해보겠습니다!"

이길 수 있는 방법을 전수받은 카슈는 순순히 고개를 끄덕였다.

"다음은 기블, 네 상대 말이다만……."

"흥, 쓸데없는 참견입니다. 저에게 조언 같은 건 필요 없어요."

"됐으니까 잠자코 들어. 네 다음 상대는—."

쌀쌀맞게 거절하는 기블에게 알베르트는 인내심을 가지고 조언했다.

"……흐응~."

시스티나는 그런 알베르트의 옆얼굴을 의미심장한 표정으로 쳐다보고 있었다.

다양한 노점과 상점이 밀집한 페지테 남쪽 거리에서 크로스 일행은 길을 오가는 수많은 행인을 헤쳐 가며 다른 두 팀과 합류했다.

"제길, 저녁의 상점가…… 인파에 섞여서 모습을 감춘 건가! 그쪽은 어떻게 됐지?!"

크로스의 고함을 듣고 동료 위사가 달려왔다.

"놓쳤어! 미안하다!"

"어쩔 수 없지. 지금 당장 이 일대에 계엄령을 선포해! 시민들을 배제한 후—."

크로스가 동료들에게 지시를 내리려 한 순간이었다.

"아악!"

이 자리에 모인 동료 위사 중 한 명이 갑자기 몸을 경련하고 비명을 지르면서 쓰러졌다.

"이게 무슨?! 대체 무슨 일이지?!"

"저, 저격입니다!"

"뭐라고?!"

경악하는 크로스의 눈앞에 【라이트닝 피어스】의 섬광이 어딘가에서 날아와 주위의 동료를 차례차례 쓰러트렸다.

"아아아악!!"

"끄아아아아아아악!"

파직, 하고 스파크가 튀는 소리와 동료들의 절규가 앙상블을 이루었다.

"말도 안 돼! 제정신이야?! 이런 인파 속에서 마술 저격이라니! 큭! 뭉치지 마! 산개해! 근처에 있는 건물 뒤에 숨어!"

저격당하고 있다는 사실을 깨달은 위사들은 황급히 산개하더니 뒷골목이나 건물 뒤로 몸을 숨겼다.

"칫! 이게 어떻게 된 거야?! 우리 장비에는 【트라이 레지스트】가 인챈트되어 있을 텐데……. 일격에 쓰러지다니, 그럴 리가……."

"그, 그게, 이 주변 일대에 【디스펠 포스】로 결계를 펼쳐 놓은 모양이라…… 모르는 사이에 【트라이 레지스트】의 효과가 지워진 것 같습니다!"

"설마 유인당한 건가……?! 제길! 피해를 보고하라!"

"네 명입니다! 하지만 상대는 위력을 조절한 모양입니다! 쓰러진 대원은 다리에 【라이트닝 피어스】를 맞고 기절했지만 목숨에 지장은 없습니다! 말려든 주민도 전혀 없습니다!"

"크…… 정말로 우리들만 노리고…… 게다가 죽이지도 않다니…… 터무니없는 놈들이군."

더구나 마술을 맞고 쓰러진 위사들 때문에 현재 광장은 엄청난 혼란에 휩싸여 있었다. 사람들이 여기저기로 바쁘게 뛰어다니는 통에, 광장 안은 마치 거대한 파도가 치는 것처럼 보였다. 이대로 있으면 이쪽의 움직임은 한동안 크게 제한될 것이다.

처음부터 이런 상황을 노린 것일까.

크로스는 적의 무시무시한 마술 저격 능력과 두뇌에 전율을 금할 수 없었다.

"어쩔 수 없다! 3, 4팀은 주민들의 피난 유도를 맡고 신속히 계엄령을 선포해! 2팀은 쓰러진 동료의 치료를! 5팀, 지금 저격으로 녀석들이 있는 곳을 확인했다! 나와 같이 추적한다!"

"알겠습니다!"

지시를 받은 왕실 친위대는 자신들의 사명을 다하기 위해

뿔뿔이 흩어졌다.

『5반을 물리치고 8반도 쓰러트린 2반이 마침내 결승전에 진출했습니다아아아아!』

엄청난 환성. 경기장의 열기는 이미 최고조에 도달했다.

『결승전 상대는— 이것이 바로 운명일까요. 놀랍게도 운명의 숙적인 할리 선생님의 1반! 정면 대결입니다! 이 승부를 제압한 반이 올해 경기제의 우승을 거머쥘 것입니다! 이것 참, 우연히도 알기 쉬운 구도가 되었군요!』

누구나가 마음속 한구석에서 바라던 전개가 마침내 현실이 된 순간이었다.

하지만 경기장의 들뜬 분위기와는 반대로 무거운 분위기가 감도는 곳이 있었다.

마술 경기장, 귀빈석.

정예 위사들에게 신변을 구속당한 상황에서 알리시아는 마치 기도하는 표정으로 속삭였다.

"부디, 주여……. 부탁드립니다……. 그 아이를…… 그 아이를 지켜주시옵소서."

그 옆에 있던 세리카는 초췌한 표정의 알리시아에게 진심으로 미안하다는 듯 말했다.

"미안하다. 내가 곁에 있는데도 이런 상황이 되다니…… 제길."

"……세리카 당신 탓이 아니에요. 따지고 보면 제가……."

"하지만 희망은 아직 남아 있어."

세리카는 아래쪽의 무대를 힐끗 내려다보았다. 그 시선 끝에는 무대의 구석에서 마지막 싸움을 앞두고 시스티나를 비롯한 세 학생에게 전술을 지도하는 알베르트의 모습이 있었다.

"……글렌을 믿어. 그 녀석이라면…… 분명 어떻게든 해줄 테니까."

"글렌을…… 말인가요?"

"그래. 그 녀석은 옛날부터 그런 녀석이었잖아?"

알리시아는 잠시 깊이 생각에 잠기더니 곧 힘차게 고개를 끄덕였다.

"그랬었죠. 글렌이라면…… 그라면 분명……."

결투전, 결승.

그 시합 내용은 결승전의 이름에 부끄럽지 않았다.

선봉전, 2반의 카슈 대 1반의 에나. 서로 사력을 다한 대접전 끝에 에나의 연금(錬金) 【마비 안개진】이 카슈를 행동 불능에 빠트려서 아쉽게 패배했다. 이것으로 0-1.

이어지는 중견전. 2반의 기블 대 1반의 크라이스. 처음에는 언뜻 호각처럼 보였지만 시간이 지나자 서서히 실력 차이가 드러났다. 기블의 소환 【콜 엘리멘탈】로 소환된 어스 엘리멘탈이 양팔로 크라이스를 제압하자 그는 항복을 선언했다. 이것으로 1-1.

이제 모든 것은 2반의 시스티나와 1반의 하인켈, 두 선수의 어깨에 걸린 셈이었다.

"……제법인걸, 기블."

시스티나는 여유 있는 표정으로 대기석에 돌아온 기블에게 일단 칭찬을 보냈다.

"흥, 이 내가 동점까지 되돌려 놨어. 쓸데없는 수고로 만들지 않았으면 좋겠군."

"응원 한마디도 없는 거니……. 넌 정말로 한결같구나."

시스티나는 기가 막혀서 관자놀이를 검지로 눌렀다.

"……미안, 시스티나. 아까 내가 이겼으면 이걸로 결판이 났을 텐데……."

카슈는 분한 듯 중얼거렸다.

"뭐, 열등생인 너치고는 잘했어. 나머지는 우리 대장에게 맡기면 돼."

"그래그래. 정말이지, 너란 애는……."

여전한 말버릇의 기블을 가볍게 나무란 시스티나는 무대를 향해 걷기 시작했다.

그런 그녀의 뒤에서 알베르트가 짧은 한마디를 던졌다.

"……네게 맡기마."

시스티나는 뒤를 돌아보지 않고 오른손을 옆으로 뻗어서 엄지만 세우는 것으로 대답했다.

그리고 그녀는 반의 기대를 한 몸에 받으며 결투장 위에 섰다.

관객석에 있는 같은 반 친구들의 응원이 여기까지 들렸다.

눈앞에는 대장전 상대인 하인켈.

시스티나에게 뒤지지 않는 우등생이자 늘 학년 수석의 자리를 놓고 경쟁하는 강적이었다. 솔직히 승률은 절반 정도라고 예상했다.

—우승해다오, 부탁이다.

알베르트가 했던 말을 떠올린다.

—부탁이야, 믿어줘.

리엘이 했던 말도 떠올린다.

"……정말이지, 왜 이런 번거로운 방법을……. 뭐, 아무렴 어때. 어디 한번 해볼까!"

손바닥과 주먹을 마주쳐서 기합을 넣은 시스티나는 왼손의 장갑을 벗었다.

마술사의 전통 결투 예식을 따라 서로에게 경례.

『그럼 지금부터 대장전— 시작!』

그리고 시합 개시 신호가 들리자 시스티나와 하인켈은 동시에 움직였다.

"《뇌정(雷精)의 자전이여》!"

하이켈이 바로 【쇼크 볼트】를 날렸다.

"《재앙은 흩어져라》!"

시스티나도 즉시 【트라이 배니시】를 영창해서 저항했다.

중앙에서 뭔가가 터지는 소리를 내며 마력의 잔재가 사방으로 흩어졌다.

그 순간, 두 선수는 일정 거리를 유지하며 원을 그리듯이 옆으로 달렸다.

"《위대한 바람이여》!"

"《대기의 벽이여》!"

달리면서 계속 주문을 영창한다. 시스티나가 날린 【게일 블로】의 돌풍이 하인켈이 펼친 공기의 장벽과 부딪혔고 공기의 압력이 사방으로 거세게 흩어졌다.

시작은 거의 호각이었다.

"힘내라~! 지지 마, 시스티나!"

"부탁해! 반드시 이겨줘!"

반 친구들의 성원이 들린다.

"네 이놈들, 마지막까지 날 방해하는 거냐, 2반! 하인켈! 이겨! 떨거지들 집단에 지기라도 한다면 마술사로서 평생의 수치다! 아무튼 이겨!"

신경질적인 할리의 노성.

"우오오오오오오오오! 둘 다 힘내라—!"

"둘 다 끝내주잖아! 싸워라! 이겨라!"

초반부터 뜨거운 마술 전투가 펼쳐지자 뜨겁게 달아오른 관객들.

마침내 파란으로 가득했던 올해 마술 경기제도 최후의 고비에 접어들었다.

“《홍련의 염진(炎陣)이여》!”

하인켈이 【파이어 월】을 영창하자 불꽃의 벽이 방사형으로 터져 나왔다.

“《수호자의 가호 있으라》!”

시스티나는 【트라이 레지스트】를 영창해서 그 공격을 흘려 넘겼다. 몸을 훑는 불꽃 폭풍 때문에 그녀의 머리카락과 케이프 로브가 거칠게 휘날렸다.

“《힘이여 무로—.”

즉시 상황에 대응한 하인켈이 【디스펠 포스】로 시스티나의 【트라이 레지스트】를 무효화하려 했지만…….

“《빛이 있으라》!”

그보다 한발 먼저 시스티나의 【플래시 라이트】가 완성되었다.

섬광이 경기장을 새하얗게 물들였다.

눈을 당하지 않도록 하인켈은 바로 시선을 피했다. 그 덕분에 【디스펠 포스】는 발동하지 않았고 시스티나는 불꽃 폭풍을 완전히 흘려 넘기는 데 성공했다.

“《하얀 겨울의 폭풍이여》!”

그리고 흑마 【화이트 아웃】을 영창했다. 몸의 감각을 빼앗아서 상대를 행동 불능으로 몰아넣는 냉기의 충격파가 거칠게 날아갔다. 그 냉기 때문에 시야가 새하얗게 변했다.

“《위대한 바람이여》!”

하지만 여간내기가 아닌 하인켈도 흑마 【게일 블로】로 돌풍을 날려서 냉기의 충격파를 밀어붙였다. 위력 경합에서 이긴 돌풍이 시스티나의 몸을 덮쳤지만—.

"크…… 《천칭은 우현으로 기울지어다》!"

시스티나는 공중에 뜬 몸을 흑마 【그래비티 컨트롤】로 조작하여 체중을 일시적으로 늘려서 지면에 착지했다.

팔을 들어서 눈을 가리고 자세를 낮춰서 폭풍을 필사적으로 견뎠다. 바람에 희롱당한 자랑스러운 긴 은발이 뒤로 거칠게 흩날렸다.

강하다.

시스티나는 하인켈의 주문 영창 속도와 마력과 판단력에 내심 혀를 내두르면서도, 숨을 내쉬는 동시에 자신의 텐션과 마나 바이오리듬을 신중하게 조절했다.

"《뇌정의 자전이여》!"

시스티나는 하얗게 물든 시야가 좌우로 갈라지는 순간 모습을 드러낸 하인켈에게 손가락을 내밀고 즉시 전격을 날렸다. 보라색 번갯불이 바람을 꿰뚫고 일직선으로 질주했다.

『예, 예상은 했지만 엄청난 승부입니다아아아! 두 선수, 한 발짝도 물러서지 않습니다!』

어설트 스펠과 카운터 스펠이 끝없이 교차한다.

이 결투전에서 사용이 허가된 주문은 학생이 습득할 수 있는 살상 능력이 낮은 주문뿐이었지만, 두 선수 모두 학생의 범주를 벗어난 전투 센스를 보여주고 있었다. 어지간해서는 볼 수 없는 명승부였다.

"《오너라·날개 달린 불꽃의 종복·계약을 완수하라》!"

"《돌아가라·마땅히 있어야 할 장소에·계약은 파기되었으니》!"

주문의 응수는 한없이 이어졌다.

누구나가 흥분해서 환성을 지르고 이 시합의 결말이 어떻게 될지 마른침을 삼키며 지켜보았다.

"지금까지 실컷 물을 먹었지만……. 이제는 달아날 곳이 없다, 이 역적 놈들!"

크로스는 동료 위사들과 좁아 터진 뒷골목을 맹렬히 주파하면서 마침내 승리가 눈앞까지 다가왔다는 것을 확신했다.

"네놈의 마술 솜씨와 저격 능력이 훌륭하다는 건 인정하마……. 하지만 우리에게 사선(射線)을 보인 것이 네 패인이다! 네놈의 위치는 이미 확인했다! 이번에야말로 막다른 곳에 몰아넣어주마!"

"크로스 씨! 1팀과 7팀, 그리고 8팀과 9팀도 조금 전에 알려준 루트로 해당 지점을 향해 진입 중이라고 합니다!"

"그런가! 좋아! 이것으로 저격 지점의 도주 루트는 전부 봉쇄했다! 이제 녀석들은— 독 안에 든 쥐다!"

이제야 끝이다. 이번에야말로 정말로 끝이다.

크로스 일행은 그렇게 확신하고 뒷골목의 깊숙한 곳, 사방이 건물의 높은 벽으로 둘러싸인 공터에 의기양양하게 발을 내밀었다.

"아……."

그리고 아연실색했다.

아무도 없었다. 어둑어둑하고 잡초가 드문드문 자란 공터. 거리의 소란스러움과 단절된 고요한 그곳에는 인간은커녕 새끼 고양이 한 마리조차 없었다.

"음?! 크로스의 5팀?!"

"어떻게 된 거지?! 적은 어딨어!"

그 순간, 이 공터와 연결된 사방의 통로에서 분주한 발소리를 내며 다른 팀들이 모여들었다.

"말도 안 돼! 놓쳤다고?!"

"그럴 리가! 도주 루트는 전부 막았을 텐데……."

위사들은 이 자리에서 적의 모습이 그림자조차 보이지 않는 사실에 동요했다.

크로스는 그런 동료들의 당황한 모습을 지켜보다가 문득 깨달았다.

공터를 에워싼 사방의 벽.

그 표면에 묘한 것이 붙어 있었다.

"……거울?"

마력의 잔재가 느껴졌다. 아마 이건 연금술을 응용한 것이리라.

물체의 형상을 바꾸는 마술인 연금 【형질 변화법】으로 벽

일부를 평평하게 바꾸고, 물체의 성질을 바꾸는 마술인 연금 【원소 배열 변환】을 써서 그 평면을 반응 처리한 거울로 바꿔 놓은 것이리라. 무슨 이유인지 거울 표면에는 마력 처리까지 해 놓았다.

그런 정체를 알 수 없는 거울이 이 공터의 벽 여기저기에 다양한 각도로 붙어 있었다.

틀림없이 적이 한 짓이었다.

문제는 녀석들이 무슨 이유로 이런 짓을 했느냐, 였다.

"그런…… 바보 같은……?!"

아니, 사실 알고 있었다.

크로스는 이미 적의 의도를 파악하고 있었다.

그래서 오한이 들었다. 그래서 전율이 일었다. 온몸의 핏기가 가시는 불쾌한 감각.

이 순간 크로스의 사고가 몇 초간 정지하고 주위에 경고를 하는 게 늦은 이유는『그런 바보 같은 일이 가능한 인간이 이 세상에 존재한다』라는 악몽 같은 현실을 받아들일 수 없었기 때문이었다.

그렇다. 녀석들의 저격은……. 지금까지 실컷 자신들을 농락한 그 저격은…….

자신들을 직접 노린 것이 아니라, 다른 먼 곳에서 거울에 쏴서 반사한 【라이트닝 피어스】로 정확하게 이쪽의 팔다리만 노린 것이었다.

"전원, 여기서 대피이이이이이이!"

크로스는 절규했다.

이 자리에 있는 전원이 그 절규에 눈이 휘둥그레진 순간—.

공터와 이어지는 통로 중 한 곳. 그 아득히 먼 곳에서 무언가가 번뜩였다.

어둠을 가르고 날아온 몇 줄기의 전격이 무방비한 친위대원들을 잇따라 유린했다.

결투를 시작한 지 약 30분이 흘렀다.

역시 저번 사건에서 목숨을 건 진짜 마술 전투를 경험한 시스티나가 약간 더 유리했던 모양이다.

서로가 습득한 마술을 전부 망라하고 마력이 바닥을 보이기 시작한 순간—.

"《거절하고 가로막아라·폭풍의 벽이여·그 다리에 안식을》!"

시스티나는 마나 바이오리듬으로 인해 생긴 주문의 간격을 노리고 비장의 수단으로 남겨 뒀던 독자적인 개조 주문, 흑마 개량형 【스톰 월】을 발동했다.

"앗?! 뭐야, 그 주문은?!"

전혀 들어본 적 없는 주문 영창에 허를 찔린 하인켈이 반사적으로 【에어 스크린】을 펼쳤지만, 넓은 범위로 짓쳐들어오는 돌풍에 움직임이 봉쇄되고 당황해서 다음에 쓸 주문을 고르지 못했다.

그 순간을 노렸다는 듯이 시스티나는 마지막 남은 마력을 쥐어짜 내서 【게일 블로】를 영창했다.

"이때다! 《위대한 바람이여》!"

흑마 개량형 【스톰 월】의 영향으로 위력이 상승한 【게일 블로】가 하인켈이 전개한 【에어 스크린】의 견고한 방어를 돌파했고—.

"으, 으아아아아아아아아앗!"

—마침내 하인켈의 몸이 장외로 튕겨 날아갔다.

"……."

한순간의 정적.

『겨, 결판이 났습니다—! 장외입니다아아아! 이럴 수가! 세상에 이런 일이! 2반이, 그 2반이 우승했습니다아아아아!』

그리고 다음 순간, 경기장에 기립 박수가 터지며 어마어마한 환성이 날아들었다.

이제는 적도 아군도, 승리자도 패배자도, 학년의 구별조차 없었다. 모두가 한마음으로 엄청난 결투를 선보인 두 선수에게 순수한 찬사를 보냈다.

그러나 단 한 사람, 할리만은 분한 듯 어깨를 축 늘어트렸다.

"하아…… 하아……. 이, 이겼어……."

가까스로 승리를 거두었지만 시스티나는 격심한 마력 소모와 피로 때문에 힘이 빠져서 그 자리에 한쪽 무릎을 꿇었다.

"해냈다아아아아아!"

"좋았어어어어어어어어어!"

2반 학생들이 관객석에서 뛰쳐나와 시스티나의 곁으로 차례차례 달려가기 시작했다.

"어?! 잠깐, 꺄악?!"

아주 신이 난 반 친구들이 시스티나에게 헹가래를 쳤다. 그녀가 공중에서 눈이 휘둥그레지며 당황하는 것도 개의치 않고 기쁨에 잠겨 그녀의 건투에 찬사를 보냈다.

"……잘했다."

알베르트는 그런 2반 학생들의 모습을 멀리서 지켜보면서 아무도 들리지 않을 작은 목소리로 중얼거렸다.

『이야~ 대체 누가 이런 결과를 예상했을까요! 이번 경기제는 몇 번이나 결과가 뒤집힌 극적인 행사였습니다! 그리고 이 「결투전」을 마지막으로 오늘 2학년 마술 경기제의 모든 경기가 끝났음을 경기장의 여러분께 전합니다. 손님 여러분, 오늘은 멀리서 방문해주셔서 감사했습니다! 학생 여러분, 정말로 고생 많으셨습니다! 그러면 이제부터 폐회식과 시상식을 거행하겠습니다. 지금까지 경기 방송은 실행 위원회의 어스가 보내드렸습니다.』

흥분이 식지 않는 경기장과는 반대로 귀빈석은 장례식장처럼 의기소침한 분위기였다.

"경기제가, 끝났네요."

알리시아는 옆에서 눈을 번뜩이는 제로스에게 말을 걸었다.

"……그런 것 같군요."

"전 이제부터 우승한 반의 대표자에게 찬사와 훈장을 수여해야 하는데…… 그래도 될까요?"

"……물론 상관없습니다. 그 대신 제 동석을 허가해주시길. 제가 폐하의 옥체를 지켜드리겠습니다. ……세리카 님."

"왜?"

"귀공도 폐하와 동행해주시겠습니까?"

"……흥, 말하지 않아도 그렇게 할 거다."

세리카는 나른한 표정으로 자리에서 일어났다.

그리고 알리시아는 호소하듯 말했다.

"저기, 제로스."

"말씀하십시오."

"당신의 충성은 잘 알았습니다. 하지만…… 이제 이런 일은 그만하면 안 될까요?"

"그럴 수는 없습니다."

제로스는 단호히 거절했다.

"폐하께서는 이 나라의 기둥. 폐하를 위한 일이라면 그 누구라도 희생을 피할 수는 없습니다."

"……하지만."

"폐하의 심정은 저도 뼈저리게 이해하고 있습니다. 하지만…… 그 말씀을 받아들일 수는 없습니다. 저는 폐하를 위해, 이 나라를 위해, 자녀분을…… 엘미아나 왕녀를 처단하겠습니다.”

“……읏!”

알리시아는 괴로운 얼굴로 시선을 내렸다.

“자, 폐하. 가시옵소서. 제국의 미래를 떠받칠 젊은이들의 건투를 치하하기 위하여.”

아무 말 없이 고개를 숙인 알리시아에게 세리카가 살짝 귓속말을 건넸다.

“가자, 앨리스.”

“……!”

“……글렌을, 그 녀석을 믿어.”

거세게 질타하는 세리카의 목소리에 고개를 끄덕인 알리시아는 자리에서 일어났다.

# 제6장 진상, 암약하는 악의

마술 경기제 폐회식은 엄숙한 분위기 속에서 거행되었다.

경기장에 학원 학생들이 정렬한 후 폐회사가 시작되었고, 국가 제창, 내빈의 축사, 결과 발표…… 일정은 차례대로 막힘 없이 소화되었다.

작년과 변함없는 흐름이었다. 다만 유일하게 다른 점이 있다면, 성대한 역전극이 벌어진 덕분에 아직도 학생들의 흥분이 가시지 않았다는 것과 오늘은 여왕이 폐회식에 참가했다는 것이었다.

마침내 알리시아가 시상대 앞에 섰다. 그녀의 뒤에는 제로스와 세리카가 대기하고 있었다. 왕실 친위대의 총대장과 학원이 자랑하는 셉텐데의 마술사. 호위로서는 부족함이 없었다. 지금 이 순간, 알리시아에게 해를 끼칠 수 있는 자는 이 세상에 그 누구도 존재하지 않으리라.

『그러면 이번 대회에서 가장 우수한 성적을 거둔 반에게 이제부터 여왕 폐하께서 훈장을 하사하시겠습니다. 2반의 대표자는 앞으로 나와 주시길 바랍니다. 학생 일동, 성대한 박수를.』

박수가 터져 나왔다.

각 반 담당 강사의 입에서 부러운 한숨이 흘러나왔다. 여왕으로부터 직접 훈장을 하사받는 영예는 평생에 한 번 있을까 말까 한 명예로운 경험이었다. 그것을 하필이면 그 2반의 글렌 레이더스가 받다니. 규칙을 어기지 않고 정정당당하게 싸웠다고는 하지만 질투심이 드는 건 어쩔 수 없는 모양이었다.

"으그그그그그극……. 이런 일이! 이 몸이…… 제5계제(퀸데)인 이 몸이……! 트레데인 글렌 따위에게……! 마술사의 긍지와 마음가짐이라곤 눈곱만큼도 찾아볼 수 없는 그딴 남자에게 고배를 마시게 될 줄은……!"

할리도 분한 듯 이를 갈면서 머리카락을 쥐어뜯고 있었다.

"할리 선생님…… 그렇게 머리카락을 쥐어뜯으시면 모근이 상할걸요? 안 그래도 선생님은 연세에 비해 머리숱이—."

"시끄러워! 쓸데없는 참견이다!"

걱정스러운 목소리로 꽤 잔인한 소리를 하는 학생에게 호통을 친 할리는 앞으로 어떻게 해야 할지 생각했다.

확실히 진 것도 굴욕이었지만 경기 전에 한 내기 때문에 석 달분 월급을 빼앗길 판국이었다. 이건 뼈아픈 타격이었다.

자신은 언젠가는 세데, 나아가서는 셉텐데에 도달할 인물이다. 위계를 올리려면 아무튼 성과가 필요했다. 지금 마술 연구를 중단할 수는 없었다.

하지만 그의 연구 자금은 이번 내기의 결과로 치명적인 타격을 입고 말았다.

"제길…… 시로테 나무가 이 학원 어딘가에 있지 않았던가? 그 나뭇가지만 있다면 식비를 절약할 수…… 아니, 내가 지금 도대체 무슨 생각을 하는 거지?! 긍지 높은 마술사인 이 몸이 그런 좀스러운 짓을 할 수 있을 리가 없잖아! 에잇, 빌어먹을! 왜 내가 이런 꼴을 당해야 하는 거지?! 네 이노오오옴! 용서 못해! 절대로 용서 못한다! 글렌 레이더스으으으!"

그 순간이었다.

박수가 잦아들고 서서히 술렁이는 소리가 들리기 시작했다.

"……어머? 당신들은……?"

시상대 위에 선 알리시아는 학생들을 헤치고 자신의 앞에 나선 인물들을 놀란 눈으로 쳐다보았다.

글렌이 아니었다. 하지만 알리시아가 익히 알고 있는 남녀였다.

"알베르트……, 그리고 리엘……?"

"……왔군."

당황하는 알리시아 옆에서 세리카가 작은 목소리로 중얼거렸다.

옆에 서 있는 제로스도 의아하게 여기고 알리시아에게 귓속말로 물었다.

"……폐하, 저 자가 2반의 담당 강사인 글렌 레이더스입니까?"

"아뇨, 그건 아니지만……."

그 순간이었다.

"이봐, 거기 있는 아저씨."

엄숙한 표정의 알베르트가 갑자기 외모와 어울리지 않는 건들건들한 말투로 말을 꺼냈다.

"이제 슬슬 이 바보 같은 소동을 끝내자고."

"뭐, 라고……?!"

그리고 알베르트로 보이는 남자가 작게 주문을 영창했다.

그러자 남녀의 주위가 한순간 일그러졌고, 그다음 순간 나타난 것은—.

"네, 네놈들은?!"

"네, 네놈들은 대체 정체가 뭐지?!"

같은 시각, 크로스도 당황한 목소리로 그렇게 외치고 있었다.

그 후로도 그들은 불굴의 정신을 발휘하여 왕실 친위대의 긍지를 걸고 끈질기게 추적을 계속했다.

동료가 한두 명씩 계속 쓰러지는데도 결코 다리를 멈추지 않고 추적한 끝에—.

마침내 이번에야말로, 정말로 표적을 막다른 곳에 몰아넣었다고 생각했다.

이곳은 좁은 뒷골목의 막다른 곳.

주위의 건물 지붕 위에도 앞서간 위사들이 대기 중이었다.

추적에 참가한 왕실 친위대의 전력 대부분이 이 자리에 집결했다. 지금까지 실컷 당했지만 이번에야말로 달아날 곳은 없으리라.

몇 번이나 모래처럼 손가락 사이로 빠져나간 승리를 마침내 손에 넣었다고 생각한 순간—.

막다른 곳에 몰린 두 사람의 모습이 갑자기 전혀 다른 사람으로 변화했다.

이 영문 모를 사태에 크로스는 진심으로 울부짖으며 발광하고 싶었다.

"이제 된 거야? 알베르트."

"그래, 아무래도 접촉에 성공한 모양이군."

그 만악의 근원들은 그들이 이해할 수 없는 대화를 나누고 있었다.

"제기라아아아알! 네, 네놈들은 정체가 대체 뭐냐고오오오!"

"대답할 의무는 없다."

"제국 궁정 마도사단 특무 분실 소속, 집행자 넘버7『전차』의 리엘."

"……."

"……."

불쑥 튀어나온 리엘의 작은 목소리에 이 자리의 모든 인간이 침묵했다.

"……너, 지금 네가 무슨 소릴 한 건지 이해하고 있는 거냐? 우리는 지금 극비 임무 중이라고. 애초에 우리 부대는 제국군

중에서도 특히 은밀성을 우선시하는…….”

“그래? 난 잘 모르겠는데.”

이상한 만담을 시작하는 두 사람 앞에서 제정신을 차린 크로스가 주먹을 떨었다.

“궁정 마도사……, 어쩐지……. 젠장! 우리가 한 방 먹은 거군?! 2팀, 3팀, 4팀! 이 녀석들을 제압해! 나머지는 일단 총대장님께 보고한 후 진짜 표적을 추적—.”

“안 해도 돼.”

그 순간, 두 줄기의 번갯불이 허공을 갈랐다.

“아아아아아아아아악!”

“크아아아악!”

알베르트가 주문 영창도 없이 날린 전격에 맞은 위사들이 쓰러졌다.

“바, 방금 그건 이미 영창이 끝난 주문의 시간차 발동(딜레이 부트)……게다가 더블 캐스트라고?!”

“안심해라, 위력은 조절했으니까. 너희들은 잠시 우리와 놀아줘야겠다.”

손가락을 앞으로 내민 자세로 가만히 서 있는 알베르트는 냉혹하고 담담한 목소리로 그렇게 전했다.

“네, 네놈…… 이 상황에서…… 이 전력을 앞에 두고 저항하겠다는 건가?!”

“저항? 그게 무슨 소리야? 난 너희들을 전부 해치—.”

"해치우지 않아도 돼."

알베르트가 이상할 정도로 호전적인 리엘의 뒷머리를 잡아 당겼다.

"아무래도 이 전력을 상대로 정면으로 맞붙는 건 불리해. 게다가 우리의 목적은 양동이야. 저 녀석들을 적당히 따돌려서 가능한 한 길게 시간을 끌면 그걸로 충분해."

"알았어. 나한테 맡겨. 전부 베어버릴게."

알베르트는 조금도 흔들리지 않는 표정으로 더는 모르겠다는 듯 눈을 감았다.

"……적어도 죽이지는 마. 저 녀석들은 파벌은 다르지만 동료야. 꿈자리가 사나울 거다."

"간다! 적은…… 해치운다! 이야아아아압!"

리엘은 몸을 앞으로 굽히더니 폭발하는 기세로 돌진했다. 지면에 손을 대자 단숨에 대검이 연성되었다.

"……."

말을 귓등으로도 안 듣고 적 진영에 돌진한 파트너를 싸늘한 눈으로 쳐다본 알베르트는 담담하게 엄호 주문을 영창하기 시작했다.

마술 경기장 중앙, 시상대를 세운 광장에서 갑자기 모습을 드러낸 루미아와 글렌을 보고 제로스는 당황할 수밖에 없었다.

"말도 안 돼! 루미아 님, 당신은 지금 마술강사와 함께 시가지에 있을 터…….”

관객석의 손님들과 정렬한 학생들도 대체 무슨 일이 일어난 건지 전혀 상황을 파악하지 못한 채, 멀리서 그 광경을 지켜보며 술렁거렸다.

그런 가운데 글렌이 자신만만한 말투로 트릭을 밝혔다.

“내 동료랑 중간에 바꿔치기했거든. 【셀프 일루전】으로 말이지. 이런 단순한 수법에 걸리다니. 아저씨, 부하 교육을 처음부터 다시 하는 게 어때?”

“큭! 친위대! 뭘 하고 있나! 역적들을 붙잡아!”

제로스가 알리시아를 등으로 가리며 지시를 날리자 경기장을 경비 중이던 위사들이 제정신을 차리고 검을 뽑아 들었다. 그리고 곧 글렌과 루미아를 포위하듯이 달려왔다.

“세리카, 부탁한다!”

하지만 글렌이 그렇게 외친 순간, 수많은 빛의 선이 맹렬한 속도로 바닥을 질주했다.

시상대를 중심으로 글렌, 루미아, 알리시아, 제로스, 세리카 다섯 명을 감싸는 것처럼 결계가 단숨에 완성되었다. 우뚝 솟은 빛의 장벽이 결계의 안쪽과 바깥쪽을 격리한 것이다.

글렌과 루미아를 향해 달려오던 위사들은 결계 밖으로 완전히 밀려났다.

“~~~~~! ~~~~?!”

위사들이 결계의 장벽을 때리면서 뭔가 소리쳤지만 그 목소리는 결계 안쪽까지 닿지 않았다.

"흐음? 소리도 차단하는 단절 결계인가. 꽤 눈치가 빠른걸, 세리카."

글렌의 찬사에 세리카는 씨익 웃었다.

대체 어느 틈에 결계를 구축한 것일까. 앞으로 내민 세리카의 왼쪽 손바닥 앞에는, 떠오른 빛의 선으로 이루어진 오망성 법진(法陣)이 종을 울리는 소리를 내며 작동하고 있었다.

'……역시.'

주위의 모두가 여왕의 어전에서 벌어진 광경을 보고 당혹스러움과 혼란을 감추지 못하는 가운데, 시스티나만은 유일하게 이 전개를 예상하고 있었다.

'뭔가 상황이 이상하다 싶었는데…….'

루미아가 사라진 후부터 여왕이 있는 귀빈석 근처가 어수선하다는 인상을 받았었다. 그것뿐이라면 시스티나도 딱히 마음에 두지는 않았을 것이다.

하지만 그녀 앞에 굳이 모습과 목소리를 바꾸어 나타난 글렌과 루미아. 완고히 정체를 드러내지 않고 행동하는 두 사람. 루미아의 정체와 사정을 알고 있는 시스티나는 뭔가 이상사태가 벌어졌다는 것을 쉽게 예상할 수 있었다.

'흑마 【셀프 일루전】은 변신한 것처럼 보이도록 환영을 덮어씌우는 마술. 직접 만져보면 위화감이 느껴지는 걸 알 수 있

고…… 내가 루미아의 손을 못 알아볼 리가 없어.'

하지만 거기서 한 가지 망설임이 생겼다. 억지로 사정을 캐물을 것인가, 말 것인가였다.

루미아는 친자매나 다름없는 절친이다. 뭔가 사건에 말려든 거라면 무슨 일이 있어도 힘이 되어주고 싶었다. 부탁받지 않아도 힘이 되어줄 것이다. 그러는 게 당연했다.

하지만…… 그녀는 이렇게 말했다.

—믿어달라고.

도와달라는 것도 아니고, 관여하지 말라는 것도 아니라……, 그저 믿어달라고만 말했다.

그렇다면 믿으리라.

그것이 그녀의 절친을 자부하는 시스티나가 보여줄 수 있는 우정의 형태였다.

'하지만 루미아가 나보다 저 인간을 의지한 게 맘에 안 든단 말야…….'

자신도 잘 이해할 수 없는 감정 때문에 가슴이 답답해졌지만, 그건 일단 제쳐 놓고 시스티나는 결계의 건너편— 여왕 일행과 대치 중인 두 사람의 모습을 멀리서 지켜보았다.

그녀는 아직도 무슨 일이 일어난 건지 구체적인 사정은 전혀 모르고 있었다. 결계로 소리를 차단했으니 사태를 파악하는 것도 불가능했다.

무엇 하나 알 수 없었지만.

'선생님…… 부디 루미아를 구해주세요……. 부탁이에요…….'
시스티나는 기도하듯이 가슴 앞에서 양손을 꼭 맞잡았다.

"세리카 님…… 네놈, 이제 와서 배신하는 거냐?!"
결계를 분노에 찬 눈으로 노려보던 제로스가 세리카에게 고함을 질렀다.
"……."
하지만 세리카는 사나운 표정으로 침묵했다.
"제길, 하필이면……."
제로스는 분노와 초조함이 뒤섞인 얼굴로 이를 갈 수밖에 없었다.
사태를 받아들이지 못한 결계 외부의 인간들은 망연자실한 눈으로 눈앞에 벌어진 광경을 지켜보고만 있었다.
"자, 그럼 조역들은 퇴장하셨으니……."
글렌은 손가락을 튕겨 소리를 내면서 제로스를 마주 보았다.
"이봐, 아저씨. 왜 이런 짓을 벌인 거야? 자신이 무슨 짓을 저지른 건지 알기나 해?"
"큭……."
"폐하, 황송하지만 한 말씀 올리죠. 그 아저씨는 폐하의 성명을 사칭해서 아무런 죄도 없는 소녀를 죽이려 했습니다. 그래요. 이 **루미아**를 말이죠."
"……."

알리시아는 글렌을 가만히 쳐다보고만 있었다.

"폐하, 안심하세요. 이제 다 끝났으니까요. 루미아는 무사히 보호했고, 폐하를 구속하던 친위대 놈들은 전부 결계 밖에 있습니다. 폐하를 힘으로 강제하던 불경한 놈들은 이제 없다고요. 그 아저씨가 무지막지하게 강하다는 건 아주 잘 알지만, 그래도 나랑 세리카를 동시에 상대할 수는 없을 겁니다."

"네, 네 이놈…… 이 역적이……!"

"바~보. 역적이 대체 누군데? 아무튼 폐하가 한마디만 명령을 내려주시면 다 끝입니다. 아저씨도 이 상황에서 폐하께서 직접 내리신 칙명을 거스를 수는 없겠지?"

이제야 끝났다.

글렌은 그렇게 생각했다.

결국 왜 이런 사태가 된 건지는 전혀 모르겠지만, 아무튼 이 소동 자체는 이제 곧 끝날 것이다. 진상은 나중에 천천히 실토하게 하면 되고 그건 자신의 역할이 아니다.

글렌이 막연하게 그런 생각을 하고 있자니—.

"제로스."

"예! ……말씀하십시오, 폐하."

"그 소녀를…… 루미아 틴젤을 처단하세요."

알리시아의 입에서 전혀 예상치 못한 말이 튀어나왔다.

"……예?"

"읏?!"

글렌은 그 자리에서 굳어버렸다. 루미아의 안색이 새파래졌다.

알리시아는 그런 두 사람을 개의치 않고 냉혹한 얼음 같은 표정으로 담담히 말을 계속했다.

"그 소녀는 존재해서는 안 되는 자입니다."

"잠깐만요, 폐하……. 지금 무슨 말씀을 하시는 거죠……?"

상상조차 해본 적 없는 알리시아의 발언에 이번에는 글렌이 크게 당황했다.

"차라리 태어나지 않았으면 좋았을 것을. 당신을 사랑한 적은 단 한 번도 없었답니다. 왜 저 아이를 이 세상에 낳았는지…… 제 과오를 얼마나 후회했는지 몰라요."

"그, 그럴 수가……."

친어머니가 그렇게 말하자 제아무리 루미아라도 버티지 못했다.

"설마…… 지, 진심으로 그렇게 생각했던 거야? 그게, 당신의 진심이었어……? 그날의 다정함은……. 그날의 온기는……."

어깨를 덜덜 떨고 뒷걸음질 치면서도 애원하듯 물었다.

"예, 전부 거짓말이었어요. 국정을 돌보느라 바쁠 때 기분전환으로 친 장난이었답니다. 그러니 저를 거역한 게 얼마나 어리석었는지 후회하면서 죽으세요."

현실로 닥친 잔혹한 발언에 루미아는 고개를 떨구고 눈물을 글썽였다.

"아, 아니, 잠깐만요! 폐하! 왜 그런 마음에도 없는 말씀을……?"

글렌은 속이 새카맣게 타들어 가는 심정이었지만 반대로 제로스는 기세를 되찾았다.

"훗, 하하, 후하하하! 이제야 이해해주신 겁니까, 폐하! 어떠냐, 이 천한 것! 이것이 폐하의 진심이다! 대의는 우리에게 있다!"

"치잇!"

완벽한 오산이었다. 여왕과 직접 만나면 이 상황을 타개할 수 있다. 세리카가 한 말을 믿고 그렇게 예상했지만, 여왕이 설마 이런 말을 할 줄은 꿈에도 몰랐다.

"옳거니. 잘 생각해보니 세리카 님은 배신하신 게 아니었군. ……역적들을 이렇게 결계 안에 가둬주신 셈이니 말이다! 이제 네놈들이 달아날 곳은 없다!"

"빌어먹을……."

"자, 그럼 남은 건 역적들의 처단이다……. 내가 손수 그 목숨을 끊어주마!"

그리고 제로스는 온몸에서 살기를 풍기며 검을 뽑아 들었다.

양손에 한 자루씩. 레이피어 이도류가 제로스의 검술 스타일인 모양이었다.

그는 조금도 빈틈이 느껴지지 않는 발놀림으로 서서히 글렌에게 접근했다.

"야, 세리카! 이게 대체 어떻게 된 노릇이야?! 뭐라고 말 좀 해보라고! 세리카!"

"……."

하지만 글렌이 불러도 세리카는 아무런 대답도 하지 않았다. 눈을 감고 아무 말도 못 들었다는 듯 결계 유지에만 전념했다. 글렌은 너무나도 속이 답답한 나머지 이를 갈 수밖에 없었다.

'젠장, 세리카 녀석. 폐하를 만나면 해결된다고?! 해결은커녕 절체절명의 위기잖아! 이 녀석, 사실은 우릴 함정에 빠트린 건 아니겠지?!'

글렌은 정신적인 충격을 받고 그 자리에 몸을 웅크린 루미아를 감싸듯이 앞으로 나섰다.

'……어쩌지? ……대체 어쩌면 좋지?! 제로스는 실전 경험이 부족한 다른 위사들과는 격이 달라! 40년 전의 전쟁을 헤쳐 나온 진짜배기라고!'

식은땀이 글렌의 이마를 타고 흘렀다.

제로스가 한 걸음, 또 한 걸음 다가왔다. 한 걸음 다가올 때마다 죽음의 기척이 농후해지는 것을 몸으로 실감했다. 마치 사신의 행진 같았다.

'대체 뭐냐고, 이건! 대체 무슨 일이 일어난 거야! 왜 폐하께서 절대로 하실 리 없는 말씀을?! 게다가 강요나 협박을 받았다거나, 조종당하고 계신 것도 아니야. 자신의 의지로 한 말이었어!'

이제 곧 제로스가 검이 닿는 간격에 다다른다.

그다음 순간, 글렌은 검에 베여서 죽으리라. 살해당하리라.

'제기랄! 내가 저 제로스 아저씨랑 이 간격에서 대등하게 싸울 수 있을 리가 없어! 주문 한 번 영창할 틈도 없이 살해당할 거다……!'

상대와의 거리는 이미 백병전의 간격이었다. 한 소절 영창조차 쓰기 어려운 상황인데 글렌의 세 소절 영창이 과연 이 상황에서 도움이나 될 수 있을까. 게다가 결계 때문에 도망칠 수도 없고, 애초에 루미아를 지켜야 하는 이상 물러날 수는 없는 노릇이었다.

'……해보는 수밖에, 없나……?!'

글렌은 비장한 각오를 다지고 고대 권투술의 자세를 잡았다.

물론 그 또한 권투를 주체로 한 격투술에는 상당한 자신이 있었다.

하지만 과연 그 실력이 이 괴물 상대로 어디까지 통할 것인지는 알 수 없었다.

'루미아…… 미안하다. 너에게 이런 심정을 느끼게 하려고 데려온 게 아니었는데…….'

루미아는 이제 포기한 건지 가슴의 펜던트를 손으로 꽉 쥔 채 눈을 굳게 감고 기도하듯이 고개를 숙이고 있었다.

다가오는 사신의 모습. 한없이 뜨거워지는 긴장의 업화가 속을 새카맣게 태웠고, 글렌이 이 상황을 벗어나기 위해 자포

자기하는 심정으로 발을 내디딘 순간.

—문득 어떤 사실을 깨달았다.

'그러고 보니…… 어째서 폐하는 지금 이 타이밍에 그런 말씀을 하신 거지?'

—그 소녀는 존재해서는 안 되는 자입니다.

—차라리 태어나지 않았으면 좋았을 것을. 당신을 사랑한 적은 단 한 번도 없었답니다. 왜 저 아이를 이 세상에 낳았는지…… 제 과오를 얼마나 후회했는지 몰라요.

'이건…… 아무리 생각해도 이상하잖아. 폐하가 만에 하나라도 정말 그러실 셈이었다면 『죽여라』라는 한마디로도 충분해. 그런데 왜 일부러 루미아를 상처 입히려는…… 그런 쓸데없는 말을 하신 거지? 게다가 하나같이 거짓말만…… 그것도 이런 상황에서!'

그리고 글렌은 알리시아의 목과 루미아의 손을 힐끔 번갈아 보았다.

'이상한 걸로 치면…… 저 펜던트도 그래. 폐하께서 그토록 소중히 여기던 펜던트를 왜 오늘은 안 걸고 오신 거지……?'

그리고 글렌의 사고가 고속으로 회전하기 시작했다.

'폐하께서 굳이 진심과 반대되는 말만 하시는 건 틀림없어. 그렇다면, 대체 왜 그러신 걸까. 공적인 자리에서 진심을 말씀하실 수 없는 건 알겠지만, 일부러 진심과 반대되는 말을 한 이유. 거짓말을 할 이유는 뭐지? 폐하께서 그런 의미 없는 짓을 하시는 분이던가? 굳이 거짓말을 해야만 하는…… 진실을 말할 수 없는 이유가, 혹시 있는 건가?'

다시 떠올린다.

이번에는 세리카가 했던 말이다.

—다시 한 번 말하마, 글렌. 잘 들어. 난 **아무것도 할 수 없고, 아무 말도 할 수 없어.**

—너만이 이 상황을 타개할 수 있어. ……그래, **너만이**.

지금 돌이켜 보면 세리카가 이렇게 입을 굳게 다문 채 견고하게 유지하고 있는 음성 차단 결계도 힌트인 것 같았다. 어딘지 모르게 뭔가를 전하고 싶어 하는 의도가 느껴졌다.

외부와 단절된 결계 덕분에 지금이라면 무슨 말을 해도 문제없을 텐데 아무 말도 하지 않고 있다. 어쩌면 의사를 전달하는 행동…… 그 자체가 문제가 되는 게 아닐까?

그리고 세리카는 불가능하지만 나라면 가능한 일……, 그것이 대체 무엇일까.

설마…… 어쩌면?

그건 거의 직감이나 다름없었다.

글렌은 머릿속에 스쳐 지나간 번뜩임을 그대로 입에 담았다.

"폐하. 그 목에 거신 목걸이…… 예쁘네요. 잘 어울리시는걸요?"

글렌이 내뱉은 의미를 알 수 없는 말을 듣자마자 제로스는 그 자리에 굳어버렸고, 루미아는 눈을 깜빡이며 글렌을 쳐다보았다. 세리카는 눈을 뜨고 의기양양하게 웃었으며 알리시아는 활짝 미소 지었다.

루미아는 그렇다 쳐도 다들 반응이 이상했다.

"그렇죠? 이건 제가『가장 마음에 들어 하는 물건』이랍니다."

지금까지의 차가운 표정은 어디로 갔는지 알리시아는 기쁜 얼굴로 명랑하게 말했다.

"『가장 마음에 들어 하는 물건』이라…… 그렇군요. 그런데 그거 좀 화려하지 않나요? 어깨가 결리실 것 같은데요. 푸는 편이 낫지 않습니까?"

글렌은 익살스럽게 어깨를 으쓱거렸다.

"후훗, 그럴 수는 없답니다. 전 이걸 풀고 싶지 않은걸요. 전혀."

옳거니. 이 묘한 말투…… 틀림없다.

"……잘 알았습니다, 폐하."

드디어, 글렌은 이해했다.

이 영문을 알 수 없는 사건의 진상, 이 의미를 알 수 없는 상황을 만들어 낸 악의의 정체를—.

"네놈, 무슨 짓을 할…… 셈이지?"

의기양양하게 웃기 시작하는 글렌의 태도에 꺼림칙함을 느낀 제로스가 호통쳤다.

"그야 뭐가 있겠어. 폐하의 목걸이를 풀어드릴 거다."

"뭐……라고?"

"이봐, 아저씨. 검을 거둬주면 안 될까? 나라면 저거 풀 수 있는데."

그 말을 듣자마자 제로스는 눈썹을 날카롭게 세웠다.

"헛소리는 작작 해라, 마술사! 쓸데없는 짓을 하면 베겠다!"

"하긴 그런 반응으로 나오시겠지……. 눈치채는 게 좀 늦었네. 이미 검의 간격에 들어왔으니, 이건 설득할 틈도 없겠군. 하지만…… 어이, 루미아."

아무런 전조도 없이 이름을 불린 바람에 루미아는 고개를 들었다.

"역시 네 어머니는…… 너를 사랑하고 계셔."

그렇게 말한 글렌은 제로스의 등 뒤에 있는 알리시아에게 눈짓을 보냈다.

알리시아는 분명히 고개를 끄덕였다.

그 모습을 확인한 글렌은 갑자기 왼팔을 신속하게 움직였다.

시간이— 극한 상태의 의식이 찰나의 시간을 무한으로 연장한다.

마술사가 마술을 행사하는 심장에 가까운 왼팔.

그것이 움직이기 시작한 것을 눈치챈 제로스는 망설임 없이 질풍처럼 달려들었다.

"그렇게는 못 한다!"

인간의 몸으로는 불가능한, 잔상조차 남기지 않는 신속한 동작이었다.

'칫……! 역시 빠르군……. 늦지 마라—!'

제로스의 상상을 초월한 속도에 글렌은 식은땀을 흘렸다.

그의 전광석화 같은 움직임과 비교하면 너무나도 느린 왼팔을 필사적으로 움직인다.

—다음 순간, 성대한 피의 꽃이 피었다.

"뭘 노린 건지는 모르겠지만……. 느려, 마술사."

"크……! 아윽……!"

제로스가 휘두른 오른손의 검이 글렌의 왼팔을 꿰뚫었다.

글렌의 왼손은 아무런 마술도 발동하지 못했다.

그리고 제로스의 왼손에는 한 자루의 검이 더 있었다.

그 검으로 글렌의 심장을 한 번 찌르면 그것으로 끝. —글렌은 죽는다.

"끝이다! 마술사!"

"아, 안 돼…… 선생님—!"

제로스가 왼손의 검을 뒤로 당기고 루미아는 비명을 질렀다.

칼끝이 바람을 가르는 소리.

직선으로 뻗어 나가는 은빛 섬광.

검이 글렌의 심장을 찌르기 바로 직전—.

제로스의 시야 한구석에서, 녹색으로 빛나는 무언가가 아래로 떨어졌다.

"헉……!"

어째선지 제로스는 그 녹색의 빛을 눈으로 좇고 있었다.

그 빛은 천천히 바닥에 떨어지더니 「찰캉」 하는 소리를 내며 한 번, 두 번 위로 튀었다.

그 빛의 정체는 알리시아가 목에 걸고 있던 비취색 보석의 목걸이.

경악으로 표정이 얼어붙은 제로스는 검을 멈추고 뒤를 돌아, 알리시아가 무언가를 던지는 자세로 서 있는 모습을 확인했다.

"폐하, 이게 무슨?!"

절망으로 일그러진 얼굴로 그렇게 절규했다.

—그것이 제로스와 글렌, 양자의 승패를 갈랐다.

"우오오오오오오오오!"

한 줄기 선풍.

그 한순간의 빈틈을 노린 글렌이 즉시 스프링처럼 몸을 튕기며 상단 돌려 차기를 날렸다.

온 힘을 다해 인정사정 볼 것 없이 제로스의 옆머리를 채찍

처럼 휜 오른쪽 다리로 치고 지나갔다.

"크아아아아아아아아아악!"

그 위력을 이기지 못한 제로스의 몸은 바닥을 몇 번이나 거칠게 굴렀다.

그리고 극한 상태의 의식이 만들어 낸 무한에 가까운 시간 흐름이 정상으로 되돌아왔다.

"헤헷…… 끝났군……. 아야야……."

글렌은 피가 흐르는 왼팔을 아래로 축 늘어트리면서 자신의 승리를 선언했다.

"아무리 댁이 그 전쟁에서 살아남은 진짜 괴물이라고 해도, 인간인 이상 한동안은 못 움직일 거다……."

"나, 나 같은 건…… 어떻게 되든 상관없다!"

검을 지팡이 삼아 일어나려 했지만 하반신에 힘이 들어가지 않아 몇 번이나 쓰러지면서도, 제로스는 초조함과 절망감을 드러내며 소리쳤다.

"그, 그런 것보다! 폐하! 폐하께선?!"

"전 괜찮답니다, 제로스."

"아……."

무시무시한 얼굴이었던 제로스는 알리시아의 씩씩한 모습을 확인하자마자 넋을 잃은 표정으로 변해서 말을 잃었다.

"전 이제 괜찮아요. ……괜찮으니까. 그러니, 이제 됐습니다…….”

알리시아는 제로스에게 다정한 미소를 지어주었다.

글렌은 넋을 잃은 제로스를 무시하고 바닥에 떨어진 목걸이를 지긋지긋하다는 얼굴로 흘겨보며 세리카에게 말을 걸었다.

“조건 기동식…… 조건 발동형 커스로군? 그 목걸이가 주살(呪殺) 도구였던 거지?”

입가를 끌어올려서 웃는 세리카의 표정에서 자신의 억측이 옳다는 것을 확인한 글렌은 계속 말을 이었다.

“어떤 조건을 성립하면 죽음의 저주가 발동…… 그런 조건 발동형 커스는 마술이 생겨난 이래로 실컷 써 먹어 온 고전적인 수법이니까. 그리고 아마 그 빌어먹을 목걸이에는 「제멋대로 풀면 장착한 인간을 죽인다」, 「장착한 지 일정 시간이 지나면 장착한 인간을 죽인다」, 「커스에 관한 정보를 새로운 제삼자에게 알리면 장착한 인간을 죽인다」— 믿음과 전통의 세 가지 조건으로 조건 발동형 주법이 걸려 있던 거겠지. 그리고 그 커스를 해제하는 조건은 아마도 『루미아의 살해』…….”

글렌은 기가 막힌 표정으로 어깨를 으쓱거렸다.

“다시 말해, 이건 루미아를 노리는 누군가가 폐하의 목숨을 인질 삼아 벌인 사건이었다는 뜻이야. 어때? 대충 맞지 않아?”

“커스의 조건에 세세한 차이는 있다만…… 뭐, 합격이다. 대강 그런 셈이지.”

이제야 입을 연 세리카가 쿡쿡 웃었다.

"그래서 여왕 폐하를 구하기 위해 왕실 친위대가 루미아를 죽이겠답시고 폭주했던 거군. 그리고 세리카, 아마도 이 사건의 흑막이 루미아를 도우면 안 된다고 폐하의 목숨을 방패 삼아서 널 협박했던 거지? 그래서 언뜻 우리를 함정에 빠뜨린 것처럼 보이게 결계를 친 거고."

"글렌, 넌 말이다. 평소에는 둔감하고 바보인 주제에 비상시에는 참 날카롭단 말이야. 역시 내 자랑스러운 제자다."

글렌은 그제야 긴장이 풀린 듯 바닥에 털썩 주저앉았다.

"하아…… 좀 더 제대로 된 힌트를 달라고. ……이쪽은 하마터면 죽을 뻔했잖아. ……나 원 참."

기쁜 얼굴의 세리카에게 글렌은 불평을 내뱉은 후, 어이없다는 표정으로 머리를 긁었다.

"그래도 알아차렸으니까 됐잖아? 난 널『믿고』있었다고?"

"참 나, 뻔뻔하긴……. 아니, 애초에 알아차린 건 네 덕분이 아니거든? 아까 폐하께서 굳이 말도 안 되는 거짓말만 해주신 덕분이거든?"

"예……? 거짓말이요……?"

그런 글렌의 말을 듣고 루미아는 퍼뜩 놀라 알리시아에게 시선을 돌렸다.

루미아의 시선을 받은 알리시아는 마치 나쁜 짓을 해서 혼나는 어린애 같은 미묘한 미소로 대답해주었다.

"네놈, 대체 어떻게…… 한 거지? 어떻게 커스의 발동을 막은 거냐…….”

단 한 사람, 상황을 파악하지 못한 제로스가 글렌에게 질문했다.

“미안하군, 제로스 아저씨. 왼손은 페이크, 진짜는 오른손에 든 이거였어.”

글렌은 자신의 오른손에 든 물건을 제로스에게 보여주었다.

그것은 고풍스러운 한 장의 카드였다.

“아르카나……? 『광대』……?”

“이건 내 마도기. 난 이 광대 그림으로 변환한 술식을 읽기만 하면 일정 범위의 마술 발동을 완전히 봉쇄할 수 있거든.”

“뭐라고……?”

“커스도 마술인 건 마찬가지야. 내 오리지널 【광대의 세계】의 영향권 안에 들어오면 조건을 만족해도 발동은 불가능해. 뭐, 덕분에 무사히 해피엔드를 맞이한 셈이지.”

“과, 『광대』라고……? 마술의 발동을…… 완전 봉쇄……?”

제로스는 뭔가를 떠올린 듯 눈을 부릅뜨더니 글렌을 똑바로 바라보았다.

“소, 소문으로 들은 적이 있다……. 궁정 마도사단의…… 설마 귀공이 그……?”

“글쎄다? 무슨 소린지 난 전혀 모르겠는데?”

글렌은 제로스에게 등을 돌렸다.

“자, 그럼 이제야 이 바보 같은 소동도 끝났으니…… 아, 아니지. 아직 이 사건을 벌인 흑막이 남아 있는데…… 일단 그 녀석은 제쳐 놓고."

글렌은 머리를 긁으면서 주위를 둘러보았다. 결계 밖으로 밀려난 학생들, 강사들, 위사들은 도대체 무슨 일이 일어난 건지 상황을 전혀 파악하지 못하고 술렁거렸다.

"그런데 이 상황을 어떻게 설명하지……. 아니, 이거 수습이 가능하긴 한 건가?"

글렌은 사후 처리 방법을 고심하느라 머리를 싸맸다.

거의 같은 시각.

혼란에 휩싸인 마술학원에서 멀리 떨어진 페지테의 남쪽 지구.

주위를 어둠의 장막이 감싸기 시작한 뒷골목을 몰래 걷고 있는 그림자가 있었다.

"설마 실패할 줄은 몰랐네요……."

하지만 그 목소리에 낙담한 기색은 없었다.

결과가 정해진 놀이에서 예상을 벗어난 일이 일어난 덕분에 즐거웠다는 느낌이었다.

"모처럼 폐하를 인질로 잡고 세리카 아르포네아라는 규격 외 존재의 움직임을 봉쇄했는데…… 과연 셉텐데. 여간내기가 아니네요. 그리고 글렌 레이더스…… 나 참, 그런 조커가 있었을 줄이야."

즐거운 듯이 쿡쿡 웃으면서 걷던 여자가 갑자기 걸음을 멈추었다.

"오호라……, 과연 제국도 멍청이들만 모여 있는 건 아닌 모양이네요……."

어느 틈에 여자의 앞에는 두 명의 그림자가 서 있었다.

"……우리에게 주어진 임무는 두 가지였다. 첫 번째는 최근 과격한 동향이 눈에 띄는 왕실 친위대의 감시. 그리고 두 번째는…… 여왕 폐하의 측근에 대한 내정 조사."

그중 한 명이 담담한 목소리로 고했다.

"요즘 들어서 아무래도 우리의 움직임을 파악당하고 있는 느낌이 들더군. 설마 가장 가능성이 적다고 생각한 당신이었을 줄이야. 여왕 폐하의 전속 시녀장 겸 비서관…… 아니, 하늘의 지혜 연구회 소속 외도(外道) 마술사, 엘레노아 샤레트."

그 순간 주위의 어둠이 한층 더 짙어진 느낌이 들었다.

"확실한 출신 배경, 지나치게 우수한 경력, 탁월한 능력……. 지금 생각해 보면 아무런 흠잡을 곳이 없었던 점을 의심했어야 했어."

알베르트가 담담하게 적발한 흑막— 엘레노아는 차가운 미소를 짓고 있었다.

"돌이켜 보면 이번에 왕실 친위대가 움직이기 시작한 건 여왕 폐하께서 엘미아나 왕녀와 만나기 위해 자리를 비우신 후, 네가 제로스나 세리카와 접촉한 뒤였지. 처음에는 왕실 친위

대가 폭주했다는 선입관 때문에 방심해서 눈치채지 못했지만……."

"어머, 원견 마술로 훔쳐본 건가요? 취미가 고약하네요."

"대답해, 하늘의 지혜 연구회. 너희들의 목적은 대체 뭐지? 루미아가 정말로 그 엘미아나 왕녀라고 한다면…… 저번에 학원에서 일어난 테러 사건, 그리고 이번 소동…… 늘 사건의 중심에는 왕녀가 존재했다. 게다가 전에는 유괴를 노렸지만, 이번 목적은 살해……. 행동 원리에 일관성이 없어. 너희 조직은 대체 뭘 노리고 있는 거지?"

아카식 레코드
"……『금기교전(禁忌教典)』."

의미를 알 수 없는 엘레노아의 대답에 알베르트의 눈썹이 살짝 꿈틀거렸다.

"그래요. 우리의 목표는 위대한 하늘의 지혜 『아카식 레코드』……. 그것을 위한 왕녀……라고만 말해 둘까요? ……쿡쿡쿡."

엘레노아는 양팔을 활짝 펴고 하늘을 우러르며 한껏 도취된 목소리로 그렇게 말했다.

알베르트는 그런 엘레노아를 앞에 두고 말꼬리가 얼어붙는 것을 참으면서 노려보았다.

"이해할 수가 없군. 그 『아카식 레코드』라는 수수께끼의 물건도 그렇다만, 너희들의 목적을 위해서는 왕녀가 죽든 살든 상관없다는 건가?"

"물론 살아계시는 편이 낫지만, 급진파라고 해야 할까요?

조직 안에 성미가 조급한 분이 계시다 보니……. 후훗, 이번에는 모처럼 치밀한 유체 회수 루트를 마련해 놨는데 고생이 전부 물거품으로 돌아갔네요."

"그렇군. 이번에 자신들이 직접 손을 쓰지 않고 일부러 왕실 친위대를 동원한 건…… 그 회수 루트와 관계가 있다는 뜻인가."

"그건 상상에 맡기죠."

알베르트의 옆에 우두커니 서 있던 리엘은 이제 대화는 필요 없다는 듯, 매력적인 미소를 짓고 있는 엘레노아에게 연성한 대검을 들이댔다.

"이제 됐어. 베어버릴래."

"잠깐, 죽이지 마. 사로잡아서 조직의 정보를 실토하게 해야 해."

"필요 없어. 벨 거야. 악당의 말에 귀를 기울일 필요는 없어."

"……."

알베르트는 조금도 흔들리지 않는 표정으로 입을 다물었고 리엘은 대검을 겨누었다.

즉시 이 일대에 전장 특유의 팽팽한 살기가 채워지기 시작했다.

"어머나, 무섭네요."

하지만 엘레노아는 동요하지 않고 여유 있는 표정으로 웃었다.

"아무래도 특무 분실의 에이스 두 사람과 동시에 싸우는 건 제가 불리하겠죠……. 여기서는 일단 달아날 수 있도록 수를 써봐야겠네요."

"놓치지 않아. 벤다!"

리엘은 격렬한 바람을 몸에 두르며 탄환처럼 돌진했다.

알베르트는 손가락으로 상대를 겨누고 주문을 영창하기 시작했다.

동시에 엘레노아도 춤을 추는 듯한 몸짓과 손짓으로 주문을 영창했고— 페지테의 인적 없는 뒷골목에서 마력과 마력이 격돌하는 충격음이 울려 퍼졌다.

# 종 장 3년 전의 그 사람에게

결론부터 말하자면, 소동은 별 탈 없이 수습되었다.

제로스의 항복 선언과 동시에 왕실 친위대의 폭주도 멈췄다.

그리고 알리시아는 학원 학생들 앞에서 자신이 휘말린 사건에 관해 설명했다.

제국 정부를 적대하는 테러 조직의 비겁한 함정에 빠졌다는 것. 그리고 용감한 마술강사와 학생의 활약으로 무사히 해결됐다는 것.

세리카의 결계 덕분에 안쪽의 대화가 밖으로 전혀 새어 나가지 않은 점도 한몫 거들었다. 공개하기 위험한 부분은 아무렇지 않게 얼버무리고 굳이 화려한 부분만 미화해서 강조하는— 세계를 상대로 활약하는 여왕의 교묘한 화술이 그 자리에 있던 모든 사람을 멋지게 속여 넘긴 것이다.

잠시 군중 사이에 불안과 동요가 퍼졌지만 그것도 금세 가라앉았다.

마지막에 소동이 있기는 했어도, 올해의 2학년 마술 경기제는 이것으로 무사히 끝났다는 식의 흐름이 되었다.

그리고—.

"……나 원 참, 이제야 끝났네. ……나한테 은응검(銀鷹劍) 삼등 훈장? 필요 없다고 했는데 말이지."

글렌은 완전히 어둠에 감싸인 페지테 거리를 터벅터벅 걷고 있었다.

그 소동이 끝난 후 학원 운영진의 긴급회의라든가, 사건을 해결한 공로자로서 훈장 수여식 일정을 조정한다든가, 왕실 친위대와의 사정 청취 등 이런저런 일을 겪다 보니 상당한 시간이 지났다.

"참 나, 우리는 피해자였는데 말이지. ……게다가 내일도 또 오라고? 사람 성가시게 하네, 진짜."

불만을 감추려 들지도 않고 투덜대는 글렌 옆에서 루미아가 쓴웃음을 흘렸다.

"어쩔 수 없어요. 우리가 사건의 중심인물인 건 사실인 걸요."

"뭐, 그건 그렇다만……."

"그래도 원만하게 수습돼서 다행이잖아요."

"……그래. 이러니저러니 해도 피해는 없었고."

결국 이번에 불상사를 일으킨 왕실 친위대에 큰 죄를 묻지는 않을 모양이었다. 여왕이 직접 내린 판결이었다. 애초에 엘레노아의 배신은 그녀를 발탁한 인사원의 실수였고, 왕실 친위대의 위사들은 그저 제로스의 명령을 따른 것뿐이기 때문이었다.

총대장인 제로스 역시 대외적으로는 무거운 징계 처분을 내릴 수밖에 없었지만, 전부 여왕의 목숨을 지키기 위한 일이었다는 점에서 정상 참작의 여지는 충분했다.

'하지만 모든 게 해결된 건 아니야…….'

이 사건에서 가장 중요한 건 흑막이 여왕의 시녀장 겸 비서관인 엘레노아였다는 점이었다. 알베르트와 리엘이 그녀의 뒤를 쫓았지만 결국 놓쳤다고 들었다.

여왕의 직속 시녀장…… 하물며 고위 관료에 해당하는 인물에게까지 하늘의 지혜 연구회의 손이 닿아 있었다는 사실에, 앞으로 제국 정부에는 커다란 파문이 일 것 같았다. 그 조직의 마수는 대체 어디까지 뻗어 있는 것일까. 이번 사건만 놓고 봐도 상상하는 것조차 두려웠다.

'그런데 루미아…… 넌 대체……?'

글렌은 옆에서 자신과 나란히 걷고 있는 소녀에게 시선을 돌렸다.

감응 증폭자. 루미아의 이능력.

접촉한 상대의 마력과 마술을 비약적으로 강화하는, 살아 있는 마도 회로.

확실히 보기 드문 파격적인 힘이기는 했다.

그러나—.

'하늘의 지혜 연구회쯤 되는 마술 결사가, 과연 그렇게까지 해서 손에 넣고 싶어 할 만한 존재인가?'

자세한 사정은 조금 전에 귀환한 알베르트에게서 들었다. 그의 말에 따르면 아무래도 하늘의 지혜 연구회는 무슨 일이 있어도 루미아의 신병을 확보하고 싶어 하는 모양이었다. 그것도 생사를 불문하고—.

'……확실히 감응 증폭자는 희소한 능력자지만, 딱히 루미아만 지니고 있는 힘은 아니야. 찾아보면 얼마든지 있어. 그 조직이라면 다른 감응 증폭자를 찾아내는 것도 그리 어려운 일이 아니겠지. 애초에 단순히 마술을 강화하는 의식법이나 술식이라면 이미 한참 전에 확립됐다고. 희소하기는 해도 그렇게까지 절대적인 가치가 있는 능력은 아닐 터. 하지만 그런데도 놈들은 루미아에게 집착하고 있어. 대체 이 녀석에게 뭐가 있어서?'

덤으로 생사를 불문한다고 하니 더 영문을 모르겠다. 죽으면 능력은 쓸 수 없다. 그건 지극히 당연한 사실이다.

아무튼 루미아에게는 뭔가가 있었다.

하늘의 지혜 연구회쯤 되는 조직이 애써 손에 넣고 싶어 하는 뭔가가…….

하지만 그게 뭔지는 지금 아무리 고민해 봐도 알 수 없으리라.

"……나 원 참, 골치 아픈 일이 계속 늘어날 것 같구만……."

"선생님? 왜 그러세요?"

루미아가 걱정스러운 얼굴로 시선을 들었다.

"아니다, 아무것도. 뭐, 귀찮은 일은 나중에 생각하면 되겠지."

어쨌든 오늘은 지킬 수 있었다.

앞으로도 지켜주면 된다. 그것으로 충분하지 않은가.

"아, 선생님! 저기 보여요. 저 가게죠?"

마음을 다잡고 앞을 바라보자 루미아가 손가락으로 가리키는 곳에 가게가 있었다.

마술학원 학생들의 단골 음식점이었다. 페지테 북쪽 지구에서는 꽤 유명한 가게로, 학생들이 자주 연회 같은 걸 여는 곳이라는 모양이다. 학생 중에는 귀족 계급이나 부유층 출신도 많지만 그들도 그럭저럭 만족하는 수준의 품격을 갖춘 가게인 듯했다.

"아, 저 가게가 우리 반 애들이 뒤풀이하는 곳인가?"

"예, 시스티나가 그랬어요."

마지막에 뜻하지 않은 사건이 있기는 했지만 이러니저러니 해도 우승은 우승이다. 글렌은 특별 상여금을 손에 넣었고 할리와의 내기에서도 이겼다. 지갑이 두둑해져서 기분이 좋아진 김에, 오늘은 자신이 살 테니 돈은 걱정하지 말고 뒤풀이 파티를 하자며 말을 전해 뒀었다.

"아무래도 이 시간이면 끝내고 다들 집에 돌아가지 않았을까?"

"일단 들여다보기나 해요, 선생님."

"그래."

글렌과 루미아는 같이 가게 안으로 들어갔다.

"……아주 난장판이군."

가게 안의 풍경은 그렇게밖에 표현할 길이 없었다.

질 좋은 목재를 충분히 써서 만든 품위 있는 분위기의 가게였다. 둥근 목제 테이블이 빼곡하게 늘어서 있고, 안쪽에 있는 중후한 취향의 카운터석 너머에는 유리잔과 술병이 가지런하게 놓인 선반이 보였다. 일렁이면서 형형하게 타오르는 촛불 때문인지 가게 안은 크게 밝지도 어둡지도 않은 독특한 분위기를 자아내고 있었다.

그런 가게를 전세 낸 글렌의 학생들은 먹고 떠들며 파티를 즐기고 있었다.

마지막에 그런 소동이 일어났지만, 역시 마술 경기제에서 우승한 흥분이 다 가시지 않았던 모양이다. 모두가 요리와 마실 것을 한 손에 들고 하나같이 오늘 대회의 이야기꽃을 피우는 중이었다.

"오, 선생님!"

글렌이 온 것을 눈치챈 카슈가 손을 들고 말을 걸어왔다.

"저흰 먼저 시작했어요! 저기요, 선생님! 오늘 제 결투전은 어땠나요?"

"참 나, 넌 결승전에서 꼴사납게 졌잖아. 그러고도 평가할 가치가 있다고 생각해?"

테이블 구석에 새침한 얼굴로 앉아 있는 기블이 그렇게 말하자 카슈는 그건 언급하지 말라는 듯 표정을 찌푸렸다. 옆에서 세실이 그런 카슈를 달랬다.

"아, 선생님…… 오늘은 정말로 감사했습니다……."

"뭐, 일단 감사는 해 둘게요. 그게…… 당신 조언 덕분에 이겼으니까요."

린은 글렌에게 쑥스러운 미소를 보냈고 웬디는 새침하게 고개를 돌렸다.

다른 학생들도 저마다 글렌에게 말을 걸었다. 강사를 시작했을 무렵과는 명백히 다른 분위기에 글렌의 입가가 자기도 모르게 풀어졌다.

"……."

그런데 문득 테이블 위에 있는 병이 신경 쓰여서 들어보았다.

이 고풍스러운 라벨은 낯이 익었다.

류 사피레. 사피레 지방에서 엄선한 특급 포도로 만드는 고급 포도주다. 그 맛은 기품 있고 농후하며 청순하다. 거만한 귀족들조차 절찬할 정도의…… 뭐, 요컨대 비싼 술이다. 엄청나게 비싸다.

그런 술병이 텅 빈 채로 몇 개나 굴러다니는 광경은 그야말로 악몽이었다.

"이, 이거…… 그 유명한 엄청나게 비싼 술……이죠?"

그 사실을 깨달은 루미아도 살짝 기겁한 듯했다.

"……이봐. 이거, 누가 이런 멍청한 짓을 저지른 거냐?"

글렌은 얼굴에서 핏기가 가시는 것을 느끼며 목에서 쥐어짜 내듯 으르렁거렸다.

학생들은 동시에 시선이 마주치지 않도록 고개를 돌려버렸다.

"아, 아하하…… 아마 누가 실수로 주문한 걸 텐데, 포도 주스인 줄 알고 마셨더니 왠지 기분이 좋아져서……. 그대로 계속 마셔버렸지 뭐예요……."

"저기, 도망쳐도 될까요? 저기요? 저, 여기서 도망쳐도 될까요?"

글렌은 심장이 얼어붙는 듯한 심정으로 여기저기에 굴러다니는 빈 병의 숫자를 셌다.

결론. 글렌이 오늘 받은 특별 상여금과 월급 석 달분 정도를 더한 가격이라는 계산이 나왔다. 요컨대, 오늘 하루 그렇게 고생을 했는데도 수중에 들어온 돈은 한 푼도 없는 셈이었다.

뭐랄까, 이제 그냥 울고 싶어졌다.

"제기라아아알! 누구야! 이런 더럽게 비싼 걸 벌컥벌컥 처마신 녀석은?!"

글렌이 안색이 새파래진 채 울상을 지으며 몸을 부들부들 떤, 그 순간이었다.

"선생니임~!"

"으헉?!"

갑자기 옆구리에 날아든 충격에 글렌은 비틀거리는 몸을 필사적으로 다잡았다.

옆구리로 시선을 내리자 시스티나가 보였다. 아무래도 그녀가 몸통 박치기를 하는 기세로 글렌을 껴안은 모양이었다.

"아하하! 이제야 오셨네요오오……. 선생니임…… 우후후후후후……."

아무래도 상당히 취한 것 같았다. 자신을 올려다보는 눈은 촉촉했고 얼굴은 새빨갛게 물들어 있었다. 하반신에 힘이 안 들어가는지 완전히 글렌에게 몸을 기대는 꼬락서니였다.

"너, 뭐야! 이 술 냄새는! 아니, 범인은 너였냐?! 이 불량소녀가!"

주위를 슬쩍 둘러보니 아무래도 술을 마신 건 시스티나 한 명뿐인 것 같았다.

이건 거의 확정이다. 전혀 예상치 못한 사실이었다.

"정말이지…… 어딜 가셨던 거예요오…… 선생니임……. 저…… 선생님이 안 계셔서…… 쓸쓸했다구요오……? 여자애르을…… 기다리게 하다니이…… 너무해요오……."

"아, 진짜! 껴안지 마! 매달리지 마! 얼굴이 가깝다고! 성가셔!"

이렇게나 고주망태가 된 걸 보니 설교할 기분도 들지 않았고 설교하는 의미도 없을 것 같았다.

시스티나는 술기운 때문인지 만사를 포기한 글렌에게 계속해서 응석을 부렸다.

"저요오…… 오느을…… 선생님으을…… 다시 봤어요오오……."

"……뭐?"

"선생님으은…… 생각했던 것보다아…… 우리를 잘 보고 계셨고오…… 무슨 일인지는 잘 모르겠지마안…… 또 루미아르을…… 구해주신 것 같구우……. 오늘…… 선생니임, 변신하셨었죠오……? 저언…… 처음부터 알고 있었다구요오……. 그래도…… 분위기를 파악해서어…… 모르는 척했어요오……. 잘했죠?"

"……아~ 그래그래. 잘했다 잘했어."

솔직히 글렌은 혀가 꼬인 시스티나가 대체 무슨 말을 하는지 대부분 알아들을 수 없었다. 적당히 맞춰주는 편이 무난하리라.

"우후, 우후훗! 선생님도 잘했어요오! 저나아, 루미아라앙, 결혼할 권리르을…… 드릴게요오……."

"……뭐어?"

"될 수 있으며언…… 저기이…… 절 선택해주셨으며언, 좋겠는데……. 아니, 여자애한테 무슨 말을 시키는 거예요오! 바보! 아하하하하하하하하하하!"

글렌을 세게 밀치려 했지만 오히려 자기 힘을 못 이기고 그 자리에 나동그라졌다.

"……진짜 성가시네."

바닥에 웅크린 채 웃음을 멈추지 않는 시스티나를 글렌은 기가 막힌 눈으로 내려다보았다.

"야, 루미아. 요 녀석을 어쩌지?"

"제가 일단 시스티를 자리에 앉힐게요. 바닥에서 잤다간 감기에 걸릴지도 모르잖아요."

"그럼 나는 물을 가져오마. 그 녀석 좀 잘 돌봐 줘라."

"예, 그렇게 할게요."

고개를 끄덕인 루미아는 바닥에 엎드린 시스티나의 옆구리를 잡고 일으켜 세워서 적당히 빈자리로 데리고 갔다.

"아…… 선생님이 멀어진다……. 모처럼 와 주셨는데……."

"그래그래, 괜찮아. 선생님은 도망가지 않으실 거야."

"……진짜? 진짜 진짜?"

"시스티도 참. 요, 응석꾸러기."

글렌은 화목한 자매 같은 두 사람을 뒤로하고 가게 안쪽으로 들어갔다.

파티의 분위기라는 건 어느 순간 갑자기 확 식는 법이다.

그것은 2학년 2반도 예외가 아닌 모양이었다.

파티가 끝난 후—.

"하아…… 이제야 조용해졌네……."

글렌은 카운터석에 앉아 머리를 싸매고 한숨을 흘렸다.

학생들은 그룹별로 인원을 모아서 적당히 돌려보냈다. 이미 가게 안은 조금 전까지의 소란스러움이 거짓말이었던 것처럼 고요했다.

가게는 이미 폐점 시간인 듯했지만 마스터는 늦게 온 글렌을 배려해주는 건지, 주방과 식량 창고와 술이 놓인 선반의 열쇠만 잠그고 가게를 빌려주었다. 술에 취해서 뻗은 시스티나를 위해 담요까지 꺼내주었다.

마스터는 글렌이 화풀이로 주문한 브랜디를 한 병 다 비우거든, 뒷문으로 적당히 돌아가면 된다는 말을 남기고 가게를 떠났다. 이 유연한 대응은 학생가에 자리를 잡은 가게이기 때문이리라.

글렌은 힐끔 뒤를 돌아보았다.

시스티나가 담요를 뒤집어쓰고 둥근 테이블 위에 엎드려서 자는 모습이 보였다. 뭔가 좋은 꿈을 꾸나 보다. 푹 잠들었을 텐데도 얼굴에서는 미소가 흘러나오고 있었다.

"……흥."

글렌은 손에 든 유리잔을 흔들어서 얼음과 부딪히는 소리를 냈다. 이름을 외울 기분도 안 드는 싸구려 술이었지만, 전혀 취하지 않았다. 오늘의 식대, 경비, 그 밖의 이런저런 일들로 고민하고 있으니 무리도 아니었다.

"……고생하셨어요, 선생님."

바지런하게 시스티나를 챙겨주던 루미아가 옆으로 다가왔다.

"옆자리에 앉아도 될까요?"

"그래라."

글렌의 허락을 받은 루미아는 오른쪽 옆자리에 살포시 앉았다.

카운터석에 놓인 램프의 부드러운 불빛이 어둠 속에서 두 사람의 모습을 흐릿하게 밝혔다.

루미아는 글렌의 눈앞에 있는 술병을 손에 들더니 술이 찔끔찔끔 줄어들고 있는 유리잔에 따라주었다.

"술, 맛있으세요?"

"……맛없어."

토라진 글렌의 대답에 루미아는 쓴웃음으로 응했다.

조용한 시간이 천천히 지나갔다.

오늘 이런저런 일을 겪느라 지친 마음을 달래주는 온화한 시간이었다.

루미아는 부드러운 미소가 끊이지 않는 얼굴로 묵묵히 글렌의 술 시중을 들어주었다.

"그러고 보니…… 어머니와의 응어리는 좀 풀렸어?"

이윽고 잔에 남은 술을 한 번에 들이켠 글렌이 불쑥 그렇게 중얼거렸다.

"예."

루미아는 방긋 웃었다.

"그 후에 **엄마**랑 이런저런 이야기를 했어요. 불만스러웠던 일, 줄곧 말하고 싶었던 일 전부…… 그랬더니 왠지 속이 시원해지더라구요. 후후, 저도 참 바보 같네요. 왜 그런 고집을 부렸던 걸까요?"

"……다들 마찬가지야."

글렌이 다시 유리잔을 흔들어서 얼음이 부딪히는 소리를 냈다.

"누구나 저마다 양보할 수 없는 게 있는 법이지. 나도 바로 얼마 전까지는 시시한 일에 얽매여서 생각하는 걸 멈추고 있었으니까……."

"그런가요? 그래도…… 제 문제가 해결된 건 선생님 덕분이에요."

"난 아무것도 한 거 없다."

쌀쌀맞게 대답한 글렌은 빈 잔을 루미아에게 내밀었다.

루미아는 부드럽게 웃으면서 그 잔에 호박색 술을 따라주었다.

그리고—.

"저기, 선생님……. 언제 기억나신 건가요? 절 구해주신…… 그 3년 전의 일을요."

"……무슨 소린지 모르겠다만."

지금까지 찔끔찔끔 마시던 글렌이 술을 한 번에 들이켰다.

"약속."

루미아는 그런 글렌에게 불쑥 중얼거렸다.

글렌은 빈 잔을 조용히 카운터 위에 올려놓았다.

"그때는 무슨 말씀인지 잘 몰랐는데…… 한 가지 짐작이 가는 일이 있더라구요."

"……."

두 사람은 이 순간 동시에 3년 전의 일을 떠올렸다. 그것은 왕실에서 추방된 루미아가 피벨 가에 맡겨진 후…… 외도 마술사들에게 유괴당했던 날의 기억이었다.

—부탁이다. 아직도 적이 밖에 남아 있어. 네가 이런 식으로 나오면 이 자리를 벗어나는 건 도저히 불가능해.

—날 아무리 무서워하든, 미워하든 상관없어.

—하지만 만약 네가 울음을 그쳐준다면…… 내가 네 편이 되어주마.

—전 세계가 네 적으로 돌아설지라도, 널 미워하더라도 나만은 반드시 네 편을 들어줄게.

—그러니 부탁이야. ……울지 마.

"설마 제 울음을 그치게 하려던 약속이 아직도 계속되는 줄은 몰랐어요. 선생님은 사람이 성실하다고 해야 할지, 융통성이 없다고 해야 할지……."

"……약속은 약속이잖아."

글렌은 토라진 듯 고개를 돌렸다.

"그런데 말이다. 네가 생각하는 것만큼 대단한 일은 아니었어."

글렌은 턱을 괴면서 다시 유리잔을 흔들었다.

"네가 그 유괴 사건에 휘말렸을 당시에 난 궁정 마도사단의 약간 특수한 부서에 있었는데 말이지. 네 어머니…… 여왕 폐하께서 울면서 부탁하시더라고. 「제 딸을 구해주세요. 제가 이런 말을 해서는 안 되는 입장이라는 건 알아요. 당신에게 이런 위험한 역할을 떠넘겨서는 안 된다는 것도 알고요. 그래도 부디 제 딸을 구해주세요」라고 하시더라. 그 말씀을 따랐던 것뿐이었어."

그렇다. 항상 의연한 태도의 여왕이 멀리 떠난 딸을 걱정하며 보여줬던 그날의 눈물.

그래서 글렌은 이번에 여왕이 거짓말을 한다는 것을 알아차릴 수 있었다.

"넌 나에 대해 뭔가 오해하고 있는 모양인데…… 그냥 일이었을 뿐이야. 나는 정의의 마법사도, 용사도, 영웅도 아니야. 어디에나 있는…… 쓰레기 같은 암살자였지."

"그래도."

루미아는 침울해진 글렌의 옆얼굴을 깊은 눈으로 쳐다보면서 말했다.

"그 약속 덕분에 그날의 전 구원받았는걸요. 그리고 이번에도요……."

"그러냐."

"후훗, 선생님은 치사해요……. 여러모로……."

"내가 알아듣게 말해주라……."

기가 막힌 얼굴로 한숨을 내쉰 후 직접 잔에 술을 따랐다.

"저기요, 선생님."

루미아는 그런 글렌에게 살며시 몸을 기대더니 그 어깨에 자신의 얼굴을 올렸다.

"……루미아?"

글렌은 입에 잔을 가져가던 손을 멈추고 자신에게 몸을 기댄 루미아를 의아한 눈으로 내려다보았다.

"오늘 밤만."

조용히 눈을 감은 루미아는 속삭이듯 말했다.

"오늘 밤만…… 이렇게, 제 응석을 받아주세요…… 선생님……."

"……맘대로 해."

조용하고 따스한 시간이 흘러간다.

흔들리는 램프의 불꽃. 일렁이는 그림자.

소녀의 조용한 숨소리. 부드러운 체온. 때때로 울리는 유리잔.

취기가 도는지 머릿속이 흐릿한 열기를 품고 멍해지기 시작했다.

굉장히 아늑하고…… 오늘 하루 자신이 한 일이 틀리지 않았다는 사실을 자각하게 해주는……, 무겁게 지친 몸을 감싸주는 극상의 안도감.

이렇게 그날 밤은 조용하고 부드러운 분위기 속에서 저물어갔다.

■작가 후기

안녕하세요. 히츠지 타로입니다.

변변찮은 마술강사와 금기교전 2권이 발매됐습니다.

편집자님 및 출판사 관계자 여러분. 그리고 1권을 읽은 후 많은 응원을 보내주시고 지지해주신 독자 여러분께 무한한 감사를. 정말로 감사했습니다!

그런데 2권을 발매하면서 제가 가장 먼저 생각한 것은—.

"이 주인공은 여전하구나……."

제가 써 놓고도 어이가 없지만, 1권 중간부터 좀 나아졌다고는 해도 글렌 군은 변함없이 글러 먹은 인간성을 유감없이 발휘하더군요. 뭐, 인간이라는 건 그렇게 쉽게 바뀌지 않는 법이죠. 그런 의미에서는 굉장히 인간다운 주인공이 아닐까 싶습니다.

나 참, 글렌 군은 작가인 절 보고 좀 배웠으면 좋겠네요.

아무튼 전 학생 시절에 학생의 본분인 공부에 영향이 생길 정도로 마작에 몰두했던 적이 있었지만, 이대로는 안 되겠다 싶어서 공부에 집중하려고 딱! 끊었던 남자입니다. 그것도 세 번이나요! 어떻습니까? 굉장하죠?

이런 식으로 인간은 정말로 소중한 것을 알아볼 수 있는 눈과 그것을 실천할 수 있는 숭고하고 확실한 의지력만 있으면, 설령 지금 당장은 글러 먹었더라도 언젠가는 자신을 바꿀 수 있는 존재입니다.

뭐, 글렌 군은 이러니저러니 해도 주인공이니 이야기가 진행될수록 점점 많은 것을 배우고 정신적으로 성장하겠지요.

……이런 식으로 전 이 작품의 주인공이 앞으로 어떻게 나아갈지, 2권의 원고를 완성하고 비는 시간에 직장 동료와 마작을 하면서 멍하니 생각해봤습니다.

예? 뭐라고요? 하하하, 물론 하고 싶은 말씀은 아주 자~알 알고 있습니다.

괜찮다고요! 돈은 전혀 안 걸고 있으니까요! 도박은 No, Never.

자, 그럼 이런 아무래도 좋은 일은 제쳐 놓고 이번 2권에서는 1권에서 전부 풀지 못한 세계관을 보충해주는 요소가 있었습니다. 이 세계에 어떤 문화와 배경이 있고, 어떤 나라가 존재하고, 마술학원에는 어떤 사람들이 있는지…… 마술 경기제라는 이벤트를 통해 『변변찮은』의 세계를 더욱 깊게 알아주셨다면 다행입니다.

어른이 되지 못한 어린애 같은 청년의 이야기, 2권을 아무쪼록 잘 부탁드립니다.

히츠지 타로

구입해주셔서
감사합니
후기
루미아와 글렌 군
무척 보기 흐뭇했

## ■역자 후기

안녕하세요. 역자 최승원입니다.

이번 권은 루미아의 이런저런 사정이 좀 더 명확히 밝혀지는 권이었습니다. 개인적으로는 사실 메인 히로인으로 루미아를 지지하고 있는데요. 츤데레도 취향이기는 하지만 뭐랄까, 이런 수많은 역경에도 굴하지 않고 꿋꿋하게 살아가는 사람을 보면 응원해주고 싶은 심정이랄까요? 사실 작품 내외적으로 다들 입을 모아 외유내강형 캐릭터라고 하는 것치고는 약한 모습을 자주 보여주는 2권이었습니다만, 이번 권에서 다룬 내용 자체가 그녀에게는 인생 최대의 트라우마이기도 했으니 어쩔 수 없다고 보네요. 다음 권부터는 더욱 씩씩한 모습을 보여주길 기대해봅니다.

그리고 사실 글렌은 과거의 처참한 경험 때문에 삐뚤어져서 일부러 글러 먹은 인간처럼 구는 게 아닐까 싶었습니다만…… 이번 권을 작업하면서 생각이 180도 바뀌었습니다. 예전에 알던 지인들에게 대하는 태도를 보아하니 이건 빼도 박도 못하게 원래 성격 맞네요(……). 그것도 국가 원수인 여왕을 상대로까지……. 과거에 뭔가가 있는 먼치킨형 주인공이라기보다는, 작가님께서 후기에서 성장형 주인공이라고 공언하셨으니 과연 어떤 모습으로 변해갈지 기대가 됩니다.

그럼 애니메이션화도 발표된 금기교전 시리즈! 앞으로도 함께 해주시길 바라며 이만 짤막한 후기를 마칩니다.

변변찮은 마술강사와 금기교전 2

1판 1쇄 발행 2016년 5월 10일
1판 8쇄 발행 2019년 5월 30일

**지은이**_ Taro Hitsuji
**일러스트**_ Kurone Mishima
**옮긴이**_ 최승원

**발행인**_ 신현호
**편집국장**_ 김은주
**편집진행**_ 최은진 · 김기준 · 김승신 · 원현선 · 권세라
**편집디자인**_ 양우연
**국제업무**_ 정아라 · 전은지
**관리 · 영업**_ 김민원 · 조인희

**펴낸곳**_ (주)디앤씨미디어
**등록**_ 2002년 4월 25일 제20-260호
**주소**_ 서울시 구로구 디지털로 26길 111 JnK디지털타워 503호
**전화**_ 02-333-2513(대표)
**팩시밀리**_ 02-333-2514
**이메일**_ lnovelpiya@naver.com
**L노벨 공식 카페**_ http://cafe.naver.com/lnovel11

원제 AKASHIC RECORDS OF BASTARD MAGIC INSTRUCTOR Vol.2

Edited by FUJIMISHOBO
First published in Japan in 2014 by KADOKAWA CORPORATION, Tokyo.
Korean translation rights arranged with KADOKAWA CORPORATION, Tokyo.

ISBN 979-11-5981-047-3 04830
ISBN 979-11-86906-46-0 (세트)

**값 6,800원**